おれは清《きよ》麿《まろ》

山本兼一

祥伝社文庫

目次

刀身各部の名称

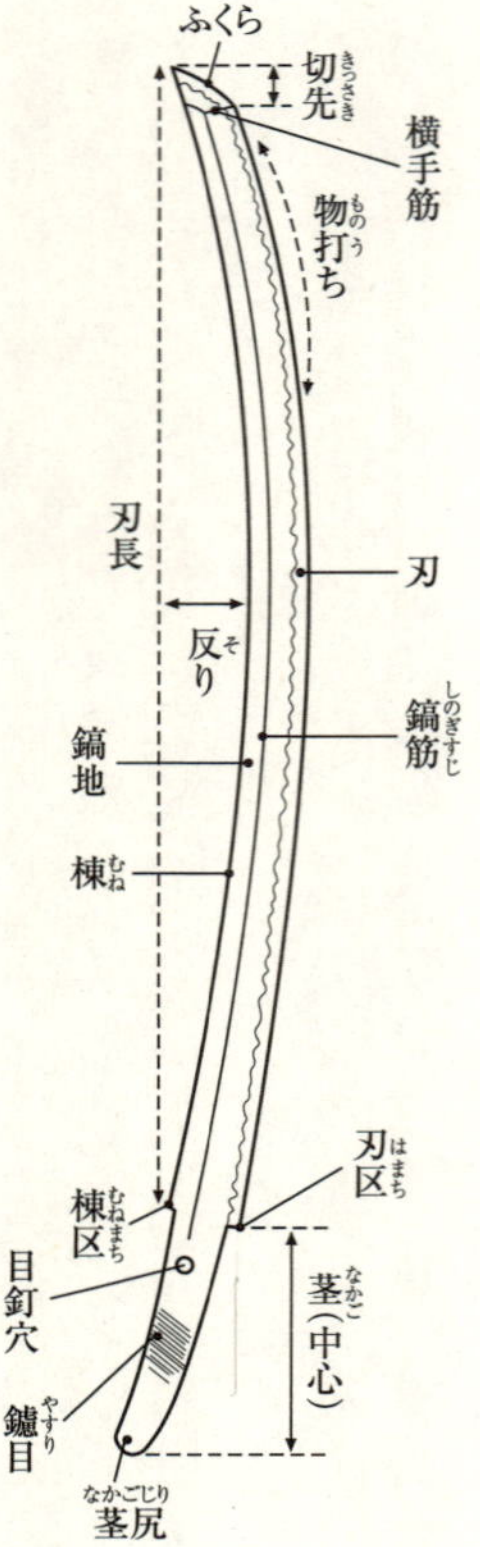

江戸時代の単位（いずれも概算）

一貫《かん》＝三・七五キログラム
一匁《もんめ》＝三・七五グラム
一尺＝三〇・三センチ
一寸＝三・〇三センチ
一分＝三・〇三ミリ
一厘＝〇・三〇三ミリ
一間《けん》＝一・八メートル
一町＝一〇九メートル
一里＝四キロメートル

一　小烏丸《こがらすまる》

火床《ほど》で、松の切り炭が真っ赤に熾《おこ》っている。

鞴《ふいご》で風を吹き込むたびに、火床の中が明るい満月の色に光る。

山浦正行《まさゆき》（のちの清麿《きよまろ》）は、木綿ひもを巻いた鉄の柄《つか》をにぎって、炭に埋めておいた小さな鉄塊《てっかい》を取り出した。指くらいに細長く厚めに素延《すの》べしておいた鉄《かね》が、一尺ほどの火造《ひづく》り柄《づか》の先で赤まっている。鉄敷《かなしき》に置いて、右手ににぎった手鎚《てづち》で小刻みに叩きはじめた。

叩きながら考えた。

――行くか。

わずかに余った刃鉄《はがね》と心鉄《しんがね》を兄にもらったので、指ほどに小さな刀に仕上げるつもりである。

手を休めず、叩き続けながら考えた。大柄で腕の力の強い正行は、手鎚を振るうのになんの造作もない。鉄塊がしだいに刀の姿《すがた》になっていく。

——行かないか。

鉄が紫色に冷えると、また炭に埋め、赤めて叩いた。四半刻《とき》（三十分）も叩いていると、女の指のようにしなやかな姿になった。切先《きっさき》の鋭さがことのほか美しい。切先が両刃《もろは》になった小烏丸という華麗な姿である。わずか四寸に満たない細く短い刀身に、繊細な姿が打ち出せた。

——よし、行かざぁ。

今夜、行くと決めた。

夜這《よば》いに行くのである。

十七のこの歳になるまで、夜這いに行くのに迷ったことは一度もなかった。なみの役者よりよほど男ぶりのよい正行は、どの女も歓んで迎えてくれる。

ところが、となりの大石村のあの女のところに夜這いをかけようと考えて、初めて迷った。

——断られはせぬか……。

気後れしたのである。

女は、つるという名だ。

村役人をつとめる長岡家の一人娘で身ぶるいするほどの美人である。十九だというのにまだ婿《むこ》を取っていない。あまりに美し過ぎて、男たちの腰が引けてしまうらしい。

正行が初めて見かけたのは二年前だ。

若衆宿の仲間から、とんでもない美人がいると教えられて、隣村まで見に行った。

美人だが、つんとすましていやな女だと思った。そのときは近づかなかった。

ひと月前、兄に用事を言いつかって、大石村の長岡の家に行くと、つるがいた。

ずいぶん変わっていた。

渋皮がむけて、しっとりしたいい女になっていた。

それから、しきりと大石村に通った。赤岩村の正行の家から、たかだか十五町しか離れていないが、行っても会えるとはかぎらない。

朝に夕に通ったが、見かけない日が多かった。見かけるときは、いつも屋敷の庭で母や下男たちと仕事をしていた。それでは近づけない。

やっと何日目かに、一人で胡桃《くるみ》を拾っている姿を見かけた。

「働き者だな」

声をかけると、つるが微笑《ほほえ》んだ。

「おれは赤岩村の山浦だ」

しゃがみながら名乗った。

「知ってる。環《たまき》っていう弟でしょ」

山浦環は、正行の実名である。元服したとき内蔵助《くらのすけ》の名ももらった。「正行」は刀を打つときのために自分でつけた名だ。

「よく知ってるな」

「まえから娘宿で評判だもの」

「なんでだ」

男前で評判だと思うほど自惚《うぬぼ》れてはいない。

「気をつけろって」

「どうして」

「惚《ほ》れたっていうのが口癖で、すぐに口説《くど》くから」

つるが笑いながら、胡桃を拾っている。正行も色づいた胡桃をひろっては籠《かご》に投げ入れた。

「ほんとに惚れたんだもの。しょうがねぇ」

「すぐに飽きるんでしょ」

微笑《ほほえ》みながら言われて、どきりとした。

「飽きるんじゃない……」

歯切れの悪い言い方になった。飽きたことなど一度もない。ただ、ほかに好きな女ができてしまうだけだ。

「おまえなら、ずっと惚れっぱなしだ」

本気で言った。これくらいの美人なら夫婦《めおと》になってもかまわない。

「うそばっかり」

「うそでねぇ。おれの目を見てみろ」

まっすぐに顔を向けて、おどけた寄り目にすると、つるが楽しそうに笑った。しばらく冗談口を叩いて笑わせた。

それから間のいいことに、何日かのうちに二度、つるが一人でいるところに行き逢《あ》った。そのたびにしばらく話し込んだ。

今朝も、胡桃の木の下にいたので、拾うのを手伝った。

「よく会うね」

つるが微笑んだ。

「顔が見たくて来てるんだ」

真顔で見すえると、つるが恥ずかしそうにうつむいた。

「今夜、行く。待っててくれ」

耳元でささやくと、つるが頷《うなず》いた——ように見えた。

そう見えただけで、ただ顔をこわばらせただけかもしれなかった。

手をにぎって念を押そうとしたとき、むこうからつるの母と下男たちがやって来た。

「今夜だ」

言い残して、正行はとっさに藪《やぶ》のかげに身を隠した。

帰りの道すがら、浅間山《あさまやま》を見上げた。空が青く、雲が白い。ときに濃い煙を吐く火口はここから見えないが、連なった峰がどっしりと茶色い裾野を広げている。

正行は一人でうなずいた。

——だいじょうぶだ。

つるは、きっと優しく迎えてくれるだろう。

しかし、生まれて初めてみじめに追い返されるかもしれない。大石村の若い衆に聞いてみても、つるに夜這いをかけて抱いたという男は一人もいないらしい。

家に帰ると、鍛冶場の火床《ほど》に火を熾した。

山浦の家は、信濃《しなの》国小諸《こもろ》藩領赤岩村（現在の東御《とうみ》市）の郷士で村役人をつとめている。浅間の峰々を見上げ、千曲《ちくま》川をはるかに見下ろす高い崖上の台地に屋敷と数町歩の田畑がある。川のむこうに白い布が風にたなびくような布引《ぬのびき》観音の岩場が見える。秋になって稲刈りが終わり、いまは農作業が一段落している。

正行は、ちかごろ女より夢中になれることを見つけた。刀の鍛錬《たんれん》である。

兄を手伝って刀を鍛えている。

二人兄弟の兄は、実名を昇《のぼる》、通り名を駒次郎という。正則《まさのり》、正雄《まさお》、真雄《まさお》、寿長《としなが》、また天然子《てんねんし》、信濃太郎、遊射軒《ゆうしやけん》、遊雲斎《ゆううんさい》など、生涯にわたってたくさんの名と号をもっていた。寿守《としもり》、完利《ひろとし》、寿昌《としまさ》、

正行は兄の鍛刀《たんとう》を手伝い、鍛冶仕事の手ほどきを受けている。

昼でも暗くした鍛冶場で、満月の色に蕩《とろ》けた鉄《かね》を見ていると、心が震えてくる。どんな女より魅惑的だ。

蕩けた鉄を鍛えれば、白銀《しろがね》に輝く美しい刀ができる。

やわらかく蕩け、凛《りん》と引き締まる。

鉄の二通りの美しさが、正行を虜《とりこ》にした。

九つ年上の兄は、村の用事で江戸になんども出府したことがある。そのおり、当代随一の名工水心子《すいしんし》に鍛刀を学び、ちかごろは千曲川のはるか川下にある上田藩の藩工河村寿隆《としたか》に入門し、作刀を学んでいる。この屋敷でも刀が打てるよう、狭いながらも鍛冶場を建てた。

きのう、兄からもらった鋼《はがね》の小さなかけらで軟らかい心鉄《しんがね》を挟んで、細長い板状に素延べしておいた。それを火造りして、刀の姿を打ち出したのである。

人の指ほどに小さな短刀だ。

満足できる姿になったので、分厚い木の台に固定して、鑢《やすり》をかけた。ちょうど形がととのったところで、鍛冶場の戸口から兄が顔を見せた。

「なにを造ってるんだ」

「これさ。見てくれ」

受け取った兄が、とたんに大きく目を見開いた。細くて短い刀をしげしげ見つめている。さっき竹尺で測ったら、長さは三寸七分しかない。

「生まれて初めて火造りしたのに、よくこんな小さな小烏丸ができたな。いや、驚いた」

褒められて、正行は気をよくした。

小鳥丸は切先両刃造《きっさきもろはづく》りという風変わりな姿で、棟《むね》の側にも切先から半ばちかくまで刃がついている。古い時代の名宝にそんな華やかな姿の刀があると、兄の真雄が描き写してきた絵を見せてくれた。

それをうんと小さくして、一人で火造りをしたのである。本歌《ほんか》にある反《そ》りはつけず直刀《ちょくとう》にした。いままでは兄のするのを見ていただけで一人でやったのは、これが初めてだ。

「本歌も見ずに、よく火造ったな」

小鳥丸は、刃が棟に変わる曲線にえもいわれぬ優美さがある。その線を絵から思い描いて叩き出した。

「いい形だ」

「そうですか」

「ああ。おまえ、これ打ったとき、浮き浮きして楽しかっただろう」

たしかに楽しかった。心がときめいてならなかった。正行は、こくりと頷いた。

「それが手にした者に伝わってくる。その初心を忘れるな」

褒められて、素直に嬉しかった。

「おまえは腕の力が強いうえに器用だ。精進すれば、刀鍛冶として名を上げられるだろう」

六尺の体軀《たいく》にめぐまれた正行は、自分でも手先が器用だと思っている。細工仕事は小さいころから得意だ。初めてなのに、今日も鉄《かね》が思いどおりの美しい姿になった。

「焼き入れをするといい。焼刃土《やきばづち》を作ってみろ」

教えられるままに、粘土に炭の粉を混ぜ、乳鉢に入れて丹念に磨《す》った。水で練って杉板の上に取り出した。

薄く削った竹のへらで、まず刀身全体に薄く焼刃土を塗った。

まんなかの鎬筋《しのぎすじ》に沿って土を厚く塗ると、刃に向けて、小さな丸い谷と山をつらね、切先ですっと返した。刃にするところは土を薄くしか塗ってないので、鉄がよく赤まり、焼きが入る。

炭は燃え尽きているが、火床《ほど》はまだ温かい。鉄の焼き柄《つか》を短刀の茎《なかご》にはめて、火床にかざし固定した。

「余熱で乾かしておけば、晩飯のあとで焼き入れできる」

鍛冶場から外に出ると、千曲川のむこうの御牧《みまき》ヶ原《はら》に夕陽がかかって、雲があかね色に染《そ》まっている。庭の木立ちのむこうは、川に落ち込む高い崖になっているので、眺めがよい。

「赤から黄に移っていく鉄の色をしっかり覚えろ。濃い紫、小豆色、熟《う》れた照柿《てりがき》の色、夕陽、山吹、満月、朝日。色によって熱さが違い、やる仕事が違う」

兄が庭に立つ柿の枝を指さした。柿の実がいまにも落ちそうなほど熟れている。ふつうの赤や朱より、すこし明るい色だ。

「焼き入れは、あの照柿の色だ」

正行はしっかりと、その色を瞼《まぶた》の裏に焼き付けた。


母屋に入ると、正行は父と兄とともに座敷で膳についた。母と兄嫁は、となりの台所で膳についた。兄嫁は二つになる子を抱いている。

今夜はかぼちゃのほうとうだ。太い麺《めん》には腰がなく、汁はどろりとしている。黙々と食事をした。食後の白湯《さゆ》を飲みながら、父が口を開いた。

「二人で、今夜もまた刀かや」

「はい。正行がおもしろい短刀を鍛えましたので、焼き入れいたします」

「まぁず好きだなぁ」

父があきれ気味に笑った。昼間、兄は家の仕事や村役人の用事で忙しいが、夜は正行と刀のことをする。父と母はいつもねぎらいながら見守ってくれている。

「鍛刀はおもしろうございます。男子一生の仕事にございます」

兄の見せた気負いがまぶしい。

——男子一生の仕事か……。

次男の正行はいずれこの家を出て行く身である。刀鍛冶として身を立てられないものか。幼いころは、剣術を磨き、侍として取り立てられたい、と思ったこともあったが、いまはむしろ、刀そのものに魅《み》せられている。

刀は人の命を司《つかさど》る道具である。そんな崇高な道具を鍛える仕事ならば、たしかに男子が一生を費やす値打ちがある。

しかも、鍛冶仕事はなによりもおもしろい。刀工になれば、一生、こころをときめかせ、夢中になって刀を鍛えて暮らせそうだ。

「もう土が乾いているはずだ」

兄が立ち上がった。日が落ちて暗くなっているので、手燭《てしょく》を灯して鍛冶場に行った。

短刀に塗った焼刃土は乾いていた。

火床《ほど》に焼き入れ用の細かい炭を盛り、火を熾した。

焼き入れは夜にする。真っ暗なほうが鉄《かね》の赤まり具合の色が確かめやすいからである。

る。鍛冶場の板戸と窓を閉めれば闇はつくれるが、昼間ではわずかに光が漏《も》れて射し込む。焼き入れのときの鉄の色を正確に見極めるのには、真っ暗な闇がよい。

「自分でやってみろ」

焼き柄を短刀の茎《なかご》にしっかりはめ直して、赤く熾った炭に埋めた。鞴《ふいご》で風を送りつづけ、じっくりと丁寧に赤めた。

鞴を止めると、炭のはぜる音にまじって庭の虫の声がかすかに聞こえた。

ころ合いをはかって熾火《おきび》から取り出すと、刀身に塗った土が、赤黄色く灼《や》けている。

——熟れた柿の色だ。

すかさず桶の水に浸《つ》けた。泡を立てて水の淬《にら》ぐ音がする。

何呼吸か待って取り出した。

油皿の火を大きく灯し、研《と》ぎ台に粗《あら》い砥石《といし》をすえた。中腰にしゃがんで踏まえ木を右足で踏み、砥石をしっかり押さえながら研いで土を落とした。

光を反射させると、粗い砥ぎ筋のついた肌《はだ》ながら、互の目《ぐめ》の刃文《はもん》が入っているのが見てとれた。両刃の反対側にもちゃんと焼きが返っている。

兄にさしだすと、しげしげ見つめてから、うなずいた。

「いい出来だ。刃のなかに金筋《きんすじ》が通っている」

返された短刀をじっと見ていると、正行の胸にさざ波が立った。

――これを、おれが造ったのだ。

じつは、鍛えた正行自身が、出来の良さに驚いている。

正行のなかに眠っていた秘密の才が目覚めたかと思えるほど素晴らしい作だ。頭のなかで思い描いていた通りの姿にできたので、満足以上のものを感じている。

「明日ゆっくり仕上げればよい」

「いえ、今夜仕上げます。目釘穴《めくぎあな》を、お願いします」

夜這いに行くにはまだ時刻が早過ぎる。仕上げているうちに夜が更《ふ》けるだろう。

短刀を木の台にのせて押さえると、兄が分銅のついた錐《きり》を器用に回転させた。茎《なかご》にきれいな丸い穴が開いた。

「おれは村の帳面をつけないといけない。あとはできるな」

ことしの秋の収穫高をまとめておく仕事があるのだと言った。

「はい。ありがとうございました」

兄が母屋に引き上げると、短刀の茎に突《つ》っかけ鑢《やすり》をかけた。自分で目を立てて焼き入れした手造りの粗い鑢だ。目に大きい小さいがあるので、鑢目が均等にそろわず、途中で引っかかるのも味である。

あとは研ぎだ。

粗い砥石で刀身の肉置《にくお》きをととのえると、砥石を目の細かい内曇砥《うちぐもりど》に替えた。足で砥石の踏まえ木をおさえてしゃがみ、しずかに研ぎはじめた。

ほんとうなら、これは研師《とぎし》にまわす仕事だが、自分でやってみたかった。刃鉄《はがね》と砥石の擦《こす》れ合う音が、虫の音にまじって心地よくひびいた。短いのですぐに研げた。

仕上げの刃艶砥《はづやど》は、兄が研師からもらってきたものがある。

薄く剝《は》いだ砥石を小さく三分角に切り、裏に漆《うるし》で紙を貼り付けたものだ。

その刃艶砥を内曇砥に磨りつけて砥汁《とじる》をつくる。砥汁を刀身にのせ、刃艶砥を親指の腹で動かす。研いでいると、刃鉄の感触が吸いつくようで気持ちよかった。

研師なら、さらに地艶砥《じづやど》をつかうところだが、そこまではしない。

すっかり研ぎ上がったときには、とっぷりと夜が更けていた。

――銘切《めいき》りは……。

夜這いがうまくいってからにしようと決めた。

鍛冶場を片づけ、火の始末をして庭に出た。

夜空に満天の星がきらめいている。天の河がどんどんと空をつらぬいている。

庭の隅にちいさな石の祠《ほこら》がある。鍛冶の神様金屋子様《かなやごさま》の御札がお祀《まつ》りしてある。懐紙《かいし》で短刀を包んで、祠に納めた。

手を合わせた。

——うまくいきますように。

天の河の光で、あたりはほのかに明るい。正行は提灯《ちょうちん》をもたずに歩きだした。

大石村の長岡の屋敷は、闇のなかで寝静まっていた。

つるの父と母は、いっしょに奥の座敷で寝ているだろう。下男たちは裏の小屋に寝起きしているはずだ。

——あそこだろう。

つるの寝ている座敷の見当をつけた。草履《ぞうり》を脱いで懐《ふところ》に入れると、正行は縁側に上がって、音を立てずに障子《しょうじ》を開けた。

闇をにらんだ。しばらくして目が馴染《なじ》んだ。褥《しとね》が見える。寝ているのは一人だ。若い女の甘い髪油の匂いがかすかに漂っている。

まちがいない。座敷を這って、褥のそばに寄った。つるの顔が闇に白く浮かんで見えている。妖《あや》しいほど美しい。

「来たよ」

横にならんで寝そべり、耳元でささやいた。

からだを硬くこわばらせた気配があった。目は覚めているらしい。

「恋しくて、たまらなかった」

手をのばして、頬に触れた。

つるの体が、びくっと反応した。拒んでいるわけではない。男に慣れていないのだ。ほんとうに初めてなのかもしれない。

指先でゆっくり頬を撫《な》でてから、口を吸おうとした。

「……いや……」

消え入りそうな声だった。寝返りを打って、つるがむこうを向いた。

「惚れたんだ」

掻巻《かいまき》をめくってなかにもぐり込んだ。寝間着越しに、やわらかい肌のぬくもりがここちよい。背中から抱きしめ、うなじに息を吹きかけると、かすかに震えはじめた。

こちらを向かせて口を吸おうとしたが、顔をそむけた。

「……だめ」

頬ずりして、さらにくちびるを求めた。つるが体をこわばらせた。

小さな声だった。

「……むこに……」

「お婿に、来てくれますか……」

闇のなかで、大きな瞳が正行を見すえている。

「……いいわい」

どのみち、そろそろ婿入りのことを考えなければならない。こんな美しいつるの婿になれるなら、言うことはない。

「ほんと……」

「……ほんとだ」

耳元ではっきり言って、つるの耳たぶを噛《か》んだ。

「うれしい」

つぶやきとともに、つるの体から力が抜けた。

「愛《いと》しいおなごだ」

腰ひもを解いて寝間着の前をひらくと、熱くやわらかな肌が正行に吸いつき、つるの腕が正行をかき抱いた。

夜が白んでから、正行は赤岩村に帰ってきた。

小走りに駆けながらも、つい、浮いた気分がよみがえり、にやりとしてしまう。

――いい女だな。

障子がほのかに白むまで、ふたりはずっとむつみ合っていた。つるは、やさしく正行をうけとめ、包み込んだ。これ以上、望みようのないしっとりしたいい女だった。

正行は、つるにならいくらでも優しくも猛々《たけだけ》しくもなれた。

屋敷に帰ると、庭のすみの祠に行って掌《てのひら》を合わせ、昨夜おさめておいた短刀を取り出した。

鍛冶場で銘切り台の厚い鉛の上に固定し、鏨《たがね》と手鎚《てづち》をにぎった。

信濃國　正行

正行と自分で名付けたのは、どうせ刀を打つなら、相州鎌倉の名工正宗や行光《ゆきみつ》を越えるほどの刀を打ちたいからだ。

隷書《れいしょ》で銘を切った。字はすこしぎこちなかったが、短刀としては思いのほか満足できる作になった。見ていると、嬉しくて顔がほころんでしまうほどの出来である。

できることなら、いまからでもまたすぐに、つるを抱きに行きたい。今夜も行く。明日も、あさってもも行くだろう。

——今夜も行かざぁ。

年の暮れに、山浦家に紋付き羽織を着た仲人がやってきた。長岡家から正行の婿取りを申し入れに来たのである。

どちらも村役人をつとめている家なので、家格のつりあいはちょうどよい。父の昌《まさ》友《とも》も母も兄も喜んで賛成してくれた。ほどなく結納をすませ、年が明けて春が終わり、田植えがすんだら婿に入ることになった。

「婿入り前に、刀を一振《ふ》り打つか」

兄が言い出して、すぐに鍛刀をはじめた。

二人して古い鉄《かね》のなかからよい鉄をていねいに選んだ。

古鉄《ふるがね》は、鏨で折り、鋏《はさみ》で小さく切る。その鉄片《てっぺん》を火床《ほど》で溶かして塊《かたまり》にする。古い鉄が新しく卸《おろ》し鉄《がね》として甦《よみがえ》る。

その塊を向鎚《むこうづち》で叩いて薄く平らに打ち延ばす。細かく砕き、その破片をさらに選別して、刃鉄《はがね》につかう硬い鉄と心鉄《しんがね》につかう軟らかい鉄とに分ける。

どちらも丹念に積んで火床で満月の色に沸《わ》かし、七、八回、折り返し鍛錬する。それが下鍛《したぎた》えである。

その鉄塊を、太さ三、四分の角、長さ五尺に、手鎚で真っ直ぐ叩き延ばす。

五尺の角棒状にした鉄《かね》を三寸に切って、また積み重ねて火床で沸かして塊にする。

折り返し鍛錬を、こんどは五、六回。これが上げ鍛えだ。

刃鉄《はがね》、心鉄《しんがね》のどちらもそれだけやって、ようやく鉄の鍛えが終わる。

この鉄をつかって、刀の姿を作る。

真雄が学んできた備前伝《びぜんでん》では、刃鉄を皮にして、心鉄を柏餅のあんこのように包む。それを細長く素延べする。このとき、刀の長さや重《かさ》ねの厚さをきめる。

素延べした鉄を火造りして姿を打ち出す。つるに初めて夜這いをかけた日、正行がやったのはこの工程である。

センと鑢《やすり》をかけて肉置きをととのえ、焼刃土《やきばづち》を塗って焼き入れする。センは、鉄を削る工具で、刃の左右についた柄《え》を両手で握って使う。字は鏟《せん》を当てる。

二振りか三振り同時に鍛えるが、朝から夕方まで毎日やって、ここまでの作業に半月はたっぷりかかる。どの工程でも失敗したら後戻りはできない。息の抜けない作業ばかりがつづく。

刀鍛冶の親方は、火床《ほど》と鞴《ふいご》を左手に、鉄敷《かなしき》を正面にすえた横座《よこざ》にすわる。

兄が横座にすわり、正行が鉄敷の反対側から向鎚《むこうづち》をふるったが、ときに交代して正行を横座にすわらせてくれた。素延べも、火造りも交代してやらせてくれた。

最初は気に入る作ができなかったので、二人が納得するまでくり返した。どういう加減か、鉄がうまく沸かない夜には、母が酒のしたくをしてくれた。しばらく酒を飲んでから鍛冶場に入ると、鉄がうまく沸いたので、朝まで鍛錬に励んだ。

春の終わるころ、満足のいく一振りが打ち上がった。小諸の研師に出すと、いい具合の仕上がりでもどってきた。

「これはいい」

刀身を見つめて、兄が目を細めた。

一尺三寸九分五厘の脇差である。反りの浅い中切先の姿が凜としている。

いかにも備前伝らしい匂《にお》い口《くち》の締まった互《ぐ》の目《め》丁子《ちょうじ》の刃文がみごとに焼けた。兄真雄の師匠河村寿隆は、因幡《いなば》の浜部《はまべ》寿格《としのり》という鍛冶の孫弟子で、寿格は備前長船《おさふね》横山派の系統だと教えられた。

丁子刃がきれいに焼けたが、それよりなによりよく詰んだ地鉄《じがね》の強さが印象的である。

「いい鉄ができた」

鉄の良さは、刀を横で見ていても分かった。刀を受け取ってしげしげ見つめ、正行も満足した。

「選び抜いただけのことはありましたね」

古鉄《ふるがね》を選ぶのに、兄は粘りにねばって長い時間をかけた。正行も見習って、本当によいと見極めた古鉄だけを選んだ。その甲斐あって、地鉄がいかにも強そうに見える。見えるだけでなく、実際に強かろう。

「鉄《かね》は怖いぞ。ごまかしがきかぬ。悪い鉄がすこしでも混ざれば、その鉄はぜんぶ悪くなってしまう。いい鉄だけを選んで使え。それが鍛冶の意地の見せどころだ」

正行は兄のことばを肝に刻んだ。

「兄弟で表と裏に銘を切ろう」

刀を鉛の銘切り台にのせて押さえると、兄が表に切った。交代して正行が裏に号と年紀《ねんき》を切った。

天然子完利《ひろとし》
二十七歳造《これをつくる》之

一貫斎《いっかんさい》正行十八歳造之
文政十三年四月日

刀を打ちはじめてまださほど長くないのに、兄はすでに刀工名を何度もつけ替えている。天然子完利は、信濃の国の悠久の天地にはぐくまれた男というほどの意味であろう。その名のとおり、兄はたしかに悠然たる男である。

正行が一貫斎と号したのは、どこにいてなにをしていても、おのれの大道を貫きたいと考えたからであった。

満足できる刀を兄弟して打ち上げたので、婿入りするのに思い残すことがなくなった。

田植えが終わったばかりの畦道《あぜみち》を、裃《かみしも》を着けた仲人を先頭にして大石村まで行列した。

大勢の客を招いて賑やかに祝言をあげ、正行は長岡の家に婿に入った。

長岡家の当主久米衛門《くめえもん》は、病気がちでほとんど寝たきりである。それでも祝言の日には裃を着けてすわっていた。婿が来たのは、やはり嬉しいらしい。

家のことは義母《はは》と一人娘のつるとで切りまわしている。

祝言の前から、つるの腹はどんどん大きくなっていた。この家に通うようになってすぐに身ごもったのだ。

村での暮らしは、外から見ているかぎり穏やかだが、田畑の境界争いや水争いなど、いくつかの揉《も》め事があった。

長岡の家の田畑を耕すのも面倒なのに、正行は村の揉め事の仲裁にかり出された。兄の真雄が赤岩村でやっているのと同じ仕事だ。

しかし、どうにも向いていない。

揉めている百姓たちの言い分を聞いていると、どちらも欲の皮が突っ張っているとしか思えず、腹が立ってくるのだ。

「まんず、どっちかが引くしかないだに」

そう言って、揉め事をさらにこじらせたこともあった。

話を聞いていても身が入らない。鼻毛を抜きながら上の空で聞いていて、怒らせたこともあった。揉め事の仲裁など、自分の性《しょう》には合わないのだと気づき、つくづく厭《いや》になった。

そのあいだにも、つるの腹はどんどん大きくなってゆく。女を抱けば、子を孕《はら》む。

孕んだ子は、やがてこの世に生まれてくる。大きくなった腹を見るにつけ、人間の当たり前の営《いとな》みが、正行にはとてつもなく奇妙に思えてならなかった。

暑い盛りに、つるが男の子を産んだ。

「ほれ、元気な子だ」

取り上げ婆さんから赤子《あかご》を受け取って抱いた。正行はなんだかとたんに情《なさ》けない気分に落ち込んだ。産褥《さんじょく》に寝ているつるには笑って見せたが、笑顔はぎこちなかったにちがいない。

おれは、なんてくだらない男だ。そんなふうに思えてくる。親なら、胸を張って生きているところを子に見せたい。いやいや田畑を耕し、いやいや人の話を聞いている。そんな生き方では胸が張れない。

朝起きて飯を食い、糞《くそ》をひって、地面に這いつくばって耕し、埒《らち》もない業突《ごうつ》く張りたちの話を聞いて歩く。夜は疲れきって、一合か二合の酒を飲み、女房を抱いて寝る。そんな暮らしがこれから死ぬまで続くと思えば、正行はぞっとした。男として、胸を張らずに生きるのが、なによりもつらい。

生まれてきた値打ちがない。

田畑の仕事は、下男と小作人たちでできる。村役人の仕事は、相役たちに任せればいい。

自分は、誰にもできない仕事をしたい。生まれたばかりの赤ん坊を抱きながら、そんなことを思っていた。

「名前はなんとしましょうか」

つるに言われて、首をひねった。

庭を見ると、ちょうど赤紫蘇《あかじそ》に漬け終えた梅を干す時期で、ひろげた莚《むしろ》に赤い梅の実がならべてある。これから強い陽射しで何日か干すのだ。

「梅作《うめさく》がいいだろう」

投げやりなつけ方だと思ったが、ほかに浮かばなかった。

「はい。よい名ですね」

うれしそうに正行と赤ん坊を眺めているつるの笑顔が重かった。

飽きたわけではない。嫌いになったわけではない。つるは愛おしい。このまま二人してこの家で、当たり前に年老いていくことは、福のある一生だと思う。

しかし、おもしろくない。心がときめかない。男として胸が張れない。平凡な日々が身をがんじがらめに縛りつけ、わが身を蝕《むしば》んでしまう気がした。

日が傾いて涼しくなってから、正行は田圃《たんぼ》を見回った。稲に青い穂がたくさんついている。今年はよい収穫があるだろう。ひと回りしてから、家のそばの観音堂の縁に腰をおろした。

村の家々の茅葺《かやぶ》き屋根のむこうに、千曲川対岸の切り立った断崖が見えている。ふり返れば、浅間山が聳《そび》えている。

そばに立つ胡桃の大木に、気持ちよい風が吹いて、葉がそよいでいる。枝に小さな青い実がたくさん生《な》っている。信濃の国でもこのあたりは胡桃がことのほかよく採《と》れる。

正行は、懐から短刀を取り出した。初めてここへ夜這いに来た日に鍛えた短刀である。あれからもう、一年ちかくがたった。

鞘《さや》は朴《ほお》の木を自分で削って手作りした。漆を塗らず白木《しらき》のままだ。大柄な正行は、掌も大きいので、鞘のままほとんど手の内に隠れてしまう。野良仕事の合間にも、しばしば握って刀身を眺めたので、鞘も柄も、ずいぶん土に汚れてしまった。

鞘を払うと、刀身があらわれた。

色っぽい女の指のようなすっきりした姿である。

——凄《すご》いな。

正行の口元に、自然と笑みが浮かんできた。

わが作ながら嬉しくなるほど凛として美しい。見るたびに刀身の魅力に吸い寄せられる。兄が言ったように、初めて刀を打った歓びが刀身にあふれている。

そのうえ、破邪顕正《はじゃけんしょう》の力が刀身に凝縮している――。自惚れではない。兄にそう褒められた。

邪気を清らかに祓《はら》い、手にする者を惰気《だき》から目覚めさせる。心が爽《さわ》やかに晴れて一点の曇りもなくなる。

万物《ばんぶつ》を貫く鋭さをもちながら、なお穏やかな品格をもちあわせている、と兄が褒めてくれた。

――この短刀にくらべたら……。

おれは、なんと、くだらない生き方をしているのか。短刀を見るたびに、覇気《はき》のない凡々たる人生に嫌気がさしてくるのである。

正行はちかごろ赤子のむつきを替えている。それが案外たのしい。赤ん坊が笑えば、可愛いにきまっている。楽しがっている自分がいやになり、深い溜め息をついた。

家と村の仕事に精を出し、子どもを育てる。骨になるまで土を耕し、子に継《つ》がせる。そのために生きている。

百姓仕事を軽んじるつもりはない。平凡で当たり前の暮らしを守り通すことが、いかに難しいかは知っているつもりである。

しかし……。

正行は、首をふった。それでは満足できない自分がここにいる。このまま土に埋もれたくない。

また短刀を見つめ、鍛えたときの気持ちを思い出した。

鍛冶場で鍛えているとき、たしかに天から神が舞い降りてわが腕に宿ったほどの歓びと恍惚《こうこつ》があった。あの歓びと恍惚をどうしてもまた味わいたい。一生あの満ち足りた感覚に浸っていたい。それでこそ、この世に生まれてきた値打ちがある。

——やっぱり刀だ。刀鍛冶になろう。

そう決心してうなずいた。

つるは、とても魅力的な女だ。いつも美しくやさしい。だが、ここで暮らしていては、刀を鍛える歓びと恍惚は味わえない。正行の鍛えた短刀が、強くそう語りかけている。

——邪を破り、正義を顕《あらわ》せ。

なにが正でなにが邪かは、刀が教えてくれる。なにも案ずることはない。正行が鍛えた刀には、神が降臨している。

その麗《うるわ》しい姿に背中を押され、正行は立ち上がった。

ちょうどそのとき、浅間山から台地に風が吹きわたった。胡桃の葉がそよいで、気持ちのよい音をたてた。

茅葺きの家に土間から入ると、煤《すす》けた匂いが鼻についた。味噌小屋に入り、木の箱から干した胡桃を取り出した。去年の秋に拾い集めた胡桃の実は、ひと月ばかりも土に埋め、皮を腐らせ、よく洗って干してある。

その実を焙烙《ほうろく》に入れて、囲炉裏《いろり》の熾火《おきび》で煎《い》った。

香ばしく薫《かお》る胡桃を持って、つると赤ん坊が寝ている座敷の縁側にすわった。

板の上に胡桃を置き、筋に小刀をあてて半分に割る。箸の先で実を取り出し、ちいさな木皿に入れた。

「田圃はどうでしたか」

声に顔を向けると、目覚めたつるが、褥《しとね》で上半身を起こしていた。

「いいぐあいだ。心配ない」

手を休めず、胡桃を割り続けていると、赤子が泣きだした。襦袢《じゅばん》の胸を開いたつるが、小さな口に乳をふくませた。白く形のよかった乳房が大きく膨《ふく》らんで、血の道が青く浮き立っている。命のしたたかさを見せつけられているようだ。

胡桃の実が、木皿に小さな山になった。胡桃は滋養がある。産後の肥立《ひだ》ちによかろう。木皿を持って、褥のそばに行った。ほれ。食え。

「ありがとう」

黙々と乳を吸い続けている赤子を、やさしい顔でつるが見守っている。

「明日、山浦の家に帰ってくる」

正行が言うと、つるが顔を上げた。近いので、これまでも何度か帰っているが、前の日にわざわざ告げたのは初めてだ。

「赤を連れて行くのはまだ無理だと思います」

赤子のことを、このあたりでは赤と呼ぶ。赤子を見せに帰るのだと思ったらしい。

「いや、おれ一人で行ってくる」

「……そうですか。きっと喜んでくださいますよ。なにか、お土産《みやげ》があったかしら」

また赤子に顔をもどした。

やはり、赤子のことを知らせに行くのだと思っているようだ。

――刀を打ちに行く。

とは、言い出せなかった。

「どうしたんですか」

つるが、顔を上げて正行を見つめていた。なにか、察したらしい。

「早く帰ってきてくださいね」

つるの目に、すがりつく光があった。

「……そうだな。そうしよう」

ほかに答えようがなかった。


翌朝、正行は赤岩村の生家に帰った。長岡の義母から土産に鯉《こい》のすずめ焼きをたくさん持たされた。小さな鯉を背開きにして囲炉裏で焼き干しにしたもので、煮つけにして食べたり、出汁《だし》にしたりする。

屋敷の庭に入ると、黄色いひよこが何羽か群れていた。親の矮鶏《チャボ》のあとをついてまわっている。

正行は、ひよこを一羽、両手で包んだ。子どものころから、正行は、ひよこや猫など小さな生き物が好きだ。抱いていると命の愛おしさを感じる。

それにしては、自分の子に馴染めないのが不思議だった。子が家に縛りつけるからだろう。

「帰ったのか」

兄の真雄が、母屋の縁側から声をかけた。

「ああ、赤が生まれた。五、六日前だ」

「そうか。男か女か」

「男だ」

「それはめでたい。なによりだ」

兄が奥にいた父、母、兄嫁らに声をかけたので、家の中が突然にぎやかになった。

しばらく赤子の話をしたあとで、正行は兄にぽつりと言った。

「……刀が打ちたくなった」

ほう、とうなずいた兄が、訊《たず》ね返した。

「長岡の家はだいじょうぶなのか」

「ああ、田畑は下男たちがやってくれる。村役人の仕事はたいしたことない」

病気がちの義父《ちち》はここ数年、村役人の務めをしていなかった。正行が出て行けば、よけいに問題がこじれるばかりだ。いないほうがかえってよかろう。

「そうか。赤岩村はいろいろあってな、おれはどうしたって忙しい。一人でできるか」

そのつもりだった。兄を手伝って、鍛冶の手順は身につけた。向鎚は下男の多吉《たきち》にやらせればいい。

「古鉄《ふるがね》をもらっていいかな。炭も使っていいか」

「かまわんが、刀ができたら売って鉄《かね》と炭を買え」

一振りの刀を打つには、一貫余りの鉄《かね》と二十俵以上の炭がいる。鉄代、炭代がとてつもなくかかるのだ。

「わかった」

母屋のとなりに、一間《けん》幅に三間の細長い鍛冶場がある。狭いながらも、火床《ほど》と鞴《ふいご》があり、必要な道具がすべて揃《そろ》っている。

正行はまず古鉄《ふるがね》の選別からはじめた。

土間の隅に、小諸の古鉄屋から買った古い兜《かぶと》や釘などが積み上げてある。兄が古鉄屋に言いつけて、できるだけ質のよい鉄だけを集めさせている。酒の燗《かん》をつける燗《かん》鍋《なべ》は、よい銑《せん》がつかってあることが多い。銑はもろくて割れやすいが、火床で溶かし直せば、よい鋼《はがね》になる。それが古鉄卸しだ。

よい古鉄《ふるがね》の見分け方は、兄に教えてもらった。

切り鋏《ばし》や鏨《たがね》で切った断面を見て、がさがさと灰色に曇っているのは質の悪い鼠銑《ねずみせん》である。これはつかいたくない。

断面がきれいに光っているのがよい白銑《はくせん》だ。こればかり集めたいが、そんなにたくさんあるわけではない。

そのなかでも硬そうな白銑ばかり卸して刃鉄《はがね》にする。軟らかそうな白銑ばかり卸して心鉄《しんがね》にする。軟らかい心鉄を硬い刃鉄で包むから、刀は折れず、曲がらず、よく切れる。

燗鍋を鉄敷《かなしき》にのせて手鎚で割り、断面を見た。釘は大きな切り鋏《ばし》で切る。

断面を見分けて、三つの木箱に分類して入れていく。使いたくない鼠銑が多いのは仕方がない。

夕方まで一日その作業をやって、ようやく二貫ばかりのよい白銑が溜まったころ、兄が鍛冶場を覗いた。

「いいのばかり選んだな」

白銑を集めた二つの箱を見て、兄が感心している。

「いい鉄だけを集めれば、いい刀ができるんだろ」

「そのとおりだ。鉄の選び方で妥協したら、どんな名人でも鈍刀《なまくら》しか打てない」

ならば、よい鉄ばかりを選びたい。兄のことばを頭に刻み込んだ。

「そろそろ日が暮れる。早く帰らないと暗くなるぞ」

言われて首を振った。

「早く鍛錬をしたいんだ。今夜は泊まっていく」

「長岡の家には言ってきたのか」

泊まるとは言わなかったが、来るとは言ってある。

「言ってきた。だいじょうぶだ」

「この暑い盛りに、鍛冶仕事をするつもりか。よほどの物好きだ。倒れるぞ」

本職の鍛冶は、暑い盛りは鉄の選別や銘切りなど火を使わなくてもいい仕事をするのだと兄が教えてくれた。

暑くてもなんでも、刀を鍛えたかった。こころが鉄《かね》に疼《うず》いていた。蕩《とろ》ける鉄を早く鍛えたい。

「塩を舐《な》めながらやれば、だいじょうぶだろ」

気がすむまでやるしかなかろうな、と兄が笑った。

晩飯にひさしぶりに母親の味噌汁を飲んだ。味噌は子どものころから口になじんだものがやはり美味《うま》い。

夜は、兄が買い求めた刀を見せてもらい、姿や地鉄《じがね》について教えてもらった。

つぎの日は、古鉄卸《ふるがねおろ》しをした。

火床《ほど》に細かい松炭を敷いてすり鉢状の窪《くぼ》みをつくる。そこに小さく切り揃えた古鉄をていねいにならべる。その上にも炭を盛って火を熾せば、溶けた鉄の滴《しずく》が窪みの底に集まって塊となる。

火を点《つ》けた。

兄がやるのを何度も手伝ったが、一人でやるのは初めてだ。

鞴《ふいご》で気長に風を送りつづけていると、火床に朝日のような熱が籠《こも》り、古鉄が溶ける。溶けた古鉄が炭をつたって滴《したた》り落ち、塊となる。

炭のなかは見えるはずもないが、火の色を見つめ、鞴の柄の感触に神経を集め、風の音に耳を澄ましていると、火床のなかのようすを感じるようになる。ひと滴ずつ鉄の滴が落ちていき、鋼《はがね》の塊となり、それが大きくなっていくのが、見える気がする。

半刻《とき》（一時間）ばかりも鞴の柄を抜き差ししていると、ごとりと音がして、風が羽《は》口《ぐち》から火床へ勢いよく吹き込む感触があった。

――できたな。

拳《こぶし》ほどの塊となった鉄塊がころがって空洞ができ、そこに風が吹き込んだのだ。

火搔《ひか》きで、細かい炭をどけると、形のよい鉄塊ができていた。下がすぼまり、上が平らで、まわりがすこし角《つの》のように尖っている。明るい山吹色に染まっている。

鉄の塊をしばらく見つめていた。自分で卸した鉄だ。頬ずりしたくなるほど美しい。

赤黒く冷えたところで、母屋に兄を呼びに行った。

「水圧《みずへ》しをしたいんだ。向鎚を頼めないか」

座敷の小机で書き物をしていた兄が顔をあげた。下男の多吉は用事で出ている。

「しょうがない。つきあうか」

苦笑した兄がしぶしぶ腰を上げた。

鍛冶場に入ると、正行は火床に炭を盛った。横座にすわって鞴で火を熾し直し、卸《おろ》し鉄《がね》の塊を炭に埋めた。

「はじめは、小豆くらいの色がいいぞ」

板戸を閉めて暗くした鍛冶場で、兄が言った。

卸した古鉄は、ところどころに炭や銑《ずく》を嚙んでいるので、ばらばらになりやすい。

最初はほのかに赤めて軽く叩き、だんだん温度を上げて強く叩くのがいいのだと教わっている。

「そろそろいいだろう」

炭を掻き分けて見ると、鉄塊が小豆よりすこし赤まっている。それを鋏箸《はし》ではさんで鉄敷《かなしき》にのせ、兄に向鎚で押さえてもらった。

向鎚で叩くのではなく、ただ重さのままに押さえただけだが、最初はそれぐらいでないと砕けてしまう。

また炭に埋めて赤め、こんどは、軽く叩いてもらった。二度、三度叩くと、鉄塊がわずかに平らになった。

くり返し火床《ほど》で赤め、すこしずつ平らに叩き延ばしていく。

勢いをつけて鞴《ふいご》の柄を抜き差しすると、風が強すぎると兄に注意された。

「ここで鉄《かね》を沸かしちゃならんぞ。赤めるだけだ。あとの鍛錬のときも、沸かし過ぎると、鉄が白けて馬鹿になってしまう。焼き入れをしても刃が冴《さ》えず、ぼけて眠くなる」

下手な鍛冶は、炭をたくさん無駄につかって、鈍刀《なまくら》しか鍛えられない。

上手な鍛冶は、すこしの炭で効率よく鉄を赤め、沸かし、冴えた鉄で秀抜な刀を鍛える。

なんどか炭に埋め戻して赤め、煎餅《せんべい》ほどに薄くなるまで叩き延ばした。

「これでいい。水に浸けろ」

向鎚を振るい終えた兄が汗をぬぐいながら言った。

正行は、薄く延ばした鉄を鋏箸《はし》でつかみ直すと脇に置いてある水桶に浸けた。

水の淬《にら》ぐ音がしずまると、ぴきっ、ぴきっと、鉄に罅《ひび》の入る音が聞こえた。

しばらく待って取り出した。ここまでが水圧《みずへ》しという作業だ。

「小割《こわ》りは一人でできるな。積み沸かしのときは、多吉に頼むといい」

そう言うと、兄は板戸を開けて出て行った。着物の背中が汗でびっしょり濡れている。

正行は窓を開けた。真っ暗で蒸し暑かった鍛冶場に、風が通った。

外の光がまぶしく、木立ちから吹いてくる風がやたらと涼しく感じられた。すこし風にあたってまた横座にすわった。

薄く叩き延ばした鉄を鋏箸で摑み、鉄敷の角に当てて、手鎚で細かく砕いた。ところどころにまだ銑《ずく》が混じっているので、丹念に取り除いた。

小腹が減ったと思っていると、昼に母が声をかけてくれた。母屋に行くと、冷たい井戸水で洗った水飯が仕度してあった。胡瓜《きゅうり》と茄子《なす》のぬか漬けの味が懐かしかった。

「憑《つ》かれたようにやっているな」

膳に向かいながら兄に言われた。たしかに正行は一心不乱に鉄に向き合っていた。楽しいなどという気持ちを通り越して、鉄に魂が吸い取られるようにのめりこんでいた。

「今日のうちに小割りした刃鉄《はがね》を積んでしまう。明日の朝から積み沸かしをして鍛錬したい。向鎚を頼めるかな」

箸を膳に置いて、兄に頼んだ。下男の多吉より、やはり兄のほうが向鎚がうまい。暑い盛りのいまは、田の仕事は忙しくない。村役人の仕事さえなければ、兄は時間があるはずだ。

「明日もまた来るのか」

訊ねられて、正行は返答に窮した。今夜も泊めてもらうつもりだったからだ。

「泊まって、明日の朝いちばんから積み沸かしをしたい」

兄が腕を組んで口元をゆがめた。

「おまえの家は、大石村の長岡だ。帰って、むこうの仕事もしなければならんぞ」

押し問答はしたくなかった。

「わかりました。今夜は帰って、明日また来ます」

すぐには頷かなかったが、兄は許してくれた。

それから夕方までかかって、小割りにした刃鉄《はがね》を梃子棒《てこぼう》の先につけた鉄板《かねいた》の上に隙《すき》間《ま》ができないようにていねいに積み重ねた。隙間があると、あとでそこが地肌に出て鍛え傷となる。鉄《かね》が空気を封じ込めてしまうと、そこがふくれとなる。

紙で巻いて包み紙縒《こよ》りで縛り、鍛冶場の邪魔にならないところに静かに置いた。兄にそのことを伝えてから、大石村に帰った。


「お帰りなさい」

長岡の家に帰って奥の座敷に入ると、梅作に乳をやっていたつるが笑顔で迎えてくれた。

「昨夜は、遅くなったから赤岩に泊まったんだ」

「はい。そうだと思っておりました。でも、お帰りがないと、心配で眠れませんでした」

赤子が乳を飲み終えたので、つるが背中を軽く叩いてげっぷをさせた。赤子が満足そうに小さな口であくびをした。

「抱いていいか」

「はい」

まだすわらぬ首をささえながらそっと抱くと、あどけない顔で笑った。

「おや、笑った」

「あなたにそっくり」

「そうか?」

「そうですとも」

子は可愛い。可愛いに決まっている。子煩悩《ぼんのう》な自分が嫌いだ。小さな幸せに安住したくない。なにかとてつもなく大きなものに挑みたかった。

井戸端で水を浴びて浴衣《ゆかた》に着替え、梅作を抱いたつると義母といっしょに晩飯を食べた。義父は奥座敷で寝ている。

布団を敷いて蚊帳《かや》を吊り、親子三人で寝た。

静かな夏の夜で、虫の音がしきりとしている。つるが団扇《うちわ》で正行と梅作を扇いでいる。

「刀が打ちたいんだ」

兄と刀を打っていることは、前にも話してある。

「……はい。この家に鍛冶場を作るんですか」

それは思ってもいなかったことだ。

「いや、まだ一人では無理だ。まずは兄に教えてもらう」

こんどは、つるが黙った。

「山浦の家に通うんですか」

「ああ、そうなる。何日か泊まることもあるだろう」

「この家のことはどうなりますか」

「おれがいなくても、まわっていた。村役人の仕事は、相役がやってくれる」

団扇を止めて、つるが顔を上げた。

「あなたは、自分のことしか見ないのね」

どきりとしたが、正行はなにも言わなかった。

「すまん」

素直に謝ると、つるがくすりと笑った。

「子どもみたいに、やりたいことがあると、そのまま真っ直《ます》ぐ向かって行くのね」

褒められているのか、詰《なじ》られているのか——。詰っている口調ではなかった。

「そんなふうに言われたら、止められないじゃないの」

とにもかくにもつるの了解をとりつけて、赤岩村に通うことにした。

その翌日から、刃鉄《はがね》の積み沸かしをはじめた。

まずは、炭切《すみき》りからだ。刀鍛冶がつかうのは松の炭である。軽い松炭は一気に火力をあげやすいが、すぐに燃え尽きるので一振り鍛えるのに、二十俵をはるかに超える炭を使う。炭は山の炭焼きから買って、鍛冶場のとなりの納屋《なや》に、俵《たわら》を積み上げてある。

一俵かついで鍛冶場に運び、炭切り台として置いてある筒切り丸太の前に腰かけた。

俵から松炭を取り出す。長さ一尺、太さが三寸もある大きな炭だ。松脂《まつやに》が残っているといけないので、鉈《なた》で皮を削《そ》ぐ。縦に割ってそれを横に切っていく。同じ七、八分角になるように切り揃《そろ》える。大きさがまちまちだと、火床《ほど》のなかの風のまわり具合にむらがでて、熱が火床全体に均等に籠ってくれない。古鉄卸《ふるがねおろ》しや焼き入れには、それぞれ細かさの違う炭をつかう。

一刻（二時間）ほどかかって、一俵の炭を小さく切った。

刀鍛冶に弟子入りすると、最初は何年も炭切りばかりさせられると聞いている。一生、炭切りだけをする下働きもいるらしい。

——そうはなりたくない。

鍛冶として刀を鍛えたいのだ。

しかし、そのためには、まず炭切りができなければどうにもならない。うまく大きさを揃えて切るには、それなりの修練が必要だ。兄に手本を見せてもらい、初めてやったときは、ざくざくに切れてしまい、まるで大きさが揃わなかった。大きさは揃えられるようになったが、まだ時間がかかる。兄なら、一刻で二俵切る。

散らばっていた炭を大きな炭箱に入れた。

正行が切ると、あちこちに炭が飛んでいく。兄なら、炭切り台の角をじょうずに使って、すぐ下に落ちるように切る。そのほうが、炭を集める手間がかからない。

炭を火床に盛って、よく乾いた豆幹《まめがら》をのせた。台所から火を持ってこようかと考えたが、自分ひとりで最初から鍛えるのは初めてなので、釘を叩くことにした。鉄敷《かなしき》に釘をのせて、手鎚で叩くとすぐに赤くなる。

杉のへぎ板に、硫黄《いおう》を塗って付け木がつくってある。赤まった釘を硫黄にあてると、小さな炎が立った。その火を丸めた反故《ほご》紙に移し、炭の上に置いた豆幹《まめがら》に点けると、勢いよく燃えた。鞴《ふいご》の柄を抜き差しして、風の感触をたしかめながら火を熾した。

昨日、小割りした刃鉄《はがね》を梃子棒《てこぼう》の先に積んで紙で包んで、鍛冶場のすみに大切に置いておいた。

梃子棒を右手で握って持ち上げた。

——重い。

梃子棒の先に積んだ刃鉄がずっしり重く、危うく取り落としそうになった。すかさず左手で支え、そっと運んで火床《ほど》の横に置いた。刃鉄は七百匁の重さに積んだ。落としたら、また一から積み直さなければならない。

十分に火が熾って火床が温まったので、十能《じゅうのう》で炭をかきわけて場所をつくった。刃鉄を包んだ紙を水で濡らして藁灰《あく》をまぶし、柄杓で泥汁をかけまわし、そっと火床のなかに置いた。

真っ赤な炭をかけて刃鉄を埋め、鞴で風を送った。

鍛冶場の闇に、青い炎が立っている。風を送り続けていると、炎が赤くなった。

——鉄《かね》を沸かすのは、火と風だ。

兄にそう教えられた。

大きな箱鞴のなかに取り付けてある風板が、たたん、たたんと、単調な音を立てて、小気味よく風を吹き出している。火を見ていると、いろいろな思いが頭をよぎる。炎のなかにつると梅作の顔が浮かんだが、やがてゆらめいて消えた。

しばらく風を送り続けていると、炎のなかに火の粉の華《はな》がでた。

正行たち古い時代の鍛冶は知らぬことだが、華となったのは刃鉄に混じっている炭素である。火の粉が華となって爆《は》ぜるうちは、まだ炭素が多くて鉄が硬い。大きな向鎚《むこうづち》で力強くなんども叩けば、炭素が抜けて硬さがころあいになる。

当時の刀鍛冶たちは炭素という概念を知らなかったが、経験から鉄の硬さ、軟らかさを見抜く術《すべ》を知っていた。炭切りのとき、松炭の皮を剝《は》いだのは、松脂が燃えれば炭素となって炎のなかで華となり、鉄から出た華と見誤るからである。

さらに風を送り続けると、右手で触れている梃子棒にふつふつとした感触があった。鉄が沸きはじめたのだ。

母屋にいる兄を呼びに行くと、すぐに来てくれた。

梃子棒をしっかり握り、左手でにぎった藁《わら》の手箒《てぼうき》で支えながら、刃鉄を火床から取り出した。

山吹色にとろりと蕩けている。まわりにかけておいた泥と藁灰が、鉄の芯《しん》までほっこりと熱を籠らせている。その泥が、油のようにとろけて滴っている。いちばん具合のいい沸き方である。

「いい油沸かしだ」

向鎚を手にした兄がつぶやいた。

正行もそう思った。鉄敷《かなしき》にのせて、向鎚で兄にそっと押さえてもらった。ただ積んであるだけだから、よけいな力がこもったら、たちまちばらばらになってしまう。二貫ある向鎚でしっかり押さえてもらうと、細かく割って積んであった刃鉄《はがね》が融着する感触があった。なんでもなさそうな工程だが、最初の大きな関門である。しっかり鉄《かね》と鉄が着いたようで、正行は安堵した。

それをまた火床《ほど》に戻して沸かした。

「最初はようすを探りながら、試すつもりで低めに沸かせ」

兄に言われて慎重にやった。沸かさなければ、鍛錬はできない。沸かし過ぎると、鉄が馬鹿になる。

小割りにした刃鉄が鍛着したら、こんどは折り返し鍛錬だ。火床でとろりと沸かして、兄に向鎚で叩いてもらった。

正行は兄に手伝ってもらい、鉄と格闘した。

最初のころは、二日に一度、三日に一度は、大石村の家に帰ったが、しだいに足が遠のいた。

——鉄ほど面白いものはない。

正行はつくづくそう感じている。満月の色に明るく蕩けた鉄塊の美しさが、正行の心をつかまえて離さない。向鎚を振り降ろした刹那《せつな》の轟音《ごうおん》と四方八方に飛び散る火花のすさまじさが心をゆさぶる。

窓を閉ざした鍛冶場の闇に、途方もなく美しい世界があることを、侍も町人も百姓も知らない。刀鍛冶だけが、それを知っている。


正行が山浦の家で鍛冶仕事に没頭していることを、父と母は喜ばなかった。

「おめいは、大石村の長岡に婿に入っただぞ」

父に小言《こごと》をいわれると、その日は大石村に帰った。

それでも、また翌朝、刀を打ちにやって来る。

「赤はずいぶん可愛くなったずらい」

母は、正行がつると子どもをほったらかしにして平気なことを不思議がった。

「おめいなら、えらい可愛がるだろうと思ったになぁ」

「可愛がってるさ」

「おめいは、小さいころから、とてもやさしい子だったに……」

どうしてそんなに冷たくなったのかと、言いたいらしかった。

なるべく母屋に行かず、正行は鍛冶場に籠った。

正行は、おのれの質《たち》をよくわきまえていた。わきまえて大石村から離れている。

梅作がちかごろ愛想よく笑うようになってきた。ついかまいたくなる自分を正行は知っている。

——おれは、すぐに溺《おぼ》れる。

婿に行くまでは、女に溺れていた。夜ごとあちこちの女に夜這いをかけて、若衆宿でものにした女の数を誇った。

いま梅作といっしょにいたら、溺れるほど愛するに決まっていた。そうなったら、家族にこの身をからめ取られて、身動きがとれなくなる。

そうなりたくなかった。


古鉄《ふるがね》の選別から始めて、正行は丹念に鍛刀の作業を積み重ねた。

半月余りかかって、二尺三寸の刀を二振り鍛えた。

刃文《はもん》は、丸い山と谷を連続させた互《ぐ》の目《め》にした。愚直なほどていねいに焼刃土《やきばづち》を塗った。

夜になって、焼き入れをすることにした。

焼き入れの前に、庭の祠に灯明を供えて手を合わせた。

――いい刀になりますように。

手を抜かず、必死で頑張ったのだ。きっといい刀になる。そう信じて刀身を熟れ柿の色に赤め、水船《みずぶね》に浸けた。

水が泡立ち、淬《にら》ぐ音がしだいに小さくなっていくなかで、鋭い金属音がした。

そばで見ていた兄の眉間に、深い皺《しわ》が寄った。

我慢してじっと冷えるのを待ち、水から出してみると、焼刃土に割れが入っている。急いで砥石《といし》で土を落としてみると、物打《ものう》ちに大きな刃切れが入っていた。

「残念だったな」

頭が真っ白になって、なにも考えられない。

「赤め過ぎたのか……」

「そうではなかろう。あの温度でよい」

「なにが悪かったんだろうか」

「無理に反《そ》りをつけたせいか、心鉄《しんがね》と刃鉄《はがね》の按配《あんばい》がわるかったか、刃鉄が硬すぎたか……」

同じ姿に鍛えたのが、もう一振りある。

「どうする？　明日にするか」

「いや、今夜やってしまう」

一刻ばかりかけて土を置き、火床《ほど》で乾かした。熟れ柿の色に赤め、息を殺して水船に浸けた。水の淬ぎに、じっと耳を澄ました。

金属的な音はしなかった。

砥石で焼刃土を落してみると、それでもやはり物打ちに刃切れが入っていた。ごくほんの一分ほどの小さな刃切れだが、刀にとっては致命的だ。いつの間に入ったのか。

悔しくて、涙があふれた。こんなことで泣いてはいけない。懸命に堪《こら》えたが、どうしようもなく涙が流れた。

「なにかに無理があったのだ。鉄《かね》は正直だ。どこかに無理があると、刃切れが教えたのだ」

「なにが無理だったのか……」

「それが分かったら、苦労はない。鍛冶の仕事は、ただていねいな仕事をひとつずつ積み重ねていくだけだ。それしかできない」

「どうすればいい……」

「もう一度、古鉄《ふるがね》の選別から同じことをやるだけだ。それがいやなら、これきりにしておけ」

その夜は、悔しくて、朝まで眠れなかった。

翌朝、悔しさを奥歯に嚙みしめながら、刃切れのできた刀を火床《ほど》で赤め、薄く叩き延ばして切り鋏《ばし》で小さく切った。

――ちくしょう。このつぎは、必ず。

また、古鉄卸《ふるがねおろ》しをして、一から鍛えるつもりである。

悔しさが大きな熱情の滾《たぎ》りとなって、正行のなかで燃えていた。


さらにひと月かかって、正行は、二尺三寸五分の刀を二振り鍛えた。

秋になって、兄は村役人の仕事が忙しくなったので、向鎚は下男の多吉に頼むことが多くなった。若い多吉は力があり、慣れているので、危なげなく鎚を振るった。

土置きも焼き入れも一人でやった。

――熟れた柿の色。秋の照柿《てりがき》の色……。

そう念じながら鞴《ふいご》で風を送り、火床で刀身を赤めた。

炭に埋めた刀身を取り出してみると、全体が満遍なく柿の色に赤まっていた。すかさず水船に浸けた。

すぐに水が淬《にら》ぐ音がした。胸が高鳴っていた。ゆっくり待って、水から引き上げた。

下地砥《したじと》の粗い砥石で焼刃土《やきばづち》を落し、ざくざく研いだ。

——また、刃切れしていないか。

灯明の炎を大きくして、しげしげ見つめた。

——だいじょうぶのようだな。

さらに慎重に研ぐと、やがて粗い研ぎ目のついた肌のなかに互《ぐ》の目《め》の刃文の波形がはっきり見えた。刃縁《はぶち》にしっかりと小沸《こにえ》がついている。

——できた。

ひとまず胸を撫で下ろした。

二振り目も、刃切れや大きな疵《きず》はなかった。

翌日、茎《なかご》を突っかけ鑢《やすり》で仕立てて兄に見せると、大きくうなずいてくれた。

「上出来だ」

二振りとも小諸の研師に持って行った。

半月ばかりして、研ぎ上がった刀を受け取った。

「いい刀ができましたな」

四十がらみの研師に言われて、正行は顔が火照《ほて》った。

胸を高鳴らせながら一里の道を走って家に帰り、巻いてあった晒《さらし》をはずした。

二振りの刀は、どちらも満足のできる出来だった。板目《いため》の地鉄《じがね》がいかにも強そうだ。

ただし、一振りは鎺元《はばきもと》から六寸ばかり上で焼刃土《やきばづち》がはがれたのか、二寸ほど互《ぐ》の目《め》がぼやけてついていないところがあった。残念だが、大きな疵ではない。全体を見れば、きちんと焼きが入り、刃がついている。

兄の真雄に見せると、目を細めて眺めてから、たいそう褒めてくれた。

「これはなかなかいい出来だ。互の目の刃文は単調だが、刃縁が冴えている。地鉄がすばらしくいいからだ」

自分でも地鉄が気に入っていただけに、兄のことばが嬉しかった。

「売り物になるでしょうか」

「ああ、これなら売れる。二両ならだいじょうぶだろう。どうする。二振りとも売るか」

「一振りは自分の差料《さしりよう》にします。一振りを売ってくれますか」

焼刃土の剝がれたほうを差料にすることにした。また小諸に持って行き、刀屋で拵《こしら》えをつけてもらうつもりだ。

「どこで売るか……」

「刀屋に売るより、この刀を気に入ってくれる人に持ってほしい」

「それなら、上田の河村先生のところに持って行こう。先生は藩士を大勢ご存じだから、小諸の刀屋で売るよりはいいだろう」

「そうしてください。お願いします」

何日かして、兄が上田藩の刀工河村寿隆のところに行くとき、その刀を持って行った。

四日たって帰ってきた兄が、めずらしく興奮していた。

「寿隆親方が褒めておられたぞ。十八の若さでこれを打ったのなら、さぞや名工になるだろうとな。ちょうど松代《まつしろ》藩の武具《ぶぐ》奉行が来ることになっているから、見せると仰《おつしや》ってくださった」

予想もしない話の広がりに、正行は心を大きく躍《おど》らせた。

冬になってまた上田に行った兄が、河村寿隆の家から朗報をもちかえった。

「よろこべ。松代藩の武具奉行高野隼人《たかのはやと》殿が、おまえの刀を気に入って三両で買い上げてくださったぞ」

刀としてその値が高いのか安いのか分からないが、なんにしてもつぎの炭と鉄《かね》が買えるのはありがたい。

一振りあたり、炭が二分、古鉄《ふるがね》が一分、研ぎ代が二分、くわえて、河村先生に礼として一分渡した、というから一両二分の掛かりである。

それが三両で売れて、一両二分の手間賃が稼げたのなら、ずいぶん儲《もう》かった気がする。

「そっちの刀の掛《か》かりも出ていることを忘れるなよ」

たしかにそのとおりだ。二振りで、材料費と研ぎ代が二両二分かかったことになる。

「代金は、つぎの炭、鋼《はがね》代にまわしてください」

正行はそれでよかった。自分の刀が一振り残っているのだから大いに得をした気持ちである。

「ああそうしよう。これでつるさんに、なにか買ってやれ」

兄が一分金を一枚正行に渡した。炭で黒く汚れた正行の大きな掌で、小さな一分金

心している。おまえには、鍛冶の天性があるのだろう」

「そうでしょうか」

「ああ。その調子で精進すれば大丈夫だ。松代にも刀工がいるが、あまり腕がよくないらしい。お城のお貸し刀として大慶直胤の刀を買っているそうだ」

侍たちは、もちろん自分の刀を持っているが、いざ合戦というときのために、お城には刀や長巻《ながまき》を備蓄しておかねばならない。名刀は必要ないが、実戦の役に立つ実用刀が必要なのだと兄が語った。

大慶直胤は、江戸の水心子正秀《まさひで》の弟子である。正秀がすでに亡くなったいま、当代随一の鍛冶の名が高い。

「藩工とはいっても、せいぜいが二人扶持《ぶち》、わるくすれば一人扶持だぞ」

兄に釘をさされたが、わずかでも扶持《ふち》をもらって、好きな刀が打てるなら、そんなことは気にならない。一人扶持は、一日に玄米五合。一年にして二石足らず。俵にして五俵に足らない。足軽や中間《ちゅうげん》よりさらに薄給である。

「炭と鋼《はがね》代は、扶持とはべつにもらえるんでしょ」

「それはそうなるだろうな」

それならかまわない。召《め》し抱えてもらえるなら、贅沢《ぜいたく》はいわない。

「抱えてもらえるかどうかはわからない。とにかく、まずは、折れず、曲がらず、よく切れ、扱いやすい刀を鍛えよ」

兄に言われて、正行は大きくうなずいた。

二　志津

文政《ぶんせい》十三年（一八三〇）の十二月に改元があって、天保《てんぽう》とあらたまった。

正月が明けるのを待ちかねて、正行は松代に向かった。袴《はかま》をつけ、長羽織を着て自分で鍛えた大小の刀を差している。郷士ではあるが帯刀できる身分なのがありがたい。

年末に鍛えた二振りの刀を風呂敷に包んで背負っている。必ずや、武具奉行高野隼人の気に入ってもらえることと信じている。

松代に行くのは初めてだ。道のりは十里余りだという。夜明け前に大石村を発《た》って急いで歩けば、日の暮れには着けるだろう。

「行かないでください」

梅作を抱えたつるが止めたが、正行は聞かなかった。

「藩のお抱え工になるんだ」

召し抱えると言われたわけではない。行けばなんとかなる、と思っているだけである。

つるを振り払って、長岡の家を出た。

千曲川沿いの街道を大股で歩いた。しだいに川幅が広くなり空が大きく広がった。一歩踏み出すたびに、夢がふくらんだ。藩工になり、殿様の刀を打つ。御意《ぎょい》に召して、江戸の将軍様に献上される——。そんな晴れやかな日々が待っているに違いない。

日暮れ前に松代に着いた。

暮れがての千曲川のほとりに立って、正行は松代の城をながめた。

天守閣はなく、ただ石垣だけがある。藩主の居館や藩庁は外の曲輪《くるわ》にあるらしい。

——ちいさな城だな。

小諸藩は一万五千石しかないが、崖や谷をたくみに活用した小諸城は難攻不落に見える。

松代藩は十万石である。戦国乱世のころには、海津《かいづ》城とよばれ、武田《たけだ》家の拠点であったと聞いていたので、もっと堂々とした城郭《じょうかく》を想像していた。

城は川に近い平野にあるが、町は山に囲まれた盆地にあった。さすがに十万石だけあって、小諸よりよほど賑わっている。

とりあえず、その晩は一番にぎやかな高札場《こうさつば》の前の旅籠《はたご》に泊まった。梅田屋《うめだや》という大きな宿で、旅の商人《あきんど》たちが大勢泊まっている。

翌朝、仲居におよその場所を教わり、象山《ぞうざん》の近くにある武具奉行高野隼人の屋敷をたずねた。

立派な門構えだった。閉ざされた門の前に立って、正行ははたと迷った。

――なんと言おうか。

じつは、松代に行くというと、兄に反対された。

「正式に話があってからにしろ」

そのとおりだと思ったが、待ちきれずいても立ってもいられなくなって出てきたのだ。

「武具奉行がお買い上げくださったのは、十八の若造が鍛えた作としては、出来がよいということに過ぎん」

そうも言われた。お抱えの話などは夢物語かもしれない。

だから、今回の松代行きは、兄に内緒である。

正行は、懐に手を入れて、いつも持ち歩いている小烏丸《こがらすまる》造りの短刀を取り出した。

鞘《さや》を払って、じっと見つめた。

よく晴れた朝の光を鮮烈にはじいて、短刀がきらめいた。

——よし。だいじょうぶだ。

短刀を見ていると、自信が湧き上がってきた。

考えていても、埒《らち》は開かない。

思い切って門を叩いた。

屋敷のうちは、森閑《しんかん》としたままだったが、ややあって足音が聞こえ、わきのくぐり戸が開いて、中間《ちゅうげん》が顔を見せた。

「小諸藩郷士山浦昇の弟正行と申す。お奉行殿にぜひともわたしの打った刀をご覧いただきたくて参上つかまつった」

見苦しくないように、月代《さかやき》をきれいに剃《そ》り、着物も一張羅《いっちょうら》を着てきた。一世一代の訪問である。

「おまちください」

いったん引っ込んだ中間が、すぐにまた戻ってくる足音がした。

こんどは、くぐり戸ではなく、門が開いた。

「どうぞ、お入りくださいませ」

中間が頭を下げて、正行を迎え入れた。ちゃんとした客としてあつかってくれている。

「こちらでございます」

中間が母屋のわきから裏の庭に案内した。

ついていくと、庭に侍が立っていた。

剣術の稽古《けいこ》でもしていたのか、刺し子《さしこ》の道着を着て、紺色の稽古用の袴をつけている。歳《とし》は三十ばかりか。背は大きな正行におよばないが、肩や胸が厚く盛り上がっている。よほど剣の道に精進しているに違いない。骨っぽい顔も、無骨な人柄を物語っているようだ。

「貴公が山浦昇殿の弟か」

折り目の正しい話し方がありがたかった。

「はい。山浦環《たまき》正行でございます」

正行は、立ったまま深々と頭を下げた。

「わしが高野隼人だ。このあいだの刀は、なかなかよかった。じつは殿にもご覧いただいたところ、いたくお気に召されてな」

「殿様が……」

松代十万石の藩主真田幸貫《さなだゆきつら》が見て気に入ってくれたのなら、天にも舞い昇るここちである。

「鉄《かね》のよさもさることながら、姿《すがた》に覇気《はき》があると仰《おお》せであった」

「覇気……」

そのことばが、正行の頭のなかで、天啓のごとくに響きわたった。

――そうだ。覇気だ。刀になによりも大切なのは、覇気だ。

美しさも品格も大切だが、それは覇気からにじみ出てくるべきなのだ。

大石村から松代まで歩いてくるあいだ、これから松代でどんな刀を打ちたいか、ずっと考えていた。

その答えに、いきなりめぐり合った。しかも、真田の殿様が教えてくださった。なんという僥倖《ぎょうこう》か。

「いかがいたしたか」

「はい。ここまでの道中、つらつら刀について考えておりましたが、それがうまく言葉になりませなんだ。いま、覇気とおっしゃったのが、脳天からずどんと突き刺さったここちです」

高野がからからと笑っている。

「おもしろいことを言う男だ」

「いえ、ただ刀のことばかり考えて歩いてきたせいです」

「それをこそ一途《いちず》と呼ぶぞ。鍛冶の道に精進しておればこそ、あの出来ばえになったのだ。殿がお抱え工に望まれたのも、まさにご炯眼《けいがん》であったわい」

　正行は、大きく目を見開いた。

「殿様が……」

「ああ、お抱えにして、松代で刀を鍛えさせろとの仰せであった」

「まことですか」

「しかし、反対する者がおって、残念ながらお沙汰《さた》にはならなかった」

「反対……」

「城に備える刀が若造の作では頼りない。実戦の役に立つまいと言われて、殿も反論なさらなかった」

　正行はうなだれた。

　抱いていた望みが、あっさり泡と消えてしまった。反対したのが誰かを訊《たず》ねる勇気はなかった。名を聞いても、どのみち分からない。

「新しい刀を持ってきたのなら、見せてもらおうか」

言われて、正行は背負っていた風呂敷包みをほどいて、刀を出した。白鞘《しらさや》を取り出し、両手で捧げて差し出すと、高野が恭《うやうや》しく受け取った。すらりと抜きはらって、柄《つか》の端を握り、まっすぐ腕を伸ばして刀身を垂直に立てた。

目を細めて、全体の姿を見つめている。すぐに口を開いた。

「よい姿をしておる。刀は身幅《みはば》が髪の毛一本ちがっただけで、姿が緩《ゆる》んで鈍刀《なまくら》に見えるものだ。そなたの心根には、天性の覇気が備わっていると見た。それが姿となってあらわれるのであろう」

「恐れ入ります」

褒められて、正行は心が火照った。なにしろ、武具奉行が褒めてくれたのだ。

「姿もよいが、地鉄《じがね》もじつにすばらしい。どこの鉄《かね》をつかっておる。ちかごろは茂来《もらい》山《さん》でも鉄が見つかったそうだな。そこの鉄か」

茂来山は、小諸から八里ばかり南東にある山で、磁力の強い鉄の石が見つかったとの話を聞いた。

研究熱心な兄の真雄が取り寄せてみると、たしかに釘がぶら下がるほどに強力な磁石であった。鉱石を砕いて火床《ほど》で卸《おろ》そうとしたが、古鉄《ふるがね》や砂鉄と違ってとても鉄の塊にならなかったのだと説明した。

「なるほどな、信濃の鍛冶ならば、信濃の鉄をつかいたかろうが、それではいたしかたない。では、出雲《いずも》か播州《ばんしゅう》の鋼《はがね》か」

正行は、首を横に振った。どちらの鋼も、江戸の問屋を通じて買うことができる。むろん試したが、いまひとつ満足しなかった。

「出雲や播州の鋼では、いくら鍛えても地肌《じはだ》に潤いがでませぬ。鉄は古いのを卸《おろ》すのがなによりと存じます」

高野が大きくうなずいた。

「なるほど。それゆえ、古刀のごとき潤いがあるのだな」

「ありがとうございます」

「試したくなった。よいか」

「お望みとあらば」

「しかし、巻藁《まきわら》など切ってもおもしろうない。さて、なにを切るかな」

刀身を見つめたまま、高野が首をひねった。

「なんなりと」

「鉄炮の筒で試してみるか……」

「それはよいお考え」

正行は声を上げて笑った。刀で鉄炮の銃身が切れたら痛快だ。

冗談だと思って笑ったが、高野は真顔《まがお》だった。

中間を呼ぶと、納屋にある古い金物の箱を持ってくるように命じた。

雑多な金物が入っている木箱から、幅四分、厚さ一分ばかりの細長い鉄の板を取り出した。

「まずは、これからだ」

高野が庭の隅につくってある盛り土の壇《だん》に、その鉄《かね》の板を置き、押しつけて土にめり込ませ、しっかりと固定した。

盛り土は高さ一尺余りか。刀を振り下ろしたとき、もっとも衝撃力の強い高さにつくってある。

高野は白鞘の柄《つか》をはずして、握りやすい太い柄をはめている。試刀家たちは、試斬《しざん》の際、太い柄をはめるのだと兄から聞いたことがある。

土壇《どだん》の前に立つと、止める間もなく刀を振り下ろした。

「あっ……」

正行が声を上げたのと同時に鈍い音がして、刀が土壇にめり込んだ。

鉄片は両断されている。

高野がしげしげと断面を見ている。

「よい刃味《はあじ》であった」

渡されて、正行も見た。たしかに鉄がすっぱり切れている。

正行は顔が火照った。自分の鍛えた刀が、焼き入れしていないとはいえ、鉄を両断したのだ。鍛冶として嬉しくないはずがない。刀も刃こぼれしていなかった。

見ているあいだに、高野はべつの鉄を土壇に埋めていた。直径一寸はある太い鉄炮の筒である。大きな十匁《もんめ》玉を撃つ筒だ。鉄が厚い。すでに何度も試し斬りをしたのか、銃身に傷がついている。

「それは無理でござる。切れはいたしません」

正行は思わず手を伸ばしていた。刀を返してもらおうと思ったのだ。

「いや、切れぬのは当たり前。こんな太い筒を両断しようなどとは思っておらぬ」

「では……」

「荒試《あらだめ》しよ。おぬしの鍛えた刀が、刃こぼれせぬかどうかを試してみる」

有無《うむ》を言わせぬ口調で断じた。

「お願いでございます。おやめくださいませ」

正行は両手を広げて、高野の前に立ちはだかった。

「なぜだ」

ごつい手で太い柄を握った高野が、正行の刀を横に向けてぶんと振った。

風を切る音が、すさまじく鳴った。

「刀が折れてしまいます」

正行は高野の目を見すえてつぶやいた。

「おぬしは、鍛冶のくせに、自分の刀に自信がないのか」

「………」

なにも言えなかった。自信はある。懸命に鍛えた刀である。折れたり、刃こぼれしたりするはずがない。

それでも、自分の鍛えた刀で、鉄炮の筒など切りつけてほしくはない。

「そこをどくがいい」

「いえ、どきませぬ」

「ふん、やはり自分の刀に自信がないのだな」

高野が正行をまっすぐに見すえた。

正行は、にらみ返した。

「刀は、命をあずける道具だ。その大切な道具が、折れたり刃こぼれしたりするようでは、持つ者の命に関わる。実際の戦場では、鉄炮足軽に切りつけたとき、足軽が鉄炮で防ぐかもしれぬ。そのとき、折れたらどうする。それ以上戦えぬではないか。おぬしは鍛冶としてそんな無責任な刀を鍛えたのか」

高野の目に、生真面目《きまじめ》な光を感じた。やみくもに無茶をしようとしているのではないらしい。

――負けたくない。

正行の心にふつふつと鍛冶の意地が湧いてきた。

「承知しました。お試しください」

不安ではあるが、誠心誠意、手を抜かず、丹念に鍛えた刀である。刃こぼれするかどうか、正行も見届けてみたくなった。

「よい心がけだ。おぬしは鍛冶として見どころがあるぞ」

高野が白い鉢巻きを締め、太い柄をあらためて握りなおすと、二度、素振りした。

盛り土の前に立って、足を地面にすった。刀を大きく頭上に振りかぶり、勢いをつけて打ち下ろした。

ガキッと、鈍い音がした。

刹那、正行は目をつぶった。とても見ていられなかった。

高野が刃を確かめている。

「刃こぼれしておらぬ」

正行もそばに寄って見た。すこしも欠けていなかったので、胸を撫でおろした。

離れているように言うと、高野がまた振りかぶり、打ち下ろした。

二度目を振り下ろし、さらにつづけて、三度、四度、五度、六度と鉄炮の銃身に切りつけた。

正行は、目を閉じた。とても、見ていられなかった。

鉄《かね》に鉄を打ちつける音が、十たび、山裾の武家屋敷の空気をふるわせた。

音が止《や》んだ。

恐る恐るまぶたを開くと、高野がしげしげと刀を見ている。

思わず刀を高野から奪い取り、切先《きっさき》から鎺元《はばきもと》までしげしげと見つめた。物打《ものう》ちのところで、わずかに刃こぼれしている。大きな疵《きず》はなかった。

「これぐらいなら、疵のうちに入らぬ。曲がってもおらぬ」

正行から刀を受け取ると、高野が青空に向かって刀身を突き立てた。

朝日にかざすと、刃こぼれしてもなお、刀は勇壮な姿を保っている。

「みごとだ。みごとな武用刀である。お抱えの話、いま一度、殿に話してみよう」

「ありがとうございます……」

感涙が込み上げてきた。それ以上なにも言えず、正行はそのままじっと刀身を見つめ続けた。


——追って沙汰をする。

との高野の言葉にしたがって、正行は大石村に帰った。

つるはあまり深く訊ねずに迎えてくれた。また、前のように赤岩村にしきりと泊まっては、兄と刀を打った。

ふた月待っても沙汰が届かないので、待ちきれず、正行はまた松代に出かけて、高野の屋敷を訪ねた。

「いま、詮議しておる。しばらく待て」

そう言われれば、引き下がるしかなかった。

田植えが終わり、暑い季節になって、また松代に行った。

高野は、申し訳なさそうな顔であらわれた。

「期待させてすまなんだが、お抱えの話は無理となった。どうにも家老一派の反対が強すぎる」

矢沢監物《やざわけんもつ》という江戸家老が、江戸の大慶直胤《たいけいなおたね》に刀を鍛えさせるべきだと主張し、それに賛同する重役たちが多いのだと高野が話した。

「そうですか……」

正行は、頭のなかが真っ白になった。待たされる身にとっては、高野が動いてなんとかしてくれるのではないかとの甘い考えをもってしまっていた。

「しかし、よい話がひとつある」

「なんでございましょう」

正行は顔を上げた。

「参勤交代で江戸に行かれた殿が、江戸の窪田清音《くぼたすがね》殿のところで刀剣のことを学べるようにしてやれとおっしゃって来たのだ」

「窪田清音殿……」

正行は聞いたことのない名であった。

「わが藩江戸屋敷の剣術師範で、こちらにも来たことがある。剣術のことばかりでなく、刀剣そのものにご造詣《ぞうけい》が深いゆえ、そのほうには、学ぶことが多かろう。殿のご推挙があったと、わしから手紙を書いてしんぜよう」

高野のことばが、晴れ晴れと未来を照らす陽光のように正行には感じられた。

大石村に帰って、つるに話した。

「江戸に行くことになった」

「江戸……。松代じゃなかったんですか」

つるの目がつり上がっている。

「松代の真田の殿様が江戸に行けとのご命令だ。しょうがあるまい」

命令ではないが、そう話してしまった。

「江戸は困ります。あなたが江戸に行ったら、この家はどうなりますか」

つるがすがりつく目を、正行に向けて言った。

「……行きたいんだ。行かせてくれ」

正行は、それしか答えられなかった。それしか考えていなかった。

つるが呆《あき》れ顔になった。一つになった梅作が、母のそばで胡桃を転がして遊んでいる。

「あなたは夢ばかり見てるのね。遠くにある夢ばかり」

「夢ばかりか……」

たしかにそうかもしれない。刀を鍛えるのなら、いくらでもうまく段取りがつけられるのだが、生きることとなると、うまく段取りがつけられない。

「おれは、刀が打ちたいんだ」

正直に、いま思っていることだけをつぶやいた。

「………」

つるが黙った。

「いい刀が打ちたいんだ。この世に二振りとないよい刀を打つんだ」

つるが美しいくちびるを噛んだ。

「ずるい人……。あなたは、ずるいわ」

そう言われれば、そんな気がした。婿に入った家と女房、子どもをほったらかして江戸に行くのだ、ずるいに決まっている。

「どうすればいい？」

「家にいてほしいに決まっているわ」

「なぜだい」

正行は、まっすぐに訊ねた。男手なら、下男で間にあう。村のことは、ほかの相役に頼めばよい。自分が家にいなければならない理由はなかろう――思ったままに言った。

「ばかっ……」

つるが正行にしがみついてきた。頬擦《ほおず》りしたつるの頬が、濡れていた。頼りにされているのだと初めて気がついた。

「行かないで……」

「わかった」

正行はうなずいた。

「ほんとうに行かないでね」

また、正行はうなずいた。

明かりを消した闇のなかで、つるが口を吸ってきた。つるの口は甘く、吐息が熱かった。健康な正行の肉体が、すぐさま反応した。

翌朝、まだ暗いうちに、正行は目を覚ました。

そっと布団《ふとん》を抜け出ようとすると、つるの手が正行の二の腕にからみついた。

粘りけのある目がこちらを見ていた。

「すぐに帰って来てね」

黙ってうなずくと、正行は手早く身支度《みじたく》をととのえ、大石村の家を出た。

五日歩いて江戸に着いたのは、八月のはじめだった。

あちこちで訊ねながら番町《ばんちょう》に行き、辻番の小屋で聞いて、窪田清音の屋敷をさがし当てた。

小さいながらも番所のついた長屋門のかまえである。あたりの武家屋敷は門が閉まっているのに、窪田の屋敷だけ開いている。

——兵学の弟子三千人。剣術の弟子六百人。

松代藩武具奉行高野隼人からそう聞かされてきたが、まんざら大げさでもないらしい。屋敷のなかに大勢の人の気配がある。入口近くに道場があって、撃剣の稽古をしている。

番所にいた中間に高野からの書状を渡した。いまは兵学の講義中なので、終わるまで待てと言われた。しかたがないので、一刻ばかりあたりをぶらついて時間をつぶした。

二度目に訪ねると、庭から通された。

縁側に、五十がらみの男がすわっていた。

小柄ながらがっしりした体つきで、丸い顔に、皺が深く刻まれている。ずいぶん武術を鍛錬したらしい。すわっている姿勢からして気概が溢《あふ》れている。

丁子油《ちょうじあぶら》のよい香りがしている。膝元に白鞘と刀の手入れ道具がならべてある。刀の手入れをしていたようだ。

縁側の奥の座敷は書斎らしく、書物が所狭しと積み上げてある。

正行は地面に片膝をついて頭を下げた。

「信州小諸藩の郷士山浦環正行と申します。松代藩主真田公の……」

なぜ当家を訪ねて来たのか、順を追って話そうとしたが、窪田清音が手で制した。

「書状にて、用件はあいわかった。しかし、無理な相談だ」

「無理……でございますか」

「ああ、無理だ。剣術や刀の目利《めき》きのことなら教えてやれるが、刀工の修業まで面倒はみられん」

正行は茫然とした。窪田清音という人物の屋敷さえ訪ねれば、自分の未来が洋々と開けると思っていた。

腰にさしている刀を抜くと、正行は両手で捧げて差し出した。最初に一人で卸《おろ》し鉄《がね》から鍛錬した互の目《ぐのめ》の刀である。ほかに鍛えた刀は、小諸の刀屋で売って路銀にした。

なんの趣向もない安い黒鞘である。鎺《はばき》も銅の安物だ。鐔《つば》も自分で鍛えた無骨な刀《とう》匠鐔《しょうつば》だ。彫《ほ》りはない。

受け取った清音が、軽く一礼して、鞘を抜き払った。柄《つか》の端を右手でにぎり、真っ直ぐに腕を伸ばして、刀身を垂直に立てた。しばらく目を眇《すが》めて刀を見つめていた清音が、ちいさく頷いて鞘に収めた。表情は淡々としている。よいとも、悪いともいう顔つきではない。

「よい鉄《かね》だ。さすがに真田殿が褒めただけのことはある」

笑わずに、そう言った。

「ありがとうございます」

「姿も悪くない」

「過分なおことば……」

謙遜した正行に向かって、清音が首を大きく横に振った。

「しかし、凡作だ。格別秀《ひい》でているわけではない」

庭の木立ちで油蟬《あぶらぜみ》の声がやかましい。

「書状によれば、わしに面倒を見ろということだが、鍛冶を抱えるほど酔狂ではない。信濃に帰り、だれかに弟子入りするがよい。その若さだ。よい鍛冶になるであろう」

そう言うと、清音が腰を浮かせた。面談はこれまでにするつもりらしい。

「わたくし、ぜひにも、江戸にて鍛冶のことを学びたいと思うております。なにとぞお力添えをお願いしとう存じます」

「真田殿も無責任なこと。自分で抱えられぬからというて、わしに押しつけようという腹だ。悪いがそなたの世話はできぬ」

立ち上がった清音が背中を見せた。正行は懐に入れていた短刀を取りだした。

「お願いでございます。いま一振り、これをご覧くださいませ」

縁側の沓脱《くつぬ》ぎ石に両膝をつき、短刀の鞘を捧げた。

「なんだ、小刀か」

「いえ。短刀にございます。小烏丸《こがらすまる》を打ちました」

清音が首をかしげている。

「さように小さくて、小烏丸など打てるはずがなかろう」

「まずは、一目、ご覧くださいませ」

懸命さが伝わったのか、清音が短刀の鞘を受け取り、無造作に鞘を払った。しばらくじっと見ていたが、やがて、鞘にもどした。顔がすこし驚いているように感じられた。

居ずまいを正した清音が鼈甲縁《べっこうぶち》の眼鏡《めがね》をかけ、こんどは恭《うやうや》しく一礼してから鞘を払った。

しげしげと見つめている。たっぷりと時間をかけて姿を眺めたあと、目を近づけて地鉄《じがね》を見つめ、さらにまた時間をかけて棟《むね》を観察し、こんどは切先《きっさき》から見つめた。

「茎《なかご》を拝見したいが、よいかな」

敬意のこもった口調で訊ねた。

「むろんでございます」

正行が答えると、目釘《めくぎ》を抜いて柄《つか》をはずした。銘は、「信濃國正行」とだけ切ってある。さらにまた時間をかけて見つめたあと、清音はやっと短刀に柄をはめ、鞘に戻した。

膝に置いたまま、しばらく瞑目している。眉間に深い皺が寄った。

――駄目か。

正行が初めて鍛えた作にして会心の作である。これを認めてもらえないならば、鍛冶になるのは諦める覚悟だ。

「よい作を見せてもらった。この短刀は、まこと、おぬしの作か」

眼鏡をはずし、目を大きく見開いた清音が、縁側から正行を見下ろしている。

「はい。嘘偽りなく、わたくしの作でございます」

また目を閉じた。指の腹で瞼《まぶた》を揉んでいる。いったいなにを考えているのか、正行は不安で仕方なかった。

「おぬしは、器用だな」

「はっ……」

褒められているのかどうか、よく分からない。

「ただし、器用過ぎる」

「はっ……」

「どこかで小烏丸の写しを見たのか」

正行は首を大きく振った。

「いえ、見ておりません。ただ絵を見て、このようなものかと考えて打ちました」

「ふむ……」

清音がまた黙り込んだ。蟬しぐれが、ひときわやかましく耳にさわった。

「そのほうを、すこし試してみたくなった」

「置いていただけるのですか」

「置くか置かぬか、まずは試す。とにかく今夜は泊まれ」

つぶやいた清音の目が、正行にはとてつもなく怜悧《れいり》に見えた。

門脇の長屋が中間部屋になっていた。汗くさい布団で一夜を過ごし、台所で朝飯を食べた。

いっしょに朝飯を食べた中間に訊ねたところ、この家には清音の父の勝英《かつふさ》と妻、それに清音夫婦と子どもが住んでいるという。勝英は二百五十俵取りの武道の達人で、田宮《たみや》流《りゅう》居合、関口《せきぐち》流柔術、中島《なかじま》流炮術の師範。六十を過ぎてもなお隠居せずお城に出仕している。

大介《だいすけ》という若い中間はおしゃべりな男で、主人の自慢にいろんなことを教えてくれた。

清音は修業堂と号するほどの勉強家で、山鹿《やまが》流兵学、甲州《こうしゅう》流軍学、田宮流居合、中島流炮術、能島《のじま》流の水軍と泳法、宝蔵院《ほうぞういん》流槍術、弓術、柔術、馬術などの武道に通じるばかりでなく、伊勢《いせ》流故実《こじつ》や国学も師範になれるほど精通しているそうだ。刀剣は目利きばかりでなく、鍛錬にも精通しているという。なにやら、超人的な人物らしい。

清音は、二十三の歳から大御番組《おおごばんぐみ》に登用され、父とはべつに職禄二百俵をいただいている。

屋敷には、家来の侍が一人、馬の口取《くちとり》、槍持《やりもち》、草履取として、大介をふくめた中間が四人、ほかに住み込みの門弟、下男、水仕女《みずしめ》たち。馬屋に馬が一頭いる。家禄にしては抱えている人数が多いのは、大御番組は職禄と同額の強力米《ごうりきまい》をもらえるうえに、数多くの門弟からの束脩《そくしゅう》が入るためだと教えてくれた。

門がふだん開けてあるのは、弟子たちが自由に出入りできるようにするためだそうだ。

中間の大介の話を聞いていると、住み込みの門弟が台所に顔を見せた。清音が正行を呼んでいるという。

ついて行くと、板敷きの納戸に入った。鎧櫃《よろいびつ》や長持《ながもち》などが整頓してならべてあるなかに、清音が端座していた。

黒漆を塗った箱が三つならべて置いてある。清音が三つの箱の蓋《ふた》を開けた。たくさんの刀袋《かたなぶくろ》が納まっている。

「おまえの目を試す」

正行は小さく首を振った。

「刀剣の目利きはできかねます」

兄の真雄は刀をたくさん買い込んで、試し斬りをしている。その刀を観《み》て、覚えている。しかし、名のある名刀というわけではなかった。鑑定家がおこなうように、刀の鍛冶名を当てることなどできない。

「鍛冶の名を推量せよなどとは言わぬ。試すのは刃味《はあじ》の目利きだ。武家目利きをしろ」

「刃味……、武家目利き……」

武家目利きとは、実際に試斬せずに見た目だけで切れ味を判断する目利きだと、清音が教えてくれた。

「刀の切れ味は何よりも鉄《かね》の強さで決まる」

鉄のことなら、兄に教えられて懸命に色や風合いを憶えた。

——生きた強い鉄をつくれ。

鍛冶場での兄は、それればかり言っている。そして、そのことに鍛冶としての仕事のほとんどの時間と力を費やしている。

「刀は、折れず、曲がらず、よく切れるのがなによりだ。それは鉄で決まる。よい鉄で鍛えればこそ、よい刀ができる」

兄の真雄の口癖と同じことを清音が言った。刀を論理的に突き詰めていけば、結局のところ、そこに落ち着くのか。

「このなかに刀が七十振りある。いずれも、わしが試斬して選んだよい刀ばかりだ」

「それがこれほどにたくさんございますか」

ほんとうによい刀は、じつに少ないと、兄は常々口にしていた。兄が手に入れた数十振りのなかでも、そこそこ満足のいく切れ味だというのは、せいぜい、二、三振りしかなかった。

「数千振り試して、ようやくこれだけ選んだ。このなかにあるのは、ともあれ納得のゆく作だ」

清音が淡々とした口調で話した。自慢めかしているわけではない。数千振りの刀を実際に試してみるというのは、ただごとではない。刀剣に対して、よほど強い執着心をもっているにちがいなかった。ほんとうに刀が好きなのだ。

「このなかから、刃味がいちばんよいのを選べ。試斬してはならぬ。鉄《かね》を観るだけで選べ。それができれば、鍛冶修業の手助けをしてやる」

「承知いたしました」

正行は覚悟を決めた。この試練を乗り越えなければ、一歩も前に進めない。

「わしは登城してくるゆえ、好きに観ろ。腹が減ったら、台所に行って飯を食え」

清音が納戸から出て行った。正行は、頭を下げて背中を見送った。

納戸には北向きの窓がついている。そこからの光で充分な明るさがある。

刀箱のなかを覗いた。

鬱金色《うこんいろ》の刀袋が多いが、黒もあれば、錦《にしき》の袋もある。長さから見て、大刀もあれば、脇差《わきざし》もあるらしい。

——とにかく出してみるか。

まず、箱のなかの刀をすべて取りだすことにした。

刀袋の紐《ひも》には、千手院《せんじゆいん》、来《らい》、長船《おさふね》、虎徹《こてつ》、国助《くにすけ》など、一門や刀工名を書いた札がついている。

箱のそばにあった白い毛氈《もうせん》を納戸の真ん中に広げ、まわりに刀を並べることにした。刀袋を敷いて、その上に刀を置いた。清音の好みなのか、一尺もありそうな長い柄《つか》をつけ、白木の休め鞘に納め、差料とするときの塗りの鞘が添えてあるものが多かった。

数えてみると、七十三振りあった。隙間なく並べたが、床いっぱいになった。長刀もあれば短い脇差もある。

ずらりと並んだ刀を、しばらくのあいだ立ったまま呆然と眺めた。

——よくぞこれだけ……。

集めたものだと感心していたが、とにもかくにもまずは刀を観ることにした。兄の手ほどきを受けたので、それなりの目利きはできる。

上古はまっすぐだった日本の刀は、平安《へいあん》のころから反りのある優美な太刀《たち》姿となった。鎌倉のころからしだいに力強く豪壮な姿となり、さらに戦乱の激しい南北朝《なんぼくちょう》となれば、より勇ましい長大な姿となるのだが、これはほとんど短く摺《す》り上げられてしまって、初《うぶ》のままの姿で残っていることはめったにない。

ここまでが古刀《ことう》である。

戦国の世が終わり、関《せき》ヶ原《はら》や大坂の陣のあった慶長《けいちょう》のころからの刀は、新刀《しんとう》と呼ばれる。

古刀とは姿がずいぶん違う。

腰で反っている古刀に対して、新刀は先のほうで細くなり、反っているものが多い。甲冑《かっちゅう》を着て戦った戦国乱世のころと違って、着物を着た戦いでは突き技の有効性が高いからだろう。

納戸の真ん中に立った正行は、ぐるりと見まわして、いちばん長大な鞘をえらんで手に取った。

毛氈の前にすわると、両手で刀を目八分に捧げ、一礼して鞘を払った。揉み紙で、塗ってあった丁子《ちようじ》油を拭い、さらに打ち粉を叩いてよく拭った。油が塗ったままだと、地鉄《じがね》と刃文《はもん》がよく見えない。

柄の端をにぎり、腕を真っ直ぐ前に伸ばして刀を立てた。こうすれば全体の姿が一《いち》目瞭然《もくりようぜん》だ。

長い刀である。二尺六寸、いや七寸はあるかもしれない。身幅《みはば》が広く重《かさ》ねが薄いので、長いわりに、持ち重りがしない。古刀の特徴のひとつである。

地鉄は細かい杢目肌《もくめはだ》がよく鍛えて詰んでいる。

――こいつは古いな。鎌倉のころか。

直感的にそんな印象がある。

刃文は、丁子があちこちでくずれた丁子乱れ。備前に多い刃文である。

――一文字《いちもんじ》か。

なんとなく、そう感じた。兄に見せられた備前福岡《ふくおか》一文字の刀によく似ている。

姿、鉄《かね》、刃文をよく目に焼き付けてから鞘に納めて、刀袋を見ると一文字と書いた札が付いていた。一文字が的中したことに、正行は気をよくした。

か。この刀の鍛冶たちとならぶだけの伎倆があるのか、ないのか。

——わからない。

正行は頭を抱えた。

それでも、つぎつぎと刀を抜いては見つめ、刀と語り合い、刀の声に耳を澄ました。

七十三振り、とにもかくにも鞘を払って見終わったときは、とっぷりと日が暮れていた。

台所で夕飯を食べたあと、清音に呼ばれた。

「どうだ、何振りくらい観た」

刀をきちんと観ようと思えば、一日にせいぜい二十振りが限度だと言った。

「とにもかくにも、すべての刀に挨拶《あいさつ》いたしました。今夜からゆっくり話し合わせてくださいませ」

「刀に挨拶と話し合いか、おまえは面白い奴だな」

「そうでしょうか……」

あれだけの刀に囲まれて、正直にそう思った。とてものこと、目利きするとか、鑑定するなどと烏滸《おこ》がましいことは言えない。いまのおれはあの鍛冶たちに到底およばない。

しかし、いつかあの鍛冶たちを凌駕《りようが》したい。

「灯明の油を多めにいただけますか」

「よかろう」

清音に許しを得て油壺をもらい、正行はふたたび納戸に入った。夏のことで、寒くないのがありがたい。

納戸の真ん中にすわると、まわりをぐるりと刀で囲まれた。

康継を手に取り、鞘を払って眺めた。

灯明の光を大きく灯している。黒っぽい地鉄《じがね》が、炎にぬらっと光った。

――あんたが康継なら、おれは正行だ。信濃から出てきたばかりの駆け出しだが、いつかあんたより凄い刀を鍛えて見せる。

そう語りかけた。目利きなど、どのみちできそうにない。刀と存分に話し合って、どうしても勝てそうにない刀を選ぶことにした。

体を反転させて、つぎに抜いたのは直刃《すぐは》の刀だ。

最初に見たときから、ずいぶん気になっていた。地鉄がたいへん強く、明るく冴えている。灯明の炎を照らしてなお、青く冴え冴えと澄んで見える。鎬地《しのぎじ》のうつくしさは言葉にならない。

――たいへんな親方だな。

袋には真改《しんかい》と書いてある。真改の名は銘尽しで知っていた。兄は持っていなかった。大坂新刀だというが、なにしろとびきり地鉄がきれいに整っている。とことん真面目に鍛錬したに違いない。

恐れ入りました。素直にあたまを下げて鞘に納めた。

次に抜いた刀は、三本杉の刃文《はもん》が特徴的である。尖《とが》った互《ぐ》の目《め》がところどころ飛び出して三本杉のように見えるためその名がついた。美濃関孫六兼元《みののせきまごろくかねもと》の作だ。尖り互の目は正行の好みではないが、大板目《おおいため》の地鉄がたいへん強い。

気になった刀は、ほかにもいろいろある。

相州物は無銘の作が多かったが、どれも地鉄が強く、大乱《おおみだ》れの刃文が勇ましい。

備前の刀工たちは、みな巧《たく》みに地鉄を鍛え、華麗な丁子《ちょうじ》を焼いている。

同田貫《どうだぬき》は鈍重だが、いかにもずしりと斬れそうだ。

虎徹も国広《くにひろ》もすばらしい。

大きな波を描いた助広《すけひろ》の濤瀾刃《とうらんば》もみごとだ。

肥前忠吉《ひぜんただよし》の地鉄は、小糠《こぬか》のようによく詰んで青黒く冴えている。こんな地肌もあるのかと驚いた。

江戸の水心子の刀も、兄の持っていたものよりよほど出来がよい。大慶直胤の作には映りがある。刃の外に白い煙のように見えるのが映《うつ》りで、刀の腰が強くなるという。地鉄はいささか弱いものの、直胤の映りは当代一との評判だ。

ここにあるのは本当に上出来の作ばかりである。

あれを観て、これが気になり、あっちが気になって、こっちを観る。

そんなことをくり返していたら、いつの間にか夜が白んで、雀《すずめ》のさえずりが聞こえていた。


それから三日間、正行は納戸にこもって朝も昼も夜も、刀を見つめ、鉄《かね》の声を聞いた。睨み合っていると、鍛えたときの鍛冶たちの顔や鍛冶場の音まで聴こえてきた。

七十三振りのなかから、三振りにまで絞った。

最初に気になった真改の直刃。

そして、青江《あおえ》。なにしろ地鉄《じがね》の潤いがよく、見ていると溜め息が出る。いったいどうすれば、こんな精妙な地鉄になるのか。

それに、志津兼氏《しづかねうじ》。

身幅《みはば》の広い太刀を磨り上げたものだ。先も幅が広く、姿がいかにも勇壮である。地鉄はよく練れた小板目《こいため》で、刃文《はもん》は大乱《おおみだ》れ。正宗の弟子だったとも聞くが、それはどうか分からない。茎《なかご》に銘はなく、袋に志津兼氏の名があった。

三振りの刀を、毛氈にならべてその前にすわった。

すわっていると、睡魔が襲ってきた。この三日間、ときにごろりと横になって腕枕で仮眠するだけで、ずっと刀と向き合っていた。

目を閉じた。

頭のなかが、刀でいっぱいだ。

目の前にならべた三振りばかりではない。一振り一振りの刀の姿、鉄《かね》、刃文がしっかり頭のなかに焼きついている。優美な刀、雄々《おお》しい刀、身幅の広い刀、大きく反った刀。地鉄の色、鍛《きた》え肌《はだ》、杢目《もくめ》、小板目、ざっくりして強そうな鉄もあれば、よく詰んで潤っている鉄もある。直刃、互《ぐ》の目《め》、丁子、湾《のた》れ、濤瀾、皆焼《ひたつら》。いろんな刀がつぎからつぎへと闇のなかから浮かび上がってきては、頭のなかを駆けめぐった。刀たちが飛び交《か》うにまかせていた。

刀を思ってすわりながら、うとうとと睡魔に襲われ、まどろみを覚えた。

いい気持ちであった。よい刀をたくさん観て、大きな力を得ていた。黄金《こがね》色の瑞雲《ずいうん》のなかを夢心地でただよっていた。

雲のなかから、いま観たばかりの刀が、あらわれては消える。

当麻《たいま》、手掻《てがい》、月山《がっさん》、法城寺《ほうじょうじ》、三原《みはら》、二王《におう》、了戒《りょうかい》、繁慶《はんけい》、兼重《かねしげ》、南紀《なんき》、忠吉《ただよし》、加卜《かぼく》……。どの刀もすばらしい。

とてもいまの自分に鍛えられる刀ではない。名人鍛冶たちが正行をせせら笑っている。できるものなら、やって見せろ。

いつかはおれだって出来るようになる。必ず出来る。経験は乏《とぼ》しいが、自負はたっぷりある。出来ると信じている。このおれに出来ないはずがあるものか。

よい気持ちでうとうとしていると、いきなり雲のなかから切先があらわれて、正行の眉間《みけん》に向かって突き進んで来た。

しだいに大きくなった。振りかぶり、真っ向から斬り下ろしてくる――。

目を覚ました。すわったまま眠っていた。

夢であったが、観たばかりの刀は、しっかり覚えている。夢では正面からしか見えなかったが、あの刀にまちがいない。

そうだ。あれしかない。

真正面から斬り下ろしてくる刀は、格別に恐ろしかった。

「これだ」

正行は、前にならべてあった三振りのなかの一振りを手にした。

志津兼氏。ただひたすら斬り合うために造られた刀である。持った者に強さを与え、抜かれた相手は恐ろしがる。余計なことはなにも考えず、ただただ敵を斬るために鍛えた刀だ。

これしかない。

刀に向かい合ってうなずいたとき、至上の心地よさが正行の全身を包んだ。

その刀を持って納戸を出た。

外はすでに夕暮れだった。中間に訊ねると、軍学の講義を終えた清音は書斎にいるという。

「失礼いたします」

声をかけて、書斎に入った。小机で書き物をしていた清音が顔を上げた。右脇に置いた刀を見ている。

「選んだか」

「はい。あのなかから一振り、と申しましても、正直なところ、どれも素晴らしい刀ばかりで、わたくしごときには選びかねます。ただ、一振り、とても気持ちを惹《ひ》かれる刀がございましたので、それを選びました」

刀を差し出すと、清音が受け取って鞘を払った。刀身をあらためると、うなずいて鞘に納めた。

「しばらくこの屋敷にいるがよい」

それだけ言うと、机の書き物に目を落とした。

「それではなかったのでしょうか……」

正行はとたんに不安になった。じつは、よくぞ選んだと褒め讃《たた》えてもらえるのではないかと期待していた。

「なにがだ？」

「目利きでございます。あのなかで一番刃味《はあじ》のすぐれた刀を一振り選べとの仰せでございました。そのお刀では……」

「そんな風に言うたかな」

「えっ……」

「納戸にあるのは、いずれ劣らぬ上出来の作ばかりだ。切れ味はどれも申し分ない。一番、二番などと順番が付けられるものか」

聞いていて首をかしげた。ならば、清音は正行になにを試そうとしていたのか。正行はこの三日間なにをさせられていたのか。

「そのほうが、どんな風に刀を選ぶか見ておったのだ。ときどき、中間が納戸を覗いたであろう」

たしかに、暑いので開け放しておいた入口から、中間の大介がいくども覗いた。前の廊下を通るときに見ているだけかと思ったが、あれは正行を監視していたのか。

「それだけ刀に執心しているなら、きっとよい鍛冶になる。しばらく屋敷にいるがよい。江戸で入門できる親方を探してやろう」

「入門……でございますか」

真田家はむりでも、どこかの大名家にお抱えとなって、刀を打ちたかった。しかし、刀を打ち始めて間もない十九の若造では、やはり無理な望みかもしれない。

「よろしくお願いいたします」

正行は両手をついて頭を下げた。

もう江戸に出て来てしまったのだ。とやかく言ってもしかたがない。ここは窪田清音にすべてを託すしかないと腹を決めた。

「しかし、よくぞ志津を選んだな。どこが気に入ったか」

「はい。なによりも覇気でございます」

ふむ。うなずいて、清音が鞘を払い、志津をながめた。

身幅が広めで、元幅と先幅がほとんど同じである。反《そ》りの具合といい、中切先といい、全体に覇気があふれている。

「なるほど。たしかに覇気は大事だ。よいところに目をつけた」

清音に褒められて、正行は素直に嬉しかった。

「しかし、それればかりではないぞ。覇気ばかり狙《ねら》って鍛えては、使い勝手のよい武用刀にならぬ」

厳しい目で、清音が正行を見すえた。

「刀は、かたち、反り、肉置《にくお》きがよく、長さは持つ者のからだに合っているのがなによりだ」

「たしかに」

それは、兄の真雄も、つねづね口にしていた。常にからだに帯びるものだけに、大きすぎたり、姿が悪かったりすれば、どんなに刃味《はあじ》がよくても意味がない。

手にしていた志津を、清音が真っ直ぐ立てた。差し込んできた西日に刀身がまばゆく光った。

「刀を観るときの奥義を教える」

はい。正行は、思わず両手をついて、頭を下げた。

「刀を選ぶべきときは、まず、肌《はだ》多きもの好むべからず」

肌というのは、鉄《かね》を折り返して鍛えたときの模様が、刀の地の表面にあらわれたものをいう。大和伝《やまとでん》の真っ直ぐな柾目《まさめ》肌、相州伝の板目《いため》肌などはよい意味の肌だが、ときには、折り重ねた鉄と鉄がうまく密着せずに、汚くあらわれることがある。そのことを言っているのだ。

「沸《にえ》多きものを好むべからず」

沸は、焼き入れのときにできるごくごく微細な鉄の粒子で、これがたっぷりついているのを好む武士は多い。しかし、それも程度の問題だろう。

「刃文《はもん》深きもの好むべからず」

焼きの入った刃の幅が広く深いということは、とりもなおさず焼きが入りすぎていて折れやすいということだ。

「反り深きもの好むべからず。反りなきものを好むべからず。長きを好むべからず。短きを好むべからず」

いずれも、ほどほどがよいということに違いない。

「古作好むべからず。新刀好むべからず」

古いからといってありがたがらず、新しいからといって喜ぶなということだろう。

「疵《きず》ありとも、疵によりて厭《いと》うべからず。刃肉《はにく》薄きもの帯するべからず」

言い終えた清音が、志津を鞘に納めた。無骨な黒鞘だ。鐔《つば》やほかの拵《こしら》えも凝《こ》った作ではない。とにかく刀は、人を斬るための道具なのだと言われている気がした。

「まずは、これらのことをこころがけておけ。そこからあとは、おまえの精進しだいだ」

「ありがとうございます。ひとつお訊ねしてよろしいでしょうか」

清音がうなずいた。

「武士にとって刀は道具でしょうが、わたしにとりましては、わたしそのものでございます。わたしの中にあふれている志《こころざし》を込めて鍛えたいと存じます。それは武家にご迷惑でしょうか」

「志とは……？」

「強く、まっすぐ生きることにございます」

うなずいた清音が、目を細めてやさしい顔になった。

「郷士とはいえ、そなたも武士だ。その志や大いに褒めたたえよう」

ありがとうございます。正行は平伏した。清音のことばが、正行のからだの芯《しん》まで染《し》み込んだ。

三日間語り合った刀たちに丁子油を塗り直してしまい、その夜は長屋の布団で寝た。また刀の夢ばかり見た。

翌朝、正行はすがすがしい気分で目が覚めた。障子に明るい光があふれ、蟬が鳴いている。

蟬の音が、いつもとすこし違う。ここがどこだったか、しばらく分からなかった。赤岩村の山浦の家でも、大石村の長岡の家でもない。

布団がやけに汗くさいので思い出した。

そうだ。江戸に出てきて、窪田清音の屋敷に泊めてもらったのだった。

薄い布団から起きると、外に出て井戸端で顔を洗った。空は青くよく晴れて、気持ちがいい。

気持ちがよくなったついでに、肌脱ぎになって上半身を拭った。爽快さが正行の全身を包んだ。思わず朝日に向かって手を合わせた。

——ありがとうございます。

こんな気持ちになったのは初めてだったが、いま、生きてここにこうしていることが、ことのほか幸せなことに思えた。大石村に残してきたつると梅作のことがちらっと気になったが、きっと元気でやってくれるだろう。おれは、自分でも惚れ惚れするような刀を打つのだ。そのために江戸に出てきた。必ずやみごとな刀を鍛えて見せる。献上して将軍様に褒められれば、つるだって喜んでくれるだろう。

部屋に帰って新しい下帯を締めると、腹が鳴った。

台所を覗くと、飯炊き婆さんが忙しそうに飯を炊いて汁を作っていた。正行が庭の掃除をしていると、ほかの中間たちも起きてきて、いっしょに飯を食べた。

清音に呼ばれて書斎に行った。

「そのほうが弟子入りする親方のことだ」

「水心子の鍛冶場で学びたいと存じます」

できれば、当代一の鍛冶場で修業したい。初代水心子正秀は六年前に七十六歳で亡くなっているが、あとを誰かが継いでいるだろう。

「あそこはもうない」

水心子正秀の嫡男貞秀《さだひで》が水寒子《すいかんし》と号して鍛冶場を受け継いだが、父の死から一月後に急逝《きゅうせい》したという。その子の正次《まさつぐ》は、正行と同じ歳でいまはまだ大慶直胤の鍛冶場で修業しているという。

「水心子には七十二人の弟子がいて、それぞれに独立しているが、まずいちばんの上手《じょうず》が直胤だ。津山松平《つやままつだいら》家のお抱えとなっている細川正義《ほそかわまさよし》という男も上手《うま》いが、あとは目ぼしい鍛冶がおらぬ。やはり直胤がよかろう」

直胤の名は、松代で武具奉行の高野隼人から聞いていた。縁があるのかもしれない。

「お任せいたします」

「わしも久しぶりに鍛冶場を見てみたいゆえに同道しよう」

清音が連れて行ってくれることになり、さっそく下谷御徒町《したやおかちまち》へと出かけた。清音は馬に乗った。

馬の口を取りながら、清音から直胤の話を聞いた。直胤は出羽の鎌鍛冶のせがれで、姓は荘司《しょうじ》。大慶は号で、なんでも七月十五日の満月のことを言うそうだ。その日に生まれたらしい。江戸に出て水心子の弟子となり、二十三歳のときに自分の鍛冶場を持った。いまは五十をいくつか過ぎて、仕事は脂《あぶら》が乗っている。

「郷里の山形藩のお抱え工となっているが、ずっと江戸で鍛刀《たんとう》しておる」

清音に言われて、正行は驚いた。お抱えとなっても、武士ではないから登城する必要はない。刀を納めればそれでいいのだから、江戸にいてもできる。さっき話に出た細川正義も美作《みまさか》津山藩のお抱えだが、津山にはほとんど行かず、江戸で鍛刀しているという。

そして、ほかの藩からも招かれれば行ってそこの鍛冶場で打つこともある。直胤などは、相模《さがみ》、伊豆《いず》、遠江《とおとうみ》、三河《みかわ》、伊勢《いせ》、京、難波《なにわ》、丹後《たんご》、備中《びっちゅう》、また常陸《ひたち》や下総《しもふさ》など、各地から招かれて鍛刀しているという。

江戸にいて刀を打ち、ときに、旅に出てその地で打つ。そんな鍛冶になれたら、なんとも楽しかろうと胸が高鳴った。

下谷にある直胤の鍛冶場は、たいそうな広さだった。

暗い大きな土間に、二十人ばかりの男たちが働いていた。火床《ほど》が三つも四つもある。

ぐあいよく直胤がいた。大柄な男だ。あご鬚《ひげ》を長く伸ばしている。眉《まゆ》が太く、目がぎょろりとしている。鉄滓《ノロ》の焼け跡のいっぱいついた藍《あい》の筒袖《つつそで》を着ている。

清音を見かけて、ていねいに挨拶した。

「夏場だというのに、精が出るな」

どの火床にも火が熾り、しきりと鎚音《つちおと》が響いている。

「なにしろ、注文が山積みでして、とても休んではいられません」

「この男を弟子にしてほしいのだ」

清音が、正行の素性を説明した。鍛冶仕事はある程度できるから、ほかの鍛冶場ならまず三年はやる炭切りを飛ばしてやってほしいと頼んでくれた。

「うちでは、炭切りは専門の者を雇《やと》っていますからしなくていいですよ。向鎚《むこうづち》をやってもらいましょう」

「何年向鎚をやれば、横座《よこざ》にすわらせてもらえますか」

正行が勢いこんで訊ねると、大きな声で笑われた。

「入門前にそんなことを聞いた奴は初めてだ。元気があってよいな」

年数を答えてくれなかった。いくつかある火床では、それぞれ横座にすわっている者がいる。火床《ほど》から取り出されたばかりの満月の色の鉄塊を三挺《さんちょう》掛《が》けの向鎚が調子よく叩き、鉄滓《ノロ》を飛び散らしている。

「何年、向鎚をやればよいのでしょうか」

「まずは五年だ。腕がよければ、頭《かしら》として自分の組をもたせてやる」

ここには鍛冶の頭が何人かいて、それぞれが若い鍛冶を仕切っているのだと教えてくれた。

「五年か……」

正行は、唾《つば》を呑み込んだ。それぐらいなら、修業の年限として仕方がない。紹介してくれた清音の手前もあるから、我慢せねばなるまい。

「わかりました」

鍛錬《たんれん》を見ていた清音が、直胤になにか訊ねた。二人でしきりと話し始めたので、正行は鍛冶場に置いてあった古鉄《ふるがね》の箱を見た。

あまり質のよくない鼠銑《ねずみせん》が山になっている。薄暗いが、それぐらいは見ればすぐ分かる。

清音の話が一段落したところで、訊ねた。

「この銑《せん》は、どうなさるのですか」

「卸《おろ》して鍛錬するのさ。おまえ、卸《おろ》し鉄《がね》を知らないのか」

「いえ、知っています。この鼠銑ではいい鋼《はがね》はできません」

「いい銑は高い。いい銑ばかり使うわけにはいかんだろう」

当たり前ではないかと言わんばかりに、直胤が太い眉を釣り上げた。

「窪田様のお屋敷で拝見したお作は、たいへん素晴らしい出来でした」

「ああ、あれは、よい出来だ」

清音がうなずいた。

「それは一番いい鋼で鍛えたからだ」

「では、悪い鋼でも鍛えるのですか」

「悪い鋼なんか使わない。安い刀にすこし等級の劣る鋼を使うだけだ」

正行の全身に鳥肌が立った。

「そんな鋼《はがね》を使って鍛えても、よい刀はできない」

強い口調で、直胤を詰っていた。

「なんだとッ、若造が生意気な」

「若造でも鋼のことは知っている。こんな鋼でよい刀はできない」

摑《つか》み合いになりそうな二人を、清音が割って止めた。

「論より証拠、その刀を見せてもらえばよい」

鍛冶場を出て、板敷きの刀の仕上げ場に行った。研師《とぎし》から研ぎ上がって戻ってきたばかりだという刀を見た。

最初に見た清音はなにも言わなかった。

悪い刀ではないが、やはりなんとも鉄《かね》が弱い。おれは、とびきりよい鉄で、とびきり素晴らしい刀を鍛えたいのだ。劣った鉄で、劣った刀など鍛えたくない。正行は全身がむずむずしてここに居たくなくなった。

「お邪魔いたしました。入門のお話は、なかったことにさせてください」

両手をついて頭を下げた。直胤は苦い顔をしている。

「鍛冶も商売だ。名刀ばかり鍛えるわけにはいかん。当たり前の刀をたくさん打たねば、大勢の弟子は養えぬわい」

「弟子など大勢いりません。わたしは、ただよい刀を鍛えたいばかり」

いま一度あたまを下げて立ち上がった。


それから、細川正義をはじめ、清音とともに鍛冶場をいくつかまわったが、正行はどこも気に入らなかった。

理由は、鋼である。

よい鋼を使わなければ、よい刀は出来ない。

みなそれを知っていながら、適当な鋼で適当な刀を鍛えている。それが許せない。

「鍛冶も採算を考えねばならんからな」

清音が分かったようなことを言ったので、正行は腹を立てた。

「なにをおっしゃいます。銭《ぜに》かねのことを考えて、よい刀は打てません」

「その志、しかと忘れるな。わしは、そのほうの将来が楽しみになってきた」

清音に言われて、正行は自信をもった。

何日かして、清音に供をするように命じられた。行き先は赤坂南部坂《あかさかなんぶざか》にある松代藩の江戸中屋敷である。五千坪にちかい広大な屋敷で、一隅に立派な道場がある。清音はそこで田宮流の居合や炮術、兵学を教えているのだという。

道場の控室に行くと、見覚えのある顔がいた。松代藩武具奉行の高野隼人だった。春に参勤交代で江戸にやって来た殿様から遅れて、先日江戸に来たのだという。

「この男には、なかなか修業の場がなくてな」

清音が事情を説明してくれた。

「なるほど。それはもっともな話。若いころから手を抜いた仕事に染まってはならぬからな」

高野も、正行の心意気に同意してくれた。

あれこれ話して、結局はやはり松代に行って、自由につかえる鍛冶場を探すのがよかろうという話に落ち着いた。正行も同意した。江戸のつまらない鍛冶場で我慢しているなら、松代の鍛冶場で自由に鍛刀したほうがよい。

「来年の春、殿様が松代に帰られる。わしもそれについて帰るゆえ、そのとき松代の鍛冶に話をつけよう」

どうせなら、すぐ信濃に帰るより、江戸でもっと刀のことを学んでからがちょうどよい。高野の言う通り、正行は江戸で待つことにした。

窪田屋敷の中間大介に教えてもらい、掃除、薪《まき》割り、門番、清音の供など、なんでも手伝った。

清音の兵法の講義を聞き、剣術を教わり、すこしでも時間があれば、納戸で刀を見た。

竹刀《しない》で剣術の稽古をつけてもらったとき、清音に言われた。

「山浦は、攻めるということを、よく知っておるな」

「さようですか」

「信濃でも、ずいぶん修練したのであろう」

正行の剣術は、兄に習っただけである。考えてみれば、正行は、剣術にしても、読み書きにしても、また、鍛刀のことにしても、すべて兄から習うばかりであった。貧乏ではなかったにせよ、質素を尊ぶ郷士の家だったから、兄が習ったことを弟に教えるのは、束脩《そくしゅう》の出費を抑えるあたりまえの手段だと思っていた。

「はい……」

正行は、あいまいに答えた。

「打つことが、攻めることだと勘違いしている者がいるが、そうではない。打っても攻めていない者が多い。攻めるのは、敵を倒す気魄《きはく》だ。これから刀を鍛えるにあたって、そのことをいつも頭に置いておくがいい。攻める刀が、よい刀だ。抜いただけで、敵を圧倒できるのがよい。鞘のうちで勝っているなら、なおのことよい」

清音に褒められて、素直に嬉しかった。翌年の夏まで逗留《とうりゅう》して、正行はさらにさまざまなことを学んだ。

松代の鍛冶と話がついたとの高野の書状を受け取り、正行は勇躍して信濃に帰ることになった。

三　海津城

天保三年（一八三二）六月初め、江戸裏二番町の屋敷の前で、正行は窪田清音《くぼたすがね》に礼を述べて別れを告げた。

「天を貫く志と気魄を忘れるな。満足のいく刀が打てたら、まずわしに届けよ。よいな」

「もちろんでございます。ご恩は忘れません」

深々と頭を下げて、夜明けの番町の屋敷をあとにした。

心がはやり、大股で歩いたので江戸を発って四日で信濃に入った。ひさしぶりに見る浅間山は、猛々しい入道雲を背にしてずいぶん堂々と立派に感じられた。

あんなに、どっしりした山だったか。江戸では遠くに富士山が見えたが、床の間の置物のようで、とても山岳という気はしなかった。

赤岩村の実家は、江戸に出発する前となにも変わっていなかった。蟬の声が江戸よりはるかにうるさい。

父と母に挨拶して、ひと通りの事情を話した。

「なぜ、勝手に長岡の家を出た」

大石村から出奔したことを、父は怒っていた。長岡の家に帰れと叱られた。はい、と返事をしたが、むろん帰るつもりはない。

鍛冶場をのぞくと、刀身に鑢《やすり》をかけていた兄の真雄が、驚いた顔で見た。

「どうした。江戸でなにかしくじったか」

「いいえ、とんでもない。松代藩に招かれて行くのです」

水田国重《みずたくにしげ》という藩のお抱え鍛冶のところで鍛刀《たんとう》する話ができているのだと詳しい事情を話した。

「なるほどな」

よろこんでくれるかと思ったが、兄は慎重だった。

「国重をご存じですか」

刀を観たことがあるという。どんな刀かは語らなかった。

「水田国重は、むかしの備中の鍛冶だ。同じ名の分家があちこちにあると聞く。そのひとつだ」

兄の話では、永正《えいしょう》ころ（一五〇四～二一）の古水田《こみずた》はよい刀だが、分家や代下がりになるとあまり見るところがないという。それでも、同じ姓と名を名乗っているのだ。

「まあ、なにごとも勉強だ。弟子として、いろいろ教わるといい」

「弟子ではありません。自由に鍛刀させてもらうのです」

「ひとつの鍛冶場に、二人の横座《よこざ》はいらないさ」

兄に笑われたので、それ以上は言わなかった。たしかにその通りかもしれない。

その夜は、実家に泊まった。

「明日は、長岡の家に帰って、ちゃんと詫《わ》びねばならんぞ」

父に念を押されたが、母はそのことには触れず、酒を飲ませてくれた。父が席を立ったときに、母がささやいた。

「夫婦《めおと》のことは、夫婦にしか分からん。性が合わんなら、しかたないだに」

兄は江戸の鍛冶たちの話を聞きたがった。悪い鋼《はがね》を平気で使っていると言うと、大きくうなずいた。

「自分に恥じない仕事をするべし。それがなにより大切だ」

江戸の鍛冶を見てきた正行には、兄のことばがひときわ身にしみた。

次の朝はやく、大石村の長岡の家には寄らず、松代に向かった。つるに会うと、自分のなかでなにかが崩れてしまう気がして怖かった。まだ薄暗いうちに足早に通り過ぎた。

夕刻に松代に着き、高野隼人の屋敷に行って到着の挨拶をした。

「話はついている。励むがよい」

国重の鍛冶場に住み込みで仕事ができることになっているという。国重の刀があるかと訊ねると、あるというので見せてもらった。

正直なところ、大いに落胆した。地鉄《じがね》が弱く、刃文《はもん》がぼやけて眠い。教わることがあるとは思えない。

「弟子、なのでしょうか」

いちばん聞きたいことを訊ねた。

「水田は、藩のお抱えだ。刀を打たせてやってくれと頼んである」

弟子ではないが、若い正行には学ぶことがたくさんあるだろうとつけくわえた。

国重の鍛冶場をおそわって訪ねた。家々のかまえからして、職人の多い町内だ。格子《こうし》のはまった町家をのぞくと、入ってすぐが板敷きの仕上げ場だった。人はいなかった。声をかけると、若い男が出てきた。奥の庭に案内されると、数人の男たちがいた。仕事を終えて、井戸端で水を浴びて涼んでいるらしい。

挨拶した国重を見て、正行は安堵した。壮年のがっしりした男である。無愛想な男だったらどうしようかと案じていたが、笑顔で迎えてくれた。

「武具奉行の高野隼人様から、ここで鍛刀するように仰せつかった山浦正行です」

「ああ、聞いておるぞ。わしが、国重だ」

まわりにいる弟子たちは、ほとんど正行より年上だ。一番上の者で、三十半《なか》ば、二十代半ばの者が多いようだ。

「よろしくお願いいたします」

正行は、すなおに頭をさげた。

「よい体をしておるな。向鎚《むこうづち》は得意だろう」

「向鎚は得意ですが、横座のほうがもっと得意です」

「頼もしいやつだ」

国重が豪快に笑い飛ばした。横座として迎えてくれるのかどうかは、分からない。

その夜は、親方のお女房《かみ》さんが、鯉をさばいて汁にしてくれた。歓迎のご馳走《ちそう》だ。

居丈高《いたけだか》に弟子扱いされたら、なんとでも言い返してやろうと考えてきたが、歓待されれば、返すことばがない。その夜は、酒を飲ませてもらい、賑やかに話した。弟子部屋で枕を並べてぐっすり眠った。

翌朝、まだ夜の明けきらぬうちに目覚めると、正行は庭の奥にある鍛冶場に入った。

板戸を突き上げ、朝の光をさしまねいてみて、大きく首をかしげた。

——これでまともな仕事ができるのか？

向鎚や鋏箸《はし》が土間に乱雑に置きっぱなしになっている。

つねに鍛冶場の整理整頓をこころがけていた兄の真雄は、道具は種類別にきちんとそろえて並べていた。

ここの鍛冶場の主である国重は、大雑把《おおざっぱ》な性格らしい。見上げれば、梁《はり》や鴨居《かもい》は煤《すす》だらけで、掃除していない。

——片づけるか。

弟子に入ったわけではないが、この鍛冶場で道具まで借りて仕事をさせてもらうなら、片づけや掃除くらいはやらないわけにいくまい。どのみちこのままでは、とてものこと、自分の仕事はできない。

まずは、散乱している道具をきちんと壁に掛け、棚にもどしてならべた。箒《ほうき》で手の届く梁や鴨居の煤を払い、土間に水を撒《ま》いて手箒で掃くと、炭の粉や鉄《かな》肌《はだ》や埃《ほこり》が小山になった。

桶に水を汲み、雑巾《ぞうきん》を絞って、鞴《ふいご》や戸の桟《さん》に溜《た》まっている塵埃《じんあい》を拭いた。

真雄の鍛冶場では、一日の仕事が終わったら、かならず梁や壁の煤、塵《ちり》を払った。毎日、大量の炭を焚《た》く鍛冶場では、塵埃がたくさん出る。炎とともに舞い上がった塵埃は、梁の上や壁の隙間などの隅に溜まる。そこに火の粉でも舞い飛んだら、燠火《おきび》になって、火事になる危険がある。火をあやつる鍛冶屋が、火事を出すわけにはいかない。

掃除をしているうちに、弟子たちが起きて来て、鍛冶場を覗いた。

「感心、感心。新入りは、そうでなくてはならんな」

新入りということばが、癇《かん》に障《さわ》った。

「弟子に入ったわけではありません。わたしもこの鍛冶場をつかわせてもらうゆえに、片づけておったばかりです」

ことばを選んで、丁寧にそう返事した。

むかっ腹を立ててもしょうがない。なんにしても、これからしばらくは、この鍛冶場でいっしょに仕事をさせてもらうのだ。

掃除が一段落したとき、朝飯に呼ばれた。

母屋の台所の板敷きに弟子たちが並んでいる。それぞれの膳に向かって、もう食べはじめていた。

お櫃《ひつ》には米半分の麦飯、鍋に味噌汁、大皿に大根と瓜の漬け物が山盛りになっている。各自好きなだけ自分でよそって食べるらしい。見ていると、みな飯を大盛りにして何膳も食べている。

正行は、朝飯は一膳しか食べない。たくさん食べすぎると、腹が張って鎚がうまく振るえないからだ。鍛冶はすこしずつ何回にもわけて食べたほうが、仕事がはかどる。

鍛冶場に入ると、弟子が鞴の柄を抜き差しして、火床《ほど》に火を熾していた。

今日のところは、手伝いをしながら、ここの鍛冶場のようすをじっと見ているつもりだ。

火床の炭に火がまわり、熾火となった。

ここまでで、すでに正行には気に食わないことがいくつもあった。

まずは、火床に盛ってある炭だ。大きさが揃っておらず、まちまちである。これでは、火床のなかの温度が一定にならず、むらができてしまうので、よい鍛錬《たんれん》ができない。

弟子の鞴の抜き差しの仕方も気に食わない。

柄の把手《とって》をしっかりつかまず、押すときは掌《て》で押し、引くときはただ指をかけただけで、だらしなく抜き差ししている。

——柄をしっかり握るくせをつけておけ。

兄の真雄から、正行はそう仕込まれていた。風の感触を腕で感じる訓練をするためだ。鞴の柄の穴をすり減らさず長持ちさせる実利もある。

鉄《かね》を鍛錬するには、火をいかにあやつるかが肝心である。

火をあやつるのは、風である。

風をおろそかにする者に、よい鉄は鍛えられない。

——たいした親方ではないな。

そう断じたところに、不機嫌そうな顔の国重があらわれた。昨夜、酒を飲みすぎたのか、まだ赤ら顔だ。

「おはようございます」

弟子たちが挨拶すると、うなずいて横座にすわった。

しばらく火床《ほど》の火をながめてから、口を開いた。

「きのうの続きをやる」

弟子が、棚から鉄塊を持ってきて鉄敷《かなしき》に置いた。梃子棒がついている。まだ折り返し鍛錬の途中らしい。

梃子棒を握り、藁灰《あく》を盛った笊《ざる》に置くと、弟子が灰をまぶした。その上から桶の泥を柄杓でかけまわした。国重は鉄塊をそのまま無造作に火床の炭の山に突っ込んだ。

――なんて、雑なあつかいだ。

正行は、内心、舌打ちした。

なぜ、弟子に十能《じゆうのう》を持たせ、炭を片側に寄せてから鉄塊を置かないのか。そのまま炭に突っ込むと、鉄塊にかけた泥と灰がとれてしまう。泥は、鉄塊をやわらかくとろりと沸かすのに重要な役割を果たしている。

弟子が、鍛冶場の窓を閉ざした。

暗い鍛冶場で、火床の炭が青い炎を上げている。しばらくは、親方のとなりにすわった弟子が鞴《ふいご》で送る風の音だけが鍛冶場にひびいていた。

これも気にくわない。

兄の真雄なら、最初に火を熾すときの鞴は正行に任せても、鍛錬本番となると、かならず自分で鞴の柄を抜き差しした。

弟子まかせにしていては、風のぐあいから火床のなかの状態を感じとることができない。

やがて、炎が赤く染まり、火の粉が舞い上がった。

舞い上がった火の粉が、盛大に爆《は》ぜた。

まだ、鉄《かね》が硬いということだ。

火搔き棒をにぎった国重が、炭をかきわけて、鉄塊の具合をたしかめている。鉄は小豆色だ。まだ沸き方が足りなかったので、炭をもう一度かけもどした。

――だめだ。

炭に埋もれた鉄塊の状態は、梃子棒をにぎっただけで感じとらなければならない。鉄がとろりと沸いてきたなら、微《かす》かながら梃子棒にその感触がつたわってくる。それを感じとるのは、鍛冶の大切な伎倆だと兄に教えられた。

被《かぶ》っている炭をのけると、熱が冷めてしまう。沸かすには、温度を上げ直さなければならず、よけいに鉄を熱することになる。

それでは、鈍刀《なまくら》しかできない。

――鍛冶は、手際が大切だ。

くどいくらいに、兄の真雄からそう教えられた。

熟練した鍛冶ならば、最低限の時間で鉄を沸かし、手際よく鍛える。無駄に熱すると、鉄が白けて馬鹿になってしまう。炭も無駄になる。

国重の鍛冶場では、一事が万事そんな具合だったので、正行は仕事を見て一刻もたたないうちに、もうこの鍛冶場から出て行く決心を固めていた。

——こんな雑な人間といっしょにいては、下手《へた》が移ってしまう。

そう思うと、いてもたってもいられない気持ちになった。

それでも、とにかく一日の仕事の終わりまで我慢した。

出て行きます、と、国重本人に話そうかと思ったが、考えてみれば、ここを出ても行くところがない。

「高野様のお屋敷に行ってきます」

言い残して、すぐに飛び出した。

屋敷を訪ねて、中間に案内を請うた。縁側にあらわれた高野は着流し姿だ。

「どうした」

「あの鍛冶場には、もう一日もいたくありませんので、ご相談にまいりました」

国重の仕事ぶりのどこが悪いかを、正行は具体的にひとつずつ指摘した。整理整頓のこと、炭の切り方のこと、鞴《ふいご》の扱いのこと、鉄の沸かし方のこと、高野はうなずきながら聞いてくれた。

「なるほど、よく分かった。しかし、では、どうするかのぅ」

「どこかに空《あ》いた鍛冶場はありませんか。刀の鍛冶でなくて、野《の》鍛冶でもかまいません。火床《ほど》があって、鞴があって、鉄敷《かなしき》と、鎚や鋏箸《はし》がいくらかあれば仕事ができます」

ふうむ。あごに手をあてて、高野が考えている。

「鍛冶場ならあるぞ」

「えっ、どこでございますか」

「むろんこの城下だ。ここからさほど遠くない」

「誰の鍛冶場ですか」

「山口孝治郎善近《やまぐちこうじろうよしちか》という鍛冶を藩で抱えていたのだが、十年ほどまえに亡くなってのう」

善光寺《ぜんこうじ》に近い水内《みのち》郡三輪《みわ》村の郷士で、江戸に出て水心子正秀に入門して鍛刀法を学んだ男だという。帰郷して帯刀《たいとう》を許され、藩のお抱え工に取り立てられた。

「子はおるが、まだ若いゆえ、国重の鍛冶場で修業しておる。おまえも会ったはずだ」

国重の弟子たちは、まだ名前さえ覚えていなかった。

「そうですか。では、いまは無人ですか」

「妻女がいる。子が一人前になって帰ってくるのを待って暮らしている」

「お抱えだったのなら、扶持《ふち》は……」

「いまは出しておらぬ。倹約の旨《むね》、殿様から厳命を受けておるので、その分をおまえに渡すわけにはいかんのだ」

正行は、しばらく考えた。やりたいことは、ただひとつだ。それさえできればいい。

「扶持はいりません。善近殿の鍛冶場を使わせてもらえるでしょうか」

「それは、どうかな。せがれがよしと言わねば無理だな」

「せがれに頼みます」

「せがれが一人前になって戻る時には、おまえが居すわるわけにはいかんぞ」

「かまいません。わたしは、すぐに刀が打ちたくてたまらないのです。半年でも一年でも使わせてもらえれば、素晴らしい刀を打ってご覧に入れます」

正行は庭に膝をついてすわり、頭を下げた。

高野隼人がうなずいた。

「なるほど。それなら、無理な話でもない。しかし、向鎚《むこうづち》がいるであろう」

「力のある若者を探して雇います」

「扶持は、出せぬぞ。分かっておろうな」

窪田清音がいくばくかの餞別《せんべつ》をくれた。鍛冶場があるなら、刀が鍛えられる。それを売れば、なんとか食っていける。

「けっこうです。その代わり、刀が打てたら、城下で売ってもかまいませんか」

「ああ、よい刀ならわしが買い手を見つけてやる。国重にも筋を通さねばならぬ。おまえを快く受け入れてくれたのだ」

「それはたしかに……」

高野のいうとおりだ。正行を歓迎して迎え入れてくれたのだ。恩義は感じている。

「帰ってすぐに、話します。山口家のせがれにも話してみます」

「空いている鍛冶場だ。なんとかならんでもあるまい。明日、おれが行って口添えしてやろう」

「ありがとうございます」

話が望み通りの方向にうごき始めたので、正行は揚々と国重の家に帰った。

ちょうど、みなの夕餉《ゆうげ》が終わったところだった。正行は食事より、話を先にしたかった。明日、高野が話してくれるまで、とても待ちきれない。

「折入って、お話があります」

国重は飯を食べ終え、大徳利をわきに置いて晩酌をしている。

「なんだ。あらたまって礼などいわぬがよいぞ」

言いにくかったが、山口孝治郎の鍛冶場に移りたいのだと、飾らずに話した。

聞いていた国重の顔が、たちまち朱《あけ》に染まった。

「この野郎。若造だと思えばこそ、鍛冶場に入れてやったんだ。それをたった一日で出て行くとは、肝《きも》の煎《い》る奴だ。山口の鍛冶場を使いたいだと。あきれてものが言えねえ」

大徳利をつかむと、湯飲み茶碗に濁り酒をいっぱい注いだ。

「山口、聞いたか。おまえの家の鍛冶場を使わせてくれだと。この恩知らずに、そんなこと許すのか」

縁側で夕涼みしていた弟子たちが、いっせいにこちらを向いた。

なかの一人が立ち上がった。それが山口孝治郎のせがれだろう。弟子たちのなかでいちばん若い。まだ、十五、六か。

「とんでもない。あれはおれの鍛冶場だ。知らん奴になど、使わせられるものか」

強い目で、睨まれた。

「聞いたとおりだ。もうこの家におまえの居場所はない。たったいま、出て行ってくれ」

正行はうなだれた。明日を待って、高野に話してもらえば、なんとかなっただろうか。

「わかりました」

頭を下げた。弟子部屋に行って、自分の行李《こうり》と刀を持って出てきた。なかの着替えは、まだ広げてなかったから、荷造りの手間もなかった。

「たいへんお世話になりました」

頭を下げると、親方のお女房《かみ》さんが、心配そうな顔を向けた。

「あんた、出て行くって、どこに行くつもりだね」

「あてはありませんが、なんとかなるでしょう」

お女房さんの顔が曇った。

「ちょっと、気の毒だよ。今晩くらい置いてやればいいじゃないか。まだ晩ご飯も食べてないんだし……」

「知ったことか」

国重はそっぽを向いて、酒を飲んでいる。

「せめて、ご飯を食べなさい。かまわないね、あんた」

お女房さんが、国重の顔色をうかがいながら、勧めてくれた。台所の板の間に、布巾をかけた膳がひとつ置いたままになっている。

国重がなにも言わないので、お女房さんが正行を手招きした。

「ほら、こっち来てすわりなさい」

腹が減っているので、好意に甘えることにした。板の間にすわると、お女房さんが汁と飯をよそってくれた。

頭を下げて箸を取った。

「あんた、そんな大きな体をしてるんだから、お腹が空《す》くでしょう。いっぱい食べなさい」

そばにすわったお女房さんが、やさしい目つきで正行を眺めている。

年上の女たちが、いつも正行にそそぐ目だ。慈《いつく》しみに満ちていて、それでいてどこかうっとりと潤んでいる。たいていの女たちは、おれが好きなのだ。

黙って味噌汁を飲み、茄子の油味噌で飯を食べた。ゆっくりとよく嚙んだ。

「どうして鍛冶場を借りようなんて思ったの。刀鍛冶の修業って、それは何年もかかるんだよ。あんたまだ刀は打てないでしょ」

お女房さんが訊ねた。心配してくれている顔つきである。

「いえ、打てます。すばらしい刀が打てます」

飯を食べながら、胸を張った。

「馬鹿を言え。みんな、炭切りから始めて、何年も辛抱して修業して、それでもまだやっと駆け出しの半人前だ。おまえなんかに刀が打ててたまるか」

背中を向けている国重が、声を荒らげた。

正行は、黙って箸を置いた。小さな行李とならべて置いてあった刀と、懐の内に挿《さ》していた短刀を取りだして、親方の前に持って行った。

「どちらもおれが打ちました。ご覧ください」

横目でながめた国重が鼻を鳴らした。しばらく手にとらずに酒を飲んでいたが、ちっ、と舌打ちして酒を置くと、刀を手に取った。

「明かりを持ってこい」

そろそろ家の中が暗くなっている。お女房さんが、灯明を持って来た。皿の端から出ている芯を剪って炎を大きく明るくした。

鞘《さや》を払って刀身をまっすぐに立てると、国重が目を大きく見開いた。弟子たちも、まわりで刀を眺めている。

二年前に打った互《ぐ》の目《め》の刀である。姿《すがた》は凜としているし、鉄《かね》の味もよい。誰が観ても、それは分かるはずだ。刃文《はもん》はまじめ過ぎて面白みにかけるが、それはこれから精進する。

しばらく眺めていた国重が、袂《たもと》で刀身を受けて、灯明の光を刀の平地《ひらじ》に反射させた。矯《た》めつ眇《すが》めつ見つめてから鼻を鳴らし、刀に一礼して鞘に納めた。

しずかに鞘を置くと、こんどは短刀に手を伸ばした。

三寸七分の小烏丸《こがらすまる》である。

鞘から抜いたとたん、国重が目を細めた。無言のまま顔を近づけた。弟子たちがそばに寄った。みなでしげしげ見つめている。表と裏を見つめ、刃や棟《むね》からも見つめていた。さらに切先《きっさき》からじっと見つめて、短刀を鞘に納めた。

国重は目をぎゅっと閉じて、腕組みした。なにを言われるのか、正行は身がまえた。しばらくのあいだ、国重は黙っていた。

「ほんとに、おまえが鍛えたのか」

小烏丸の鉄は兄からもらったが、互の目の刀は古鉄卸《ふるがねおろ》しから自分でしたと話した。

「短刀は、小烏丸だな。だれかに写しでも見せてもらったか」

「いえ。絵を見ただけです」

「どうしてあんなに小さく造った」

「あの分だけ鉄をもらったからです」

なるほど、とうなずいた。刀の鞘を見つめたままうごかない。

「うちの鍛冶場のなにが気に入らないんだ」

訊ねられて、朝から感じたことをすべて正直に話した。国重は黙って聞いていた。

「鍛冶場を貸してやれ。こいつは、おれよりいい刀を打つだろう」

山口に向かって言った。

えっ。正行と山口が、同時に声を上げた。

「この男は、いずれ天下に名をなす鍛冶になるぞ」

つぶやいた国重に、正行は両手をついて頭を下げた。


翌朝、町からすこし離れた山口の鍛冶場に行った。国重の弟子だった山口善治郎《ぜんじろう》に連れられてのことである。品のよい母親が、ちょっと驚いた顔で二人を迎えた。

「どうしたんだい……」

善治郎が、ことのあらましを話した。座敷に通された正行は、両手をついて挨拶した。あらためて、鍛冶場を使わせてもらいたいと話した。息子さえよければ、と母は承諾してくれた。

鍛冶場に入って、正行は目を大きく瞠《みは》った。いい鍛冶場だ。すぐに刀が打てるようにきちんと整頓されている。埃さえほとんどない。向鎚や鋏箸《はし》も、じゅうぶんな種類が壁にかけてある。

正行は、親方がすわる横座にすわってみた。

火床《ほど》は、きれいに掃き清められている。

鞴《ふいご》の柄を抜き差しすると、かたんかたんと風板が鳴って、火床のなかほどの羽口から、気持ちよく風が吹き出した。

鉄敷《かなしき》の表面は、よく磨き込まれていて鏡のようだ。小さな錆《さび》ひとつ浮いていない。

「母が毎日掃除して、鉄敷《かなしき》を砥石《といし》で磨いてくれているのです」

善治郎がつぶやいた。亡くなった孝治郎善近は、ずいぶん几帳面《きちようめん》な性格だったらしい。善治郎の母親は、夫が亡くなったあともその家風を保ちつづけていたのだ。二人の姉は、すでに嫁ぎ、あとは善治郎が一人前になって帰ってくるのを楽しみに待ち暮らしているのだという。

「この人はとてもいい刀を打つんだ。俺は弟子にしてもらう」

昨日のうちにそんな話がまとまっていた。母親がうなずいた。鍛冶場を借り、この家に住まわせてもらうことになった。

正行は母屋で仏壇に線香を上げさせてもらった。生まれ故郷の赤岩村のことなど、しばらく雑談していると、武具奉行の高野隼人がやって来た。

「この男は、鍛冶として大いに見どころがある。若いのに国重より、よほど腕がいい。せがれもこの男を師匠として腕を磨けば、いい鍛冶になるだろう」

力を込めて話してくれた。

納屋には、古鉄《ふるがね》がいくらか残っていた。鉄敷で燗鍋を割ってみたら、質のよい白銑《はくせん》だった。

「ありがたい。古鉄卸《おろ》しができる」

鍛冶場の道具と納屋を点検してから、善治郎といっしょに近くにいる炭焼きを訪ねた。松炭を見せてもらうと、質がよかったので運んでもらうように注文した。大八車で何往復かして、炭小屋をいっぱいにしてくれた。

代金の支払いは盆である。あとひと月しかないが、それまで銭が残っているだろうか。あまり深く考えないことにした。

とにもかくにも、よい刀さえ打てば、なんとでもなる、と自分に言い聞かせた。まだ日が高かったので、さっそく卸《おろ》し鉄《がね》の準備にかかった。

納戸にたくさんあった古鉄を、善治郎と二人して小さく切った。善治郎には大きな切り鋏《ばし》を使わせた。正行は鉄敷《かなしき》に鋳物の類をのせ、鏨《たがね》と手鎚で小さく切った。視線を感じて顔を上げると、善治郎が手元を見つめていた。

「なんだ?」

「いえ……」

口ごもっているので、思っていることを話せと強く命じた。

「親方は、手際がいいですね。手鎚の振り方に、まるで無駄がありません」

二十歳《はたち》で親方と呼ばれて、くすぐったかった。言われて、国重の鍛冶場を思い出した。仕事が雑なのにくわえ、動きに無駄が多かった。

「丁寧に正確にやれば、一回で済むんだ。雑にやると、何度も同じことをやらなきゃいけない。仕事が増えて、仕上がりが悪くなるだろ」

正行のことばに、善治郎がうなずいた。

「親方はからだが大きくて力があるし、手も指もよく動くから、うらやましいですよ」

それは自分でも気づいている。自惚れではなく、鍛冶としての天分に恵まれていることを自覚していた。兄の真雄にも、そう言われた。

日が傾くまで、古鉄《ふるがね》を小さく切った。

切りながら、白く光る白銑《はくせん》のよいのだけを選んで箱に入れた。鼠色したがさがさの銑は取り除いた。古鉄屋に引き取らせるつもりである。松代には何軒か古鉄屋がある。そこも行ってみなければならない。

次の日、鍛冶場の神棚にずっと持ち歩いていた金屋子神《かなやごしん》の御札を祀《まつ》った。柏手を打って拝んだ。今日から火床《ほど》に火を入れる。

しばらく、二人ならんで炭を切った。正行が炭を切る手元を、善治郎が見つめている。懸命に真似をしようとしている。弟子をもったという実感が湧いてくる。

切った炭を火床に盛った。鉄敷で鉄《かね》の棒を叩いて火を点けた。

鞴《ふいご》の柄を抜き差しすると、ぐあいよく風が吹き出した。すぐに火が熾《お》きた。火掻き棒で炭をかき分けて、ようすを見た。風はうまく火床のなかを回っている。これならだいじょうぶだ。

「いい火床だな」

褒めると、父を褒められたように善治郎が喜んだ。

古鉄を卸すには、その日の湿度や、火床《ほど》の状態が大いに関係ある。うまくいくときもあれば、失敗することもある、と説明した。

「古鉄卸しをするのは、初めてです。国重親方は、播州から取り寄せた千種《ちぐさ》の鋼《はがね》をそのままつかっています」

「播州や出雲の鋼はたしかに質がよい。だが、おれには物足りない。光るばかりで、潤いがない。鉄の力強さが足りないんだ。おれは、生きた強い鋼を自分でつくる」

兄が集めてきた刀のなかには、いかにも地鉄《じがね》が強く、語りかけてくるものがあった。試してみると、たしかによく斬れた。江戸で清音に見せてもらった刀もみな地鉄に力がみなぎっていた。

正行は、そういう刀をめざしている。

だれの真似でもない。自分なりの強い刀を鍛えたいのだと、ひしひし思っている。

いったん火床の火を落し、こんどは細かい炭の粉を敷きつめた。真ん中を丸く窪《くぼ》ませ、細かく切った古鉄をならべ、また炭を盛った。

鞴《ふいご》で風を送った。四半刻も風を送っていると、風が火床にすっと流れ込む感触があった。鉄の滴《しずく》が集まって塊となり、重さで底に沈んだのだ。その空間に風が吹き込んだのである。

鞴を止めた。風の音が止《や》むと、外の蟬の声がうるさかった。鍛冶場の暑さに初めて気づいた。

しばらくして取り出すと、見るからに惚れ惚れする卸《おろ》し鉄《がね》ができていた。浅間山の溶岩のようにごつごつした塊だが、銀《しろがね》とまがうほどに艶《つや》があって美しい。


ひと月近くかかって、正行は長刀と脇差を鍛えた。松代の職人町の研師《とぎし》に出し、白鞘に納めた刀ができてきたのは、盆が過ぎていた。節季《せっき》の払いは、山口の母が立て替えてくれた。ありがたくて涙が出た。

できた大小を、武具奉行高野隼人の屋敷に見せに行った。

高野の家で座敷に通されると、先客がいた。

「藩士の佐久間国忠《さくまくにただ》（のちの象山《しょうざん》）君だ。こちらは先日話した小諸の郷士山浦君だ」

対等に引き合わせてくれたのが、嬉しかった。

佐久間は、正行と同じくらいの歳まわりだろう。正行と同じくらいの大柄だが、痩《や》せぎすで、目から人を寄せつけぬ光を発している。

両手をついて挨拶した正行に、うなずき返した佐久間が、顎《あご》を撫でながら口を開いた。

「刀を打っているそうだな。それなりの腕前だと聞いた」

藩士だというから、いささか横柄な口のきき方は、我慢しなければならない。

「打ち上がりましたので、持参いたしました」

正行は、大小二振りの白鞘を風呂敷包みから取りだし、高野の前に差し出した。

「見せてもらおう」

白鞘を手に取った高野が、両手で捧げて一礼したのち、鞘を抜き払った。

柄《つか》の端を右手でにぎり、腕を突き出して刀身をまっすぐ立てた。

刀の表と裏を眺めてから、顔を寄せ、地鉄《じがね》と刃文《はもん》をしきりと検分している。長刀を佐久間にわたし、脇差も同じように観た。

「よい刀ができたな」

高野に言われて、さすがに安堵した。

思い通りの地鉄ができたので、刃文は互《ぐ》の目《め》丁子《ちようじ》を焼いた。丸い碁石をつらねたような互の目でありながら、丁子のように裾《すそ》がすぼまっている。丁子刃を焼けば、刀が華やかになる。兄に教わった自信のある得意な刃文であった。

ゆっくり見終わった佐久間がうなずいた。

「たしかに、よい刀ですな。地鉄はまことによい。しかし……」

大きな目で佐久間が正行を見すえた。ひと言で、ばっさり人を斬り捨てそうな男だ。

「つまらん刀だ」

正行は、唇を舐《な》めた。ことばが出なかった。背筋が凍るほどぞっとした。

悔しいが、佐久間の言は正鵠《せいこく》を射《い》ている。まさにつまらない刀なのだ。よい鉄《かね》をつかって鍛えたよい刀だ。その点では大いに自負がある。

しかし、刀の覇気、堂々たる品格、人をして瞠目《どうもく》せしめるほどな勇ましさが、刀からほとばしっているかと問われれば、残念ながら、作者である正行自身も、首を横に振るしかない。

力強く、凜とした刀だ。凡百の鈍刀《なまくら》と比べたら、大いに勝《まさ》っている。だが、鎌倉、室町《むろまち》のころの名刀と比べたら、はたしてどんなものか。

残念ながら、自分でも自信がない。

「佐久間は毒舌だ。気にせぬがよい。わしは、よい刀だと観た」

高野が助け船を出してくれた。救われた気でいると、佐久間が一喝した。

「甘いッ。高野殿は、じつに甘《あも》うござるな。若い鍛冶ならば、なによりも志を高くもたねばならん。この程度のできばえを褒めておっては、将来ろくな鍛冶に育ちませんぞ」

言われて、高野は鼻白んだようすである。

「佐久間は、藩の武具のことで献策に来たのだ。刀よりも、もっと鉄炮をそろえよとな」

だとすれば、刀にはさして見識がないのか。

「鉄炮をそろえるのは火急の一大事にござるが、刀もおろそかにしてよいとは考えておりません。誤解されずにおかれたい」

単刀直入《たんとうちょくにゅう》にものを言う佐久間を、高野はいささか持て余していたらしい。眉間《みけん》にしわが寄った。

「佐久間は、こういう男だ。言いたいことを言って生きておる。敵も多いが、言にはたしかに、いくばくかの真実が含まれておる」

「いくばくかの真実ではござらぬ。拙者の言は真実のみ。藩政に生かさねば、松代藩、いや、日本国の将来が危うくなりますぞ」

あきれた高野が、無言のまま腕組みをして庭を眺めた。

佐久間が、正行に向き直った。

「そのほうも、鍛冶の端《はし》くれなら、これぞ、わが畢生《ひっせい》の作というほどの刀を鍛えてみせよ。一振り一振りに、邪を払い、正義を招く気魄が横溢《おういつ》してこそ、ほんものの刀だ。それができずに、一人前の鍛冶面《づら》をするでない」

似たような歳の青年に、頭ごなしに叱りつけられて、正行はうなだれた。佐久間のいうことが正しいと思えるだけに、なお、つらい。苦いものが腹の底からこみ上げてきた。

「失礼いたしました。精進し直してまいります」

悔しくてたまらなかったが、両手をついて頭を下げた。白鞘を風呂敷に包み直した。

「その刀は置いていけ。買いたい者がおるだろう」

高野が言ったが、正行は首を横に振った。

「いえ、未熟な作でございますゆえ、お売りいたしかねます」

「しかし、金がいるであろう。炭、鋼《はがね》代ばかりではない。研師や白銀《しろがね》師、白鞘師にも手間賃を払わねばなるまい」

「金などはなんとでもなります。正行の銘を刻んだ未熟な作が世に出るのが、なんとも辛うございます」

佐久間がうなずいた。

「それがよい、さようなくだらぬ刀は折ってしまうにかぎる。なんなら、わしが思い切りよく折って進ぜよう」

——折れるものか。

たしかに刀が折れることはあるが、それは刃鉄《はがね》や心鉄《しんがね》が硬すぎたり、焼きが高すぎたりしたときだ。おれが丹精込めて鍛えた刀が折れるはずがない。

「それでは、お願いいたします」

風呂敷包みのまま、佐久間の前に差し出した。

包みを解いて二本の白鞘を握ると、佐久間は、下駄をつっかけて庭に下りた。庭石の前に立つと、大刀を抜き、刃を上にして握った。さして気合も入れず、振りかぶって石に向かって棟《むね》を打ち下ろすと、鈍い音を響かせて物打《ものう》ちのところであっけなく折れた。

正行は、思わず庭に飛び下り、落ちている刀の先を拾った。

折れた断面を見れば、すこし白っぽい。刃文を可憐に見せようとして、つい高温で焼き入れしてしまったのだ。

「華やかな丁子《ちょうじ》を焼こうとしたのだろうが、焼きが高すぎたな。精進するがよい」

佐久間に言われて、正行はうなだれるしかなかった。

目覚めの床で、正行は頭のなかがぼんやりしていた。

――おれは、いったい何をしていたのだ。

精根込めて大小の刀を打ち上げたつもりだった。しかし、つもり、でしかなかった。鍛えた刀は、昨日いとも簡単に佐久間という鼻もちならない若侍に折られてしまった。

ゆうべは酒をくらった。浴びるほどに飲んだ。

正行は、酒が強い。

何升飲んだか覚えていないほどに飲んだが、それでも二日酔いで頭がぼんやりしているわけではない。

ぼんやりしているのは、刀が折れたせいだ。

目は覚めているのだが、布団から起き上がる気にならない。開け放した障子から、外の菜園が見えている。茄子がたくさん実っている。物憂《ものう》く、気だるく、なにをする気持ちにもならない。外でやかましく鳴いている蟬が、うるさく、わずらわしくてしようがない。

寝ているのも暑くなって、起きて鍛冶場を覗くと、善治郎が炭切りをしていた。

「おはようございます。火床《ほど》に火を入れますか」

にこやかな笑顔が、かえってわずらわしい。

「いや、きょうは炭切りをしていろ」

それだけ言うと、台所に入った。善治郎の母親が朝餉の片づけをしていた。

「朝御飯、召し上がりますか」

いや、酒を、と言いたかったが、言い出すのがためらわれた。朝から酒を飲んだことはない。むこうが察した。

「お酒はもうありません。あなたが、夕べ、ぜんぶ召し上がってしまわれました。朝からお酒なんて、よくありませんよ」

息子を叱る母親の口調だった。

「朝御飯を食べなさい。そして、仕事をなさい」

「……はい」

素直に板の間にすわると、膳を出してくれた。具だくさんの味噌汁と飯だ。

「いただきます」

正座して手を合わせた。味噌汁を飲み、麦混じりの飯をゆっくり嚙んで食べた。味噌汁には茄子やささぎ豆に混じって、田螺《たにし》が入っていた。泥臭く、口に合わなかったが、ひとつずつ貝からせせり出して、ぜんぶ食べた。

「ごちそうさまでした」

手を合わせて頭を下げた。お粗末さま、と土間にいた母親がこたえた。

「きのうは、すみませんでした」

正行から謝った。よく覚えていないのだが、刀の折れた悔しさから、ずいぶん我《わ》が儘《まま》を言い、悪態《あくたい》をついた気がする。

「仕事は、うまく行くときばかりではありません。うまく行かないときに、どうやって乗り越えるかが、その人の値打ちだと、いつも善近が言っておりました」

淡々と言われたのがこたえた。

「そのとおりだと思います」

頭を下げて外に出ると、鍛冶場に入った。

善治郎が黙々と炭切りをしていた。不器用な質《たち》なのか、大きさが不揃いでうまく切れない。

「貸してみろ」

鉈《なた》を手に、炭切り場の小さな腰かけにすわった。

松炭を一本取ると、丸太を筒切りにした炭切り台にのせた。縦に半分、もう半分に割った。それを横にして、台の端に置き、さくさく切っていく。善治郎がやってみたが、やはり、さくさくとは切れず、大きさがうまく揃わない。

「炭が揃っていなければ、よい鉄《かね》はできん。よい刀を鍛えたいと念じてやれ」

うなずいた善治郎が鉈を振るった。単調な音が鍛冶場に響いた。

古鉄《ふるがね》を入れる箱に、折れた刀が入っている。きのう、高野の家から帰って来ると、すぐに白鞘を捨てて、そこに放り込んだのだ。

取り出して、折れた断面を見つめた。

――なにが悪かったのか。

折れたわけをいま一度考えてみた。折れる理由は、ひとつしかない。

――鉄が硬すぎたのだ。

佐久間は、焼きが高すぎると言った。たしかに焼き幅は高いが、それだけで刀は折れない。

硬すぎたのは、心鉄《しんがね》である。

折れた刀は、硬い皮鉄《かわがね》と刃鉄《はがね》、それに間に入れる甘い心鉄の三種類の鉄をあらかじめ鍛え、それを重ねてまっすぐ叩き延ばし、手鎚で刀身のかたちに火造《ひづく》って仕上げた。

本三枚《ほんさんまい》という鍛え方だ。

折れた断面に強い日差しが当たって、細かい鉄の粒子が七色にきらめいている。真ん中の心鉄のところが白銀《しろがね》のようにことのほかよく輝いて見える。

——これじゃ、折れるはずだ。

強くよく斬れる刀を鍛えようとして、心鉄まで硬くしてしまった。基本中の基本を失念していたことが自分でも不甲斐ない。

——鉄の見極めができていないのだ。

刀は性質の違った鉄を組み合わせて造り込む。皮鉄《かわがね》と刃鉄《はがね》を硬くしても、心鉄《しんがね》が軟らかければ、刀身に粘りがでる。

だからこそ、折れず、曲がらず、よく切れるよい刀ができる。自分で鍛刀できる嬉しさに、その見極めを誤った。

すこし頭を冷やしたかった。城に行って、刀を見せてもらおうと思った。善治郎にもついてくるように言って、羽織袴を着て大小を差した。

松代城の本丸は、洪水や火災でいまは使われず、外の花の丸に館がある。門番に案内を請うた。しばらく待たされたが、やがて通してくれた。

言われたとおりに行くと、白壁の蔵があった。遠慮がちに声をかけると、なかから高野があらわれた。刀を見せてほしいのだと頼んだ。

「よかろう。刀の手入れは武具方の大切な仕事だ。手伝ってもらおうか」

恐れ多かったが、なんと言っても刀が見たい。草履を脱いで蔵に入った。

高野と武具方の侍は、棚から刀箱や刀袋を取り出し、一振りずつあらためていた。打粉《うちこ》や拭い紙《ぬぐがみ》が置いてあるのは、古い油を拭い取り、新しい丁子油を塗っていたのだ。ふだんは御殿の御側御納戸にしまってあるのを、楽しみながら手入れするため蔵に持って来ているのだと笑った。

ゆっくりと刀を見せてもらった。

「刀の手入れは大事ゆえ、そのほうらにじっくりやってもらおうか」

そんな口実で見せてくれるつもりらしい。言葉に甘えて、暑い盛りを、毎日、涼しい蔵に通って過ごした。

三条宗近《むねちか》、来国次《らいくにつぐ》、宇多国宗《うだくにむね》、正宗、長船景光《かげみつ》、祐定《すけさだ》、延寿《えんじゅ》、兼若《かねわか》などの名だたる古刀《ことう》があった。どれも惚れ惚れする出来である。

志津兼氏の一尺六寸の脇差はことに目に染みた。江戸で窪田清音に見せてもらったのよりなお雄々しい姿が目に焼きついた。

康継、虎徹、国助、助広《すけひろ》などの新刀《しんとう》もある。

いまの刀では、大慶直胤《たいけいなおたね》の刀がたくさんあった。江戸家老の矢沢監物が買い上げているのだという。正繁《まさしげ》という鍛冶の作も多かった。播州の鍛冶だが、試し斬りで刃こぼれがしなかったのを松平定信《さだのぶ》に気に入られて松平家に召し抱えられたそうだ。

白鞘に納まった刀の出来の良さもさることながら、どの刀にも、瀟洒《しょうしゃ》にして上品な拵《こしら》えがいっしょに保管されている。目抜《めぬ》きも、鐔《つば》も、鞘も、柄巻《つかまき》も、頭《かしら》も、縁も、小刀も笄《こうがい》もすべてが身震いするほどの一級品である。

——いつかおれの刀も。

一級の拵えをつけて、ここに収めてもらえる日が来るはずだ。それを信じて、日がな刀を眺め、刀と語らって過ごした。なんとも満ち足りた贅沢な日々であった。

赤蜻蛉《あかとんぼ》が舞いはじめる季節まで、正行は善治郎を供につれて城に通い、蔵にある刀のすべてを目に焼き付けた。

それから鍛冶場にこもったが、すぐ鍛刀にかかることはできなかった。横座にすわっても、どんな刀を打てばよいのか分からない。

赤岩村の実家で兄と鍛刀していたときは、どんな刀を打つか考えるときが一番たのしかった。

いまは、それが苦しくてならない。自分らしい刀が打てるのかどうか。世に伝来する数々の名刀にならぶ刀が鍛えられるのかどうか。まるで自信がなくなってしまった。

それでも、懸命に刀の姿を考えた。目を閉じて、脳裏《のうり》に打ちたい刀の姿を描こうとした。

——強い刀がいい。

どんな姿が強いのか。瞼の裏に浮かび上がらせようとする。

善治郎の声が、闇に浮かんだ刀の姿をかき消した。

「親方……」

「なんだ」

「火床《ほど》の火は熾さないんですか」

「まだ火はつけんでいい。おまえは炭切りをしていろ」

命じて、目を閉じた。

——人を斬るための実用の刀だ。

いかにも強く、気魄のあふれる姿がいい。中途半端な上品さや優美さなどは欲しくない。勇ましく、手にしただけで勇気と力の湧いてくる刀がいい。

——それは、どんな姿をしているのか。

平安のころや、鎌倉でも、古い時代のものは優美すぎてだめだ。

南北朝や桃山《ももやま》など、乱世の刀は、姿が勇ましく、強さがみなぎっている。

手本にするなら、そういう刀だ。しかし、そのまま打ってもつまらない。それでは、ただの模作である。なんとも芸がない。

——おれの刀を打つのだ。

この世のあとにも先にもない、この山浦環正行の刀を打つのである。それでなければ、わざわざ新しく刀を鍛える意味がない。

「親方……」

また、善治郎の声だ。

「なんだ」

睨みつけた。

「わたしが切ると、どうしても炭の大きさが揃いません」

「大きさの揃っているのだけ畚《もっこ》に盛っておけ。揃わないのは、火造りに使う」

正行はまた目を閉じた。まぶたの裏に、さまざまな姿の刀が浮かび上がってくる。

しかし、それは、やはりいままでにあった刀だ。

——おれの刀の姿は……。

必死で思い浮かべようとするが、ぼんやりと霞んでうまく姿がまとまらない。見えてこない。

「親方……」

「なんだ、うるさい」

「すみません。昼餉《ひるげ》はどうしますか」

「もう、そんな時刻か……」

正行は、愕然《がくぜん》とした。すわって刀の姿を思い浮かべているだけで、あっという間に時が過ぎてしまった。

「おれは食わん。おまえ食ってこい」

「いえ、それなら、わたしも食べません」

「勝手にしろ」

目を閉じると、炭を切る単調な音が響いた。それは、想像の邪魔にはならない。

——おれが打つ刀は、どんな姿をしているのか。

それが自分の内側から湧いてこないかぎりは、鍛刀に取りかかれない。結局、その日は横座にすわっているだけで終わった。

そんな日がつづいた。なにも生み出せない徒労《とろう》を感じるが、新しい刀を鍛えるのだとの高揚感もある。

何日かじっとすわってから、善近が仕上げ部屋に所蔵していた押形《おしがた》集を見た。古今の名刀の姿がずらりと並んでいる。美しさは、曲線で表せることに気づいた。

自分の鍛える刀の姿を線で描いてみることにした。小机に広げた紙に、刀の姿を描いては破り、描いては破った。また幾日もそんな日がつづいた。

「親方……」

「なんだ」

「きょうは、なにをすれば……」

善治郎が困惑顔で訊ねた。

「炭を切っていろ」

「もうぜんぶ切ってしまいました」

「なら、古鉄《ふるがね》を細かく切っていろ。みんな同じ大きさに切るんだ」

仕事の邪魔をされて気分が悪かった。せっかく掴みかけていた刀の姿を掴みそこなった。

大の字になって寝ころがった。

しばらくぎゅっと目を閉じていたが、気分が昂揚して落ち着かない。苛立《いらだ》っていた。台所に行くと、母親はいなかった。大徳利に入っている酒を大きな茶碗に満たして飲んだ。

腹の底から、熱が湧いた。

——できるぞ。

素晴らしい刀が打てる気合がみなぎった。仕上げ部屋にもどって横になり、脳裏に刀を思い描いているうちに寝てしまった。

目覚めたのは、夕方だった。

夢で、はっきりと短刀を見た。重《かさ》ねの厚い雄々しい短刀である。すぐに線を引いて描いた。

地鉄《じがね》を厚く重ねて、反《そ》りをつけず、堂々たる姿にする。湾《のた》れの刃文《はもん》を焼いて、太めの樋《ひ》を二本掻く。そんな姿である。どこにもない正行の刀だ。

翌日、古鉄卸《ふるがねおろ》しからはじめた。刃鉄《はがね》、皮鉄《かわがね》、心鉄《しんがね》をそれぞれに折り返し鍛錬した。それを本三枚で重ねて素延べし、火造《ひづく》った。それだけで一月近くかかった。よい鉄《かね》だけを選んだら、長さは五寸にしかならなかったが仕方がない。

赤く細長く素延べした鉄を手鎚で叩いていると、しだいに勇ましい姿が出来てきた。夢で見たとおりの短刀である。

——これだ。

夢中になって叩いた。

叩いては赤め、また赤めては叩き、短いが重ねの厚い堂々たる姿になった。

「よしっ」

我ながら出来ばえに自信があった。

次の日、センと鑢《やすり》をかけて姿を整えた。焼刃土《やきばづち》を置いて、夜に焼き入れした。水船《みずぶね》の淬《にら》ぐ音に、はっきりと手応えを感じた。

自分で一寸幅だけ研いでみると、湾れ互《ぐ》の目《め》の刃中に金筋《きんすじ》が通っていた。樋を二本掻いてから研師にまわして仕上げてもらうと、ほれぼれする出来ばえだった。

於海津城造之《かいづじようにおいてこれをつくる》

松代城の古名と「天保三年八月日」の年紀、山浦正行の名前を茎《なかご》に切った。

高野隼人の屋敷に持って行った。

「これは素晴らしい。よい出来だな。こんな短刀は見たことがない。よい拵《こしら》えをつければ、高く売れるぞ」

買い手を探してくれるという。三日後に中間がやって来て呼び出された。屋敷に行ってみると、満面の笑みを浮かべた高野が、懐紙にのせた五枚の小判をさしだした。

こんなにみじかい短刀としては破格の高値である。

「御重役がお気に召してお買い上げになった。こんどは、よい刀を打てよ。期待しておる」

礼を言って、山口の家に帰った。母親に五両全部無理に押しつけてわたした。間借り賃と食費、それに立て替えてもらった古鉄《ふるがね》、炭、研ぎ、白鞘の代である。五両でも足りなかろう。刀を鍛えるには、また金がかかるが、それは暮れの払いにしてもらう。

次の日から、長い刀を打とうと考えた。

凡庸《ぼんよう》な刀は打ちたくない。

どうせ打つなら、誰もが瞠目して称賛してくれる刀を打ちたい。山浦環正行ここにあり、おれはここにいるぞ、と大声で叫んでいる刀を打ちたい。
二、三日は、紙を広げて、目に焼きついている刀身の姿を描いてみた。

三条宗近、正宗、志津兼氏……。

いざ描いてみると、どれも、完成されきっている。新しい自分だけの刀を打ちたい、などと考えた自分の傲慢さが恥ずかしくなる。

ときどき、直胤の刀がちらつく。似せたくない。

――おれの刀は、どんな姿をしているのだ。

自分に問いかけても、答えは返って来ない。姿が決まらないと、苛立ちはじめた。ちょっとしたことですぐに腹が立つ。

「親方、今日は、なにをすれば……」

炭切りも、古鉄切りもすべてやってしまった善治郎が訊ねた。

「馬鹿野郎。仕事は自分で探すんだ。いくらでもやることがあるだろう」

親方から命じられなければ動けないようでは、鍛冶の弟子はつとまらない。やることがほんとうになにもなければ、向鎚を振るって筋力をつけるのも仕事のうちである。

あんまりくさくさするので、母親の留守を見計らって台所の酒を飲んだ。ぐっと一杯飲み干すと、苛立ちが消える。

ひと眠りして、また紙を広げるが、これぞ、という姿は浮かばない。苛立ちがつのり、また一杯空ける。

そんな日が何日か続いた。

寒さが厳しくなって大きな霜柱が立った朝、母親からあらたまって話があると言われた。

「鍛冶場をお貸しすると申しましたのは、あなたが、鍛冶としてひとかたならぬ伎倆があると聞けばこそです。お仕事をなさらないのなら、出て行っていただきます」

わがせがれに諭《さと》すかのように言われると、身につまされた。赤岩村の実の母を思い出した。やさしい母だが、それは真雄や正行が懸命に仕事をしているときのことである。しかし、怠惰に流されていると厳しく叱られた。父もそうであった。

「わかりました。明日から必ず仕事をいたします」

素直に詫びると、ならばかまいません、と聞き届けてくれた。

それからは、刀を打った。

新しい刀の姿は、まだ思い浮かばない。金は必要だ。ありふれた姿の刀を打った。銘は切らず、松代の刀屋に持って行った。刀屋は地鉄《じがね》の良さに感心してくれた。

「言うとおりの銘を切ったら一振り三両で買おう。いや、四両出してもいい」

「なんと切ればいいんだ」

「直胤と切れ」

因業《いんごう》そうな刀屋に言われた。直胤の刀は松代の藩士たちに人気がある。どうしてもいやだと断った。では、虎徹《こてつ》と切れと言われた。帰って押形集を調べ、そっくりそのままの銘を切ったら、全身に鳥肌が立って反吐《へど》が出た。鑢《やすり》をかけて銘を消し、べつの刀屋に安い値で売った。

それでも、刀を打つ楽しさをすこしは思い出した。ありきたりの刀を鍛えて銘を切らずに売った。地鉄はとびきりよいのに、安物の束刀《たばがたな》の値段だ。何振りか打つと、やはり面白くなくなった。納得できない。満足できない。

――こんなつまらない刀が打ちたいんじゃない。

思えばくさくさした。苛立って善治郎にあたった。

そうやって、年が明け、春が過ぎ、夏になった。


仕上げ場で、火造りした刀に鑢をかけていると、聞きなれない女の声が耳に入った。鈴を転がすような声で母親と話している。しばらくして顔を見せた。

「弟の善治郎がお世話になっているそうで、ありがとうございます」

二十歳《はたち》をいくつか超えた年増《としま》ながら、色白でいたって器量のよい女である。姉のき、いぬだと名乗った。

「こちらこそ、あつかましくご厄介になっています」

「わたし、鍛冶の仕事、好きですよ。暗いところで見ると、蕩《とろ》けた鉄《かね》ってきれいね。父に見せてもらったわ」

それからしばらく話をした。火を使うときは教えてくれというので、そうすると約束した。

盆前だったので、嫁入り先から実家に遊びにもどったのかと思った。

夕餉にきぬが長芋でとろろ汁を作った。すり鉢でていねいにすり下ろして、鯉の出汁《だし》と酒でのばし、生卵を落してある。いままで食べたどのとろろ汁よりも味と舌触りが濃厚だった。

盆が明けても、きぬはまだ帰らず、翌日も、その次の日もいた。

気乗りのしない仕事を続けていると、縁側から顔を見せたきぬが、訊ねもしないのに話し始めた。

「わたし、嫁ぎ先から返されたんです」

なんと答えていいか分からず、黙ってしまった。

「子どもができなかったのよ。あの人、よそに子どもができて……。その女の人が赤ん坊を連れて家に来たから、わたしにはもう居場所がないの」

きぬの頬にすっと涙がつたわった。

「しばらくこの家にいますから、よろしくお願いね」

無理に笑って頭を下げられ、正行も微笑み返した。なにか喜ぶことを言ってやりたかった。

「鍛錬をします。見ますか」

正行が言うと、きぬが目尻をぬぐってうなずいた。

善治郎に火を熾させ、地鉄《じがね》の折り返し鍛錬をした。窓を閉ざして鍛冶場を暗くし、鞴《ふいご》を盛大に抜き差しすると、火床《ほど》の炎が高く上がった。炎に照らされたきぬの顔を、正行は美しいと思った。

満月の色に蕩けた鉄を火床から取りだして鉄敷《かなしき》に置き、善治郎に向鎚を打たせた。

「とりゃっ。よく狙え」

いつもは出さない掛け声に、善治郎の向鎚も勢いがついた。

大筒の火薬が炸裂するほどの凄まじい音がして、真っ赤な鉄滓《ノロ》が四方に飛び散った。鍛冶場の隅にすわったきぬが、うっとりした顔で眺めている。

その夜、きぬが正行の部屋に忍んできた。蚊帳《かや》にすべりこんで、寝ている正行に寄り添った。豊かな乳房が正行の腕に押しつけられた。耳に熱い息がかかった。

「起きてるんでしょ」

正行の耳たぶを噛んで、きぬが囁いた。

蕩けるような時間が過ぎると、肌をすり合わせたまま、きぬが甘え声で話した。

「あなたは男振りがいいわね。女の人がたくさん寄ってくるでしょ」

「そんなことはないよ」

「ふふ。隠さなくてもいいわ。女の人は、みんな、あなたみたいないい男が好きよ」

どこの生まれだとか、鍛冶は誰に習ったのかなど、訊ねられた。正行はありのままに答えた。

「でも、あなた、あまり楽しそうじゃないわね。鍛冶の仕事が嫌いなの?」

「鍛冶は好きだよ。鉄はおもしろい。だけど、気に入った刀が打てない。それで、ずっと考えている。勇ましい刀、強い刀、見ただけで震え上がるほどの刀……。おれの打ちたい刀の姿が、見えて来ないんだ」

懸命に話したのに、きぬがくすっと笑った。

「馬鹿にするのか」

腹が立った。肌を合わせると、女は途端にずうずうしくなる。許せない。

「馬鹿になんかしていません」

「ならば、なぜ笑った」

「あなたが気づいていないからよ」

きぬがなにを言おうとしているのか分からなかった。やわらかい指が、優しく正行にふれた。

「父親の打った刀を見て、いつも凄いと思ってた。刀って、強くて、逞《たくま》しい。惚れ惚れと見とれてた。あなたが打ちたい刀はあなたがよく知ってるはずよ」

指が撫でつづける。正行が猛《たけ》った。力強く凜冽《りんれつ》な刀の姿が、正行の脳裏に屹立《きつりつ》した。天を貫いてそそり立った。

また、きぬの白いからだを組み敷いた。男である自分に、ことのほか強い自信をいだいた。

それから毎晩きぬを抱いた。白い肌を貪《むさぼ》ると、きぬは蕩けるほど甘くこたえて、正行にしがみついた。きぬを抱くと、つぎの朝は爽快に目が覚める。井戸端で水を浴び、勢いこんで鍛冶場に入った。

——刀はおれだ。おれ自身だ。

そう思えば、打つべき刀の姿がくっきりと浮かんだ。

男なら、大地を踏みしめる足もとから、脳天を突き抜けて天に突き立つ勇ましい心を持っている。

それをかたちにすればよい。

――おれの心を刀にする。

正宗ではない。兼氏ではない。康継でも虎徹でもない。相州伝でも備前伝でも、美濃伝でもない。誰に習ったのでもないこのおれの突き立つ志《こころざし》をかたちにするのだ。

そう想い定めれば、すんなり形が決まった。

ひと月後に、一振りの脇差を打ち上げた。

長さ一尺六寸六分。身幅広く、鎬《しのぎ》筋《すじ》高く、切先を思い切り長く四寸五分にした。先で浅く反った姿が雄々しく力強い。大板目《おおいため》の肌《はだ》立った地鉄《じがね》がよい。刃文《はもん》は互《ぐ》の目《め》乱《みだ》れ。小沸《こにえ》がついて、太めの足が入っている。横手の下に荒沸《あらにえ》がからみ、申し分のない出来ばえであった。

――出来た。ついに出来た。

南北朝の姿にちかいが、これまでに世の鍛冶たちが打ったことのない正行なりの姿になった。

窪田清音佩刀《はいとう》
天保癸巳歳秋八月

今年、天保四年の年紀銘を刻み、「信濃國正行」と銘を切った。

白鞘を刀箱に入れて反故《ほご》をぎっしりと詰め、箱を油紙で二重に包み、風呂敷で包み、薦《こも》で包み、縄で縛り、ていねいに梱包して、松代の問屋場に持って行った。

「江戸裏二番町《うらにばんちよう》の窪田清音という人の屋敷に届けてくれ。くれぐれも、まちがいのないようにな」

問屋場の番頭に念を入れて頼んだ。

自分なりの一振りが満足のいく出来ばえで鍛えられたことで、正行のこころは清々しく冴《さ》えわたった。

九月になって、問屋場の人足が書状と為替《かわせ》を届けにきた。窪田清音からだ。巻いてある手紙を広げると、脇差を間違いなく受け取った旨につづいて、絶賛のことばがあった。

地鉄《じがね》の強きこと限りなく、すがたは覇気に溢《あふ》る。古今無双の出来ばえ也。

無性に嬉しくて、そこを何度も繰り返し読んだ。よい人と出会い、心ゆくまで鍛刀に打ち込めたことが、なにより嬉しかった。為替も過分だった。

松代での暮らしは、満たされていた。

藩士や郷士、裕福な商人たちから刀、脇差、短刀の注文がたくさん舞い込んだ。どれも気合を込めて鍛えた。

なにより嬉しかったのは、真田の殿様が一尺五寸二分の脇差を買い上げてくださったことだ。拵《こしら》えがついたというので、高野隼人に見せてもらった。

鞘《さや》には、八重《やえ》菊、雛《ひな》菊、段《だん》菊など瀟洒な菊尽くしの蒔絵《まきえ》がほどこされ、鯉口《こいぐち》は銀《しろがね》磨き。鐔《つば》は龍の象嵌《ぞうがん》。縁、頭、鐺《こじり》は、銅に金の水玉をちらした華麗な細工だ。柄《つか》の目釘《めくぎ》穴には銀の鳩目《はとめ》、柄頭の鵐目《しとどめ》は金と銀で二重に飾ってある。小柄《こづか》は赤銅《しやくどう》に雲龍の高彫《たかぼり》である。

「なんとも立派な」

「おまえの刀には、それだけの値打ちがある。さらに精進するがよい」

とても気分がよかった。出藍《しゅつらん》の誉《ほま》れというやつだ。信濃には、たいした鍛冶がいない。

正行は、兄の師匠である河村寿隆より秀でていると自負して、秀寿《ひでとし》との銘を何振りかの短刀に切った。

満たされた暮らしを一年続けたら、すこし飽きた。

二年目に、つまらなくなった。ここにいるのがなにか違う気がしてきた。きぬを抱いてさえ、こころがときめかなくなった。

口数が減り、物思いに耽《ふけ》ることが多くなった。

落ち着いてよい町だと思っていた松代を、しだいに鬱陶《うっとう》しく感じるようになった。山に囲まれているのは息苦しい。すぐそばに見える象山の形さえ、もう見飽きた。

自分が老いた日の姿が見える気がした。

このままこの町で刀を打つ――。それはそれで悪くない一生かもしれない。松代で出会ったのは、みなよい人たちばかりだ。

しかし――。なにかに縛られているようで、自由がない。

山口の家を出て、一軒構え、きぬと暮らしている自分を想像してみた。十年後、二十年後、おもしろくもなんともない顔をして、鍛冶場にすわっている自分の姿が見えた。生きたまま朽《く》ち果てていく気がした。肉体は生きているのに、心から覇気が消えていく。

そんな風には老いたくない。

生きるということは、毎日、ひりひりした新しさを感じることだ。朝陽を仰いで清々しさに心を震わせ、青空を見上げて切なさに涙を流す。そんな風に日々を重ねたい。

あたりまえの家があって、あたりまえの女がいて、あたりまえの仕事をして、あたりまえに死んで行くのが、ひどく詰まらないことに思える。

ここではないどこかに行きたくなった。井戸の底に泥が溜まるように、逃げ出したい気もちが層になって澱《よど》んできている。

高野の家に刀を納めに行ったとき、八月に真田の殿様が、参勤交代で家中を引き連れて江戸に行くと聞いた。

ちょうどよい潮だ。

「武具奉行の高野様から、いっしょに江戸に来いと呼ばれた」

寝物語にそう言うと、きぬが正行にしがみついた。

「寂しい」

「呼ばれたのだから、仕方がない。参勤交代だから、一年の在府だ」

嘘だった。呼ばれてなどいない。ただ、満ち足り過ぎたいまの暮らしが、なんの値打ちもなく霞んでしまったのである。

「一年は長いわ……」

正行は黙した。一年で帰るつもりはない。いや、もうこの家に帰ってくるつもりはなくなっている。

善治郎に言うと、いっしょに江戸に行きたがった。

「わたしもお供いたします」

正行は首を大きく横に振った。

「だめだ。おまえは、もう一人前だ。一人で鍛冶ができる。いや、この家の跡取りとして、立派にやって見せろ」

善治郎も鍛冶の修業を始めて五年はたっている。あとは自分で経験を積んでいくばかりだ。

正行は松代から逃げるようにして江戸に向かった。大石村の長岡の家も、赤岩村の山浦の家も素通りした。

天保六年（一八三五）八月、正行は二十三歳であった。

四　愛染《あいぜん》

三年ぶりの江戸の町のにぎわいが、正行にはとてつもなく華やかで魅惑的に見えた。

——ありがたい。空が広いぞ。

山に鼻の頭がつかえそうな松代の町と違って、江戸ならどちらを向いても山は見えない。はるか彼方に見えるのが日本一の富士山だというのも悪くない。おれだって、いまに日本一の鍛冶になる。きっと将軍様が買ってくださるさ。

窪田清音《すがね》には、江戸に出る旨を手紙に書いて送った。また、しばらく世話になるつもりである。それからどこかで一軒借りて鍛冶場を開く。松代で刀が売れたので、金は持っている。

番町の窪田屋敷に向かった。

四谷御門《よつやごもん》から半蔵《はんぞう》御門に向かって麴町《こうじまち》を歩き、心法寺《しんぽうじ》のつぎの角で左に入ると裏二番町である。最初の角を右に曲がると二軒目が窪田の屋敷だ。丘の上なので風がすがすがしい。

前と同じように門が開いている。

庭に入って、道場の入り口に立った。清音が居合の稽古をつけている。正行は袴《はかま》の埃を払った。草鞋《わらじ》を脱ぎ、雑巾で足をよく拭って上がると、神座《しんざ》に一礼して道場に入り末席にすわった。

清音と弟子が、対座している。弟子が立ち上がり、上段から清音に斬りかかった。素早く立ち上がった清音は、弟子の肘《ひじ》に抜き付け、さらに真っ向から斬り下ろした。ぎりぎりの寸止《すんど》めだ。

田宮流の一本目稲妻《いなずま》という形である。前にいたとき手ほどきを受けたので覚えている。

目を見開いた。清音が使っているのは、正行が「窪田清音佩刀《はいとう》」と銘を切った脇差である。思い切って長くした切先《きっさき》が、気を吐いて敵を威圧している。

拵《こしら》えは質素な黒鞘《くろさや》に板鐔《いたつば》だ。無骨な拵えが、かえって脇差の覇気を強調している。

つぎは、二本目の押抜《おしぬき》だった。

左横にならんですわっている弟子が抜こうとする気配を察し、清音が柄《つか》で相手の手を打つ。ひるんだところを右脇腹に抜き付ける。相手が足に斬り付けてきたので、清音が飛びすさってかわし、水月《すいげつ》を突き刺す。

三年前に教えられた技の要諦を、正行はまだ覚えていた。

一尺六寸六分の脇差である。長刀を使うときより、七、八寸はよけいに敵に向かって踏み込まなければならない。

その気合が清音の体から発散され、正行の脇差で増幅されて伝わってくる。見取り稽古をしている弟子たちが、息を呑んでいる。

手本の演舞を終えた清音が、初心の門弟に一本目の形をやらせた。大柄な若者だが、とてもぎこちない。正行が見ても下手な弟子だった。

「おまえのは、盆踊りだな。見ておられぬ」

次の弟子は、すこしましだった。

「いきなり斬り返すことを考えるな。まずは気で押し返す。そこが肝要だ。気で押し返してなお斬りかかって来るときに、すばやく鯉口を切り、抜き付けるのだ」

稽古が終わるまで見取りをした。

あらためて刀は使う道具なのだと感じた。斬るだけではなく、柄で敵を押さえ、圧することもある。抜いた刹那に敵が刀に怖《お》じければ、つけ入る一瞬の間合いが生じる。ただ斬れるばかりでなく、姿《すがた》で威圧することも大切だ。

もっとも清音などは、抜く前からすでに鞘の中で勝っている。やはり練達の士が手にしたほうが刀が活《い》きるに決まっている。

弟子たちが刀礼をしたのち、清音に礼をして、汗をぬぐいはじめた。正行は神座の前にすわっている清音に挨拶した。

「いましがた到着いたしました」

「息災そうだな」

「おかげさまで。窪田様もご健勝でなによりでございます」

「刀はできたか」

いきなり問われて、答えに詰まった。出府するにあたって鍛えたが、特別すばらしい刀はできなかった。悪い出来ではなかったが、清音に見せたくなるほどではなかったので、売って金にしてしまった。どうせなら、清音に絶賛されたい。

「手紙に注文を書いておいた。見ておらぬのか」

見ております、と答えた。脇差の受け取り状には、二尺六寸五分の長い刀の注文が書いてあった。それからも、なんどか書状で催促が来た。

「なぜ、まだ出来ぬのか」

「気に入った刀が出来ませぬゆえ……」

「どこが気に入らぬのか」

なにが不満なのか、自分でもよく分からなかった。おそらく、ほんのわずかに姿が緩《ゆる》いのだ。幅、長さ、反《そ》り、重《かさ》ねの厚さ、切先の大きさ……。どこをとっても髪の毛一本の狂いで、しまりのない鈍刀《なまくら》になってしまう。短い刀なら満足のゆく作ができるようになったが、長い刀はやはり難しい。さらに精進するつもりだ。

そう説明して、正行は頭を下げた。清音がうなずいた。

「江戸で鍛冶場を開きたいと書いてあったが、どこか、場所の当てはあるのか」

「いえ、ございません」

「ならば、この屋敷で打て」

屋敷の隅に納屋がある。そこを鍛冶場に改修して使えと言われた。

「よろしいのですか」

「おまえがこの屋敷で鍛刀《たんとう》するなら、わしも武家打ちができる」

武芸を好む大名たちのなかに、自分でも鍛刀する殿様がいる。清音もそれがやりたいらしい。さっそく納屋を見ろというので、ついて行った。板葺きの小屋だ。なかに雑多な道具が積んであるが、それは片づけるという。

「どうだ、使えるか」

「広さはじゅうぶんです。ただ、屋根に煙出しがいります」

板の壁では火の用心が悪いので、できれば漆喰《しっくい》を塗って欲しいと頼んだ。

すぐに大工、左官を手配しよう、と清音が約束してくれた。

「鍛冶道具を揃えねばならんな」

「火床《ほど》は、粘土を塗ってわたしがつくります。鞴《ふいご》、鉄敷《かなしき》、向鎚《むこうづち》……」

道具は自分で造るが、それを造るためには最小限の鍛冶道具がいる。前に江戸に来たとき、神田《かんだ》の鍛冶町《かじちょう》に何軒か道具屋があるのを見てきた。あそこで買える。

「よい刀を鍛えよ。されば、わしの誉れともなる」

「承知いたしました」

「この脇差は実によい出来だ。まさに武士の心意気だ」

清音が腰に差している脇差を抜いた。いつも差料《さしりょう》にしてくれているらしい。

「これを使って稽古すると、腕が上がる」

正行は頬が火照った。清音ほどの武士が褒めてくれたのだ。もっとよい刀を鍛えたい。

「この脇差には破邪顕正《はじゃけんしょう》の気が宿っておるゆえ、持っている者までそれが宿る。振っていると、腕から凜とした気が流れてくるのを強く感じる」

「そこまで言っていただければ、鍛冶冥利に尽きます」

「おまえは、古今の名刀にこだわらぬほうがよい。自分で姿を探れ。きっと見つかる」

正行はうなずいた。よいところを観てくれている。それがなにより嬉しい。

次の日、中間の大介たちが納屋をすっかり片づけてくれた。正行も手伝った。二日後に大工と左官が来た。煙出しの注文をつけて、道具の棚を造ってもらうことにした。

「刀鍛冶ですか。鞴《ふいご》なんかはどうするんです」

棟梁が訊ねるので、まだ決めてないと答えた。ならば、麴町によい指物師《さしものし》がいるという。

鍛冶用の仕事着のまま出かけることにした。教えられた裏店《うらだな》を訪ねると、道具や木《こ》っ端屑《ばくず》の散らかったなかで、四十がらみの男が鉋《かんな》をつかっていた。板が何枚も積んである。

「刀鍛冶の鞴が造れますか」

「造れますか、とはなんでぇ。出直してきな」

機嫌をそこねたらしい。言い方を変えた。

「鞴を造ってくれますか」

「いいよ。大きさは？」

「四尺腰高幅広《こしだかはばひろ》でお願いします」

「わかった」

そのまま下を向いて、また鉋《かんな》をかけ始めた。

「あの……」

「なんでぇ」

「鞴をお願いできますか」

「いま、分かったって言っただろ。聞いてなかったのかい。刀鍛冶の鞴ならつくったことがある。まかせておけ」

男は顔も上げずに答えた。

「半月したら取りに来い。おまえは運がいいぜ。いま、ちょうど手が空《す》いているところだ」

こちらの名前も訊《き》かれないし、値段も言わない。江戸の職人には、信濃の田舎にはない気《き》っ風《ぷ》があるようだ。

鞴《ふいご》を注文すると、正行は神田に向かった。道は知っている。半蔵御門からお堀沿いに歩いて九段《くだん》の坂をくだる。駿河台《するがだい》下のむこうが神田である。

神田鍛冶町には、鍛冶屋や鋳物師《いもじ》が軒《のき》を連ねている。裏店にも鉄《かね》に関わる職人が多い。ここに来ると、江戸の繁盛ぶりに驚かされる。

まず、表店を見て歩いた。

刀をはじめ、鋸《のこぎり》や鑿《のみ》、鉋などの大工道具、鎌や鍬《くわ》などの農具、錠前《じょうまえ》、あるいは、包丁、鋏《はさみ》や剃刀《かみそり》など、さまざまな道具を鍛える鍛冶がいる。店のなかで炎が上がり、きびきびした鎚音があちこちで響いている。

鍛冶屋のほかに、鉄鋼問屋や炭屋、鍛冶道具を売る店がある。道具屋が何軒かあったので見比べて、品揃えがいちばん豊富な店に入った。

店先に大小の鞴がいくつか並べてある。注文ではなく出来合いの鞴である。大きめの鞴の柄《え》を抜き差ししてみた。タタン、タタンと風板が鳴る音が小気味よい。悪くない鞴だ。江戸の職人は腕がいいと素直に思った。もう頼んでしまったが、早まったかもしれないと後悔した。

鞴のとなりに、鋏箸《はし》が並んでいる。

大きなやっとこのような形をしている。大きさや先の形が豊富にある。

刀を鍛えるには、作業に応じてさまざまな鋏箸を使う。

鉄をはさむところが瓢簞《ひょうたん》の形になっているのは、拳骨《げんこつ》ほどの重い鉄塊を無理なく掴む工夫だ。薄い鋼《はがね》を挟むのは、先が平たくなった平鋏箸《ひらばし》である。長く素延べした鉄を掴む箱鋏箸《はこばし》、用途の広い丸鋏箸《まるばし》も、大小さまざま揃えておいたほうが、仕事の段取りがよい。

兄の真雄などは、三十本ほども形の違う鋏箸を用意して使い分けていた。順次つくるつもりだが、とにかく、まずはごろりとした鋼の塊をつかむ玉鋏箸と平鋏箸がなければ話にならない。

先の平たい鋏箸を手に取って、開いてみた。

悪くない出来である。

しかし、どこか不満だった。

左手で鉄《かね》を挟んだ鋏箸を握って、右手の手鎚で鍛えることがあるから、よほどしっかりできていないと困る。挟んだ鉄が安定して、握りやすく、しかも頑丈でなければならない。

「いらっしゃいませ。鋏箸をお探しですか」

紺色の前掛けをした手代に声をかけられた。

ああ、そうだ。何本かを手に取って試してみたが、どうにも気に入らない、という顔をしてみせた。

「なんだか華奢《きやしや》だな。すぐに曲がりそうだ」

「そんなことないですよ。これ以上大きくしたら、重くて扱い難くなります」

「そりゃそうだが、もっとこう、按配《あんばい》のいいのができないもんかね」

「使いやすいと評判ですがね」

「なにか、摑ませてくれ」

手代に頼むと、鉄の板を持って来た。正行はその場にしゃがんで、鋏箸でその鉄の板を挟んで持ち上げた。鍛冶場にいるときと同じ動作を試してみた。やはり、手にしっくりなじまない。

「使い難いな」

首を傾げてつぶやくと、手代が口元を歪めた。

「うちの鋏箸に文句をつけたお客はいないよ。どの鍛冶屋さんにも、満足してもらっています」

「そりゃ、よっぽど下手くそな鍛冶ばっかり客にしているからだろう」

「なんてこと言うんです。直胤《なおたね》親方のところでも、使ってもらってますよ」

直胤と聞いて、正行は気持ちが昂《たかぶ》った。

真田の殿様が差料となさる直胤の刀はよい出来だった。

しかし、あれから直胤が納めた長巻《ながまき》を見せてもらったが、よい出来とはいえなかった。手を抜いた数打ちである。下谷御徒町の鍛冶場を見に行ったときのようすを思い出した。よい刀を打つことよりも、たくさんの刀を打つことを優先させているように思えてならない。それで高い代金を取っているのだから腹が立つ。

「直胤なんか、手抜き鍛冶の筆頭じゃないか」

ふつうの声で言ったつもりだったが、みょうに響いて店にいた客がこちらを見た。番頭が怒った顔でやって来て、正行の手から鋏箸《はし》を取り上げた。

「あんた、うちのお客さんにケチを付ける気かね」

「いや、そんなつもりじゃない。悪かったな」

正行は素直にぺこりと頭を下げた。つい、口が滑って本心を言っただけだ。

「聞き捨てならねぇな」

框《かまち》に腰かけて番頭と話していた男が立ち上がった。見るからに筋骨隆々とした職人で、節くれだって炭に汚れた手は鍛冶のものだ。正行の前に立った。

「おまえ、鍛冶かい」

三十ばかりの男が、正行の風体《ふうてい》をじろりと見て訊ねた。正行の手も節くれだっているし、爪や皺に入り込んだ炭は、いくら洗っても落ちない。

「そうです。刀鍛冶です」

「うちの親方が下手糞の筆頭だなんて、ずいぶん大きな口を叩いてくれるじゃないか」

番頭が、こちらは大慶直胤親方の鍛冶場の方だよ、と低声《こごえ》でつぶやいた。

「そうとも。名人直胤親方の弟子だ。おまえは、いったいだれの弟子だ。鋏箸も自分で打てない新米《しんまい》のくせに」

胸を張った男が、一歩踏み出した。

「だれの弟子でもない。おれが親方だ。これから鍛冶場を開くんだ」

「けっ、そりゃまた立派なことだ」

不貞不貞《ふてぶて》しく見下した男の顔つきに、正行は腹が立った。

「下手の筆頭と言われて悔しかったら、いい刀を打つがいい」

「なんだとッ」

正行の襟元を、男が摑んだ。

手を払って睨み合った。正行のほうが体が大きい。殴り合いの喧嘩なら負けない。

「おまえの親方は、このまえ松代に長巻を納めただろう」

「直胤親方は、あちこちのお大名から注文があるからな。松代っていうのは、どこの田舎だ？」

「信濃国の松代だ。真田様だ」

正行が男を見すえて言うと、しばらく考えてから男がうなずいた。

「たしかにそんなことがあった。五十枝《し》の口だな。おまえ、あんな山奥から来たのか」

「うるさい。おれはあの長巻を見た。ろくな出来じゃなかった」

正行が強く詰《なじ》ったが、男は声を上げて笑った。

「あんな数打《かずう》ちの長巻の出来を言われてもしょうがねぇ。一枝《し》二両の安物だ」

その言いぐさに、正行はさらに腹が立った。

「お城に納めるなら、たとえ足軽が使おうとも命を賭けた合戦の道具だ。数打ちだからと言って手を抜くなんぞ鍛冶の風上にも置けない。直胤は下手糞鍛冶の筆頭取り締まりだ」

「この野郎。言わせておけば、調子に乗りやがって。謝れ」

「謝るものか。ほんとのことを言ったんだ」

「なんだとッ」

摑み合いになった。番頭が割って入った。

「やめろ。店で喧嘩なんかされちゃあたまらん。直胤親方を悪く言ったおまえが悪い。出て行ってもらおう」

「ふん。こんな店で道具なんか買うものか。こっちから用なしだ」

立ちはだかる男を払いのけて、正行は店を出た。無性に腹立たしく悔しかった。

――ちくしょう。いまに見ていろ。

このおれが度肝《どぎも》を抜くほど凄い刀を打って、天下を驚かせてやる。お大名でも、将軍様でも欲しがるぞ。誰もがおれの刀を欲しがって、鍛冶場に行列を作るぞ。

自分に言い聞かせながら、神田の往来を大股で歩いた。ずんずん歩いていたら、日本橋まで行ってしまった。

橋の欄干《らんかん》にもたれて、しばらく行き来する人を眺めた。侍、足軽、商人、職人、ぼて振り、駕籠かき、女、子ども、野良犬まで、ぞろぞろひっきりなしに橋を渡って通る。

なんて人の多い町だ。江戸には八百八つもの町内があって、百万の人が住んでいると聞いた。ぼやぼやしていると、そのなかに埋もれて、なにもしないまま歳をとってしまいそうだ。

見てろ。おれがとんでもなく素晴らしい刀を鍛えてやる。天下の武士に、おれの名前をおぼえさせてやる。しっかりと腹に決めた。

日本橋の南鍛冶町を歩いた。こちらにも何軒もの鍛冶屋があり、道具の店がある。良さそうな道具をそろえた店があったので入った。

並んでいるのは、似たり寄ったりの鋏箸《はし》だ。気に入るものが欲しいのなら、自分で造るしかあるまい。ごく当たり前の玉鋏箸と平鋏箸を買うことに決めた。当面はこれで間にあわせよう。丁稚《でっち》に値段を聞くと手ごろだった。

「鉄敷《かなしき》はあるかな」

丁稚に訊ねると、土間のはずれに案内された。鉄敷が十ばかり並んでいる。きちっと四角くまわりを整えてあるものもあれば、丸餅のような形でどっしりと安定の良さそうなものもある。どれも、たっぷり二十貫目以上はありそうな鉄塊の上面に、平らな鋼《はがね》を鍛着《たんちやく》させて鏡面《きようめん》に仕上げてある。

その上で刀を鍛える大切な道具だ。

正行は掌で、鋼を撫でてみた。鍛冶場を開いたら、毎朝、砥石《といし》で鏡面を研《と》いで鏡より輝くように磨き上げる。鉄敷と鎚《つち》の表面が真っ平らでなかったら、鍛える刀が歪《ゆが》んでしまう。

ひとつずつ撫でてみて、長四角の鉄敷《かなしき》で手が止まった。鏡面がほかのものよりかなり広い。

「なにか試しに打ってみたいんだが、いいか」

丁稚に頼むと、手鎚と大きな折れ釘を持ってきた。鋏箸《はし》で挟んで、鉄敷に据えた。手鎚を大きく振り上げて釘を叩くと、小気味よい感触があった。鏡面の鋼《はがね》がしっかりと釘と鎚を受け止めてくれている。具合がいいので繰り返し叩くと、すぐに釘が赤くなった。

――いい鉄敷だ。

これまで使った兄の鉄敷や松代の山口家の鉄敷より、よほど安定感がある。

値段を訊ねると、かなり高かった。鉄《かね》がほかの鉄敷の倍もつかってあるからだと丁稚が説明した。腕組みして考えた。

「兄さん、これから鍛冶場を開くのかい」

声がかかった。見ると恰幅《かっぷく》のよい男が店の畳から正行を見ていた。

「そうです。刀を打ちます」

男がこの店の主人の出雲屋与兵衛《いずもやよへえ》だと名乗った。しげしげと正行を眺めている。

「手鎚を振っている姿を見て、はっとしたんだ。体つきがいいね。六尺はありそうだ」

「ちょっと足りません」

「腕も太い。それだけの体があるなら、手鎚なんぞは自由自在だな。鎚音を聞いていて、ぞくっとしたよ。あれだけ冴えた音はなかなか出ない」

言われても、正行には自覚がない。自分は自分の流儀で振っているばかりだ。

「だれかのお弟子だったのかね」

「いえ。こんな刀を打っています」

仕事着で刀を差していないので、いつも懐に入れている三寸七分の小烏丸《こがらすまる》を出した。

与兵衛が一礼して鞘を払った。じっと短刀を観ている。

外は午《ひる》に近い日盛りだが、店のなかはほの暗い。与兵衛は店先に出ると、短刀に陽光を反射させた。しばらくのあいだ、じっくり眺めて戻ってきた。

「いいものを観せてもらった。鉄もいいが、なにより姿がいい。品があって、まるで厭味がない。あんたの素直さがそのまんま姿になったようだ」

「恐れ入ります」

短刀一本でも、観る者が観れば、それだけのことが分かるのだ。そう思えば、面白くもあり、恐ろしくもあった。

「気に入ったよ」

「えっ……？」

「あんたが気に入った。とびきり安くしておくよ。その鉄敷使ってくれ。あんたなら立派に使ってくれるだろう。名前を教えてくれるかい」

「正行です」

「そいつは、正宗と行光を足したようで豪儀だね」

与兵衛が、どこに鍛冶場を開くのか、鋼と炭はどこで仕入れるつもりか訊ねた。

鍛冶場は番町の旗本屋敷で、鋼《はがね》と炭はどこで買えばいいのかわからないとありのままに答えた。

「うちは鍛冶道具一式そろえているが、屋号のとおり出雲の鋼を商《あきな》っている。いい鋼があるよ」

日本橋には鉄鋼問屋があって、出雲や播州のたたらから、よい鋼を運んで来ているとは聞いていた。

「古鉄《ふるがね》を卸《おろ》すつもりなんです。たたらの鋼はよく光っても、いまひとつ潤いが足りません」

そう話すと、与兵衛に苦笑いされた。

「出雲屋の店先で、出雲の鋼をけなされちゃ立つ瀬がない。たしかにたたらの鋼は、潤いの足りないのもあるが、とびきりいいのもあるさ」

手代に持ってこさせた最上等の鋼を手に取ってしげしげと見つめた。たしかに純度が高い上に潤いと深みがあった。

「古鉄を卸したいなら、しっかりと目の利く古鉄屋を紹介してあげよう。鍛冶のことなら、なんでも相談してくれ」

正行は、素直に礼を言った。最初の店では喧嘩をしたが、この店ではよい出会いがあった。人の世の縁の不思議を思わずにはいられなかった。

小屋の手直しをしているあいだ、正行は鍬を振るって土間に火床《ほど》の穴を掘った。幅七寸、深さ一尺、長さ六尺。これぐらいが鉄《かね》を沸《わ》かすのにちょうどよい。

火床には湿気が禁物である。土が湿っていないか心配したが、丘の上なので、いたって乾いている。すこし深く大きめに掘り、石を組んで粘土で塗り込めた。火床のすぐ横に鞴《ふいご》を置くので、その高さまで左官に壁を立ててもらった。火床の熱を遮り、木の鞴が燃えないためである。

粘土を乾かして養生するのに数日かかった。

また、納戸で刀を見せてもらった。直胤を観た。映《うつ》りもあり、古刀《ことう》の味わいのあるよい刀である。こんなよい仕事ができるのに、どうして手抜き仕事をしても平気なのか不思議でならない。

十日ばかりして、小屋の手直しが終わった。

日本橋で買った鉄敷《かなしき》は、出雲屋の手代と丁稚が大八車に載せて運んで来た。鉄敷の腹に横穴が二つ貫通している。そこに丈夫な樫《かし》の棒を通し、四人掛かりで正行の決めた場所に据えてくれた。

大きな鉄敷が、がらんとした土間でどっしりと頼もしい。射し込んだ朝陽が、鉄敷の鏡面に反射してまばゆく光った。わずかについた錆が気になった。

古い砥石を探しに母屋の台所に行くと、飯釜から湯気が噴《ふ》き上げ、鍋で汁が煮えている。若い女が朝餉の仕度をしていた。三年前には、いなかった女だ。このあいだ着いてすぐに挨拶した。名はとくという。前からいた婆さんは井戸端にいる。

砥石があるかと、とくに訊ねた。

「ありますよ」

はきはき答えて、台所の棚の下の段を指さした。包丁を研ぐりっぱな砥石だ。

「古い砥石がないかな。割れたやつのほうがいいんだ」

砥石は割れて小さくなっても捨てずに取ってある家が多い。

「それなら、こっちに」

しゃがんだとくが、板の間の床下を覗き込んで、埃まみれの砥石の破片を取り出してくれた。手ごろな仕上《しあ》げ砥《と》があったので、礼を言って借りることにした。

「あっ、お釜が……」

とくが、慌てた。飯釜の木の蓋《ふた》が浮いて泡が噴き出している。正行はとくより早くへっついに駆け寄ると、火焚き口から薪を二本抜いた。噴いていた釜がおとなしくなった。

「ありがとうございます」

頭を下げたとくの姐《あね》さん被《かぶ》りの手拭いに蜘蛛《くも》の巣がついていた。床下を覗いたときにからまったのだ。

「蜘蛛の巣だ」

取ってやると、恥ずかしげに俯《うつむ》いた。愛嬌のあるやさしげな顔立ちだ。

「手を洗ったらいい」

埃まみれの砥石を摑んだので、とくの手も埃っぽくなっている。正行は大甕《おおがめ》の水を柄杓で汲んで、流しの上に差し出した。

「そんな……」

とくは、遠慮している。

「ほら」

「でも……」

「さっさと洗えばいいじゃないか」

はい。恥ずかしそうに手を洗うと、前掛けで拭った。

「砥石で刀を研ぐんですか」

正行が刀鍛冶で、これからこの屋敷で鍛刀することは話してあった。

「いや、鉄敷《かなしき》を研ぐんだ」

「鉄敷って、上で刀を叩く……」

「そうだよ。鍛錬《たんれん》する鉄《かね》の台のことだ」

「あの大きな鉄の塊を磨くんですか」

「毎朝、鏡よりぴかぴかに磨くのさ」

とくの目が大きく開いた。さっき砥石を探すのを頼んだときから、反応のよい女だと感心していた。惚れてしまうかもしれない。

大石村に残してきたつると梅作を思い出した。酸《す》っぱい気もちがこみ上げてくる。松代のきぬを思い出した。こちらも酸っぱい。

「じゃあ借りていくよ」

砥石を持って出て行こうとしたら、呼び止められた。

「すぐ朝ご飯ができますよ。先に食べてくださいな」

清音と父親、細君と子どもたちは奥の座敷で食事をする。若党、住み込みの門弟、中間、下男たちは台所で食べる。

「なら、先に食べてからにしよう」

「そうなさいませ」

こんどは、とくが柄杓に水を汲んで流しの上に差し出した。正行はだまって手を洗った。

板敷きの台所にすわっていると、とくが膳を運んで来てくれた。

豆腐の味噌汁に炊きたての白い飯、山盛りにした茄子のぬか漬け、焼き海苔《のり》がついている。熱い味噌汁をすすった。信州の味噌と違ってあっさりした味だが、山国では使わないかつおの出汁が胃の腑《ふ》に染みわたった。ぬか漬けの頃合いもよく、醬油に付けた焼き海苔で飯を包んで食べると食が進む。

「お代わりしましょう」

とくが盆を差し出したが断った。朝にたくさん食べると、鍛冶仕事がにぶるのだと説明した。

麴町の指物師の長屋に行くと、鞴《ふいご》が出来ていた。柄《え》の抜き差しが軽く具合がよさそうだ。真ん中のいちばん下についた穴から、風がかろやかに吹き出す。

大介と天秤棒に下げて運び、火床《ほど》の左にすえた。

左手で柄を抜き差しすると、熱を遮る壁の下に通した管を通って、かろやかな風が火床のなかに吹きだした。火床の穴に粘土でつくった羽口《はぐち》をはめて、風が火床ぜんたいにまわるようにした。

右手に手鎚、左手に鋏箸《はし》を握って、正行は横座《よこざ》にしゃがんだ。

鍛錬のときは、横座の親方は尻を据《す》えない。左足の踵《かかと》に尻をのせて片膝をつき、中腰でいる。

弟子の握った向鎚が鉄敷《かなしき》の向こうから振り下ろされてくる。まかり間違えば、親方の頭を大鎚が襲うかもしれない。すぐに飛び退《すさ》れるようにしておく。

すわり込んでしまうと、仕事に弾《はず》みがつかない。火床で蕩《とろ》けた鉄《かね》は、即座に鉄敷にのせて叩き、また火床に戻す。作業の流れにあわせて調子よく体をうごかしたい。

水桶を鉄敷の右側に置いた。鍛錬の前や後に、束ねた藁《わら》を硬く縛った手箒を水に浸けて鉄敷の鏡面を拭う。鍛錬すれば、鉄塊から青黒い鉄肌が剝《は》がれ落ちる。それを残さず、拭い去るためである。

火床のすぐ脇に、泥の汁を入れた桶を置いた。

親方のすわる横座は、すべての作業がすぐさま無駄なくできるのがよい。兄の真雄にかぎらず、山口の鍛冶場でも、横座には工夫が感じられた。

揃えなければならない道具は、たくさんある。とにもかくにも、ひとつずつ気に入った道具を造っていこうと決めた。

十一月八日は、鍛冶の鞴祭りだ。江戸では金屋子神《かなやごしん》に蜜柑《みかん》を供えて祝う。ひと昔まえは、子どもたちに蜜柑を撒《ま》いてにぎやかに祝ったそうだが、奢侈《しゃし》だというのでいまは禁じられている。

その日がよかろうと清音に勧められて、鍛冶場開きをやった。朝から雲ひとつないよい天気であった。鍛冶場の入口に張ったしめ縄の紙垂《しで》が、まばゆいほど白い。

「よく晴れてなによりだ」

裃《かみしも》を着けた窪田清音が、わがことのように喜んでくれている。

「ありがとうございます」

真っ白い直垂《ひたたれ》を着て侍《さむらい》烏帽子《えぼし》をかぶった正行は、素直に礼を述べた。

鍛冶場の修築費や装束代は清音が出してくれた。長屋に寝泊まりして、飯を食わせてもらっている。刀を鍛えて恩を返さねばならない。

招いてあった刀好きの旗本たちが顔をそろえると、神主が祝詞《のりと》を上げた。正行は頭《こうべ》を垂れて、これからの鍛刀の成功を祈った。御祓《おはら》いを受け、神前に玉串を捧げた。

神事が終わると、火入れである。

細長い鉄の棒を、手鎚で叩いて赤めた。硫黄《いおう》の付け木に火をつけ、紙燭《しそく》に移し、火床《ほど》の炭に置いた豆幹《まめがら》に点じる。

鞴《ふいご》の柄を抜き差しすると、炎が上がり、松炭に火が熾った。

日本橋の出雲屋与兵衛の店を通じてたのんだ三人の先手《さきて》が、やはり直垂に烏帽子をかぶって控えている。

鉄塊を沸かし、先手に叩かせた。威勢のいい三挺掛けの鎚音に客たちは満足したろう。

母屋の座敷に移って直会《なおらい》をした。料理と酒が振る舞われた。清音が一同に正行の脇差を披露して褒めたので、面《おも》はゆかった。

翌日から、鍛刀を始めた。

朝、鍛冶場に入ると、神棚の金屋子神に、水を供え、灯明を上げた。金屋子様は女神で、醜女《しこめ》だそうだ。嫉妬深く、鍛冶場に女が入るのを嫌う。

――よい刀が打てますように。

祈ることは、それしかない。

なにか心がざわついている。せっかくの晴れの日なのに、昨日の火入れ式は心が浮き立たなかった。うまく刀が打てるだろうか。

じつは、道具を造っているときから火床のぐあいが芳《かんば》しくない。気持ちよく鉄《かね》が沸いてくれないのだ。

鉄《かね》が沸かないのは、温度が低いからだ。火床の粘土がまだ湿っているのかと案じ、なんども火を熾して乾かした。炭が悪いのかもしれないので、炭屋をいくつも変えて、違う炭をつかってみた。羽口を変えて、風の向きを調整した。

それなりには、沸いてくれる。しかし、いまひとつとろりとした油沸かしにならない。満月の色が、どうにも暗い。

道具は出雲の鋼《はがね》でつくったので、強く沸かさずともよかった。

刀はそうはいかない。

しっかりと鉄《かね》が沸かなければ、鍛錬にならない。

今日から気合を込めて鍛錬するつもりで、二人の先手を雇っている。こちらも日本橋出雲屋の口入れである。二の腕の太い三十代の男たちがやって来た。

「おはようございます、親方」

挨拶を返しながら、正行は見知らぬ江戸の町で見知らぬ先手から親方と呼ばれることの落ち着きの悪さを感じていた。

二人の先手は一日三百文の日当だ。信濃では二百文が相場だから、江戸はなんでも銭《ぜに》がよけいにかかる。鍛冶道具にずいぶん使ったので、金はあまり残っていない。親方と呼ばれるかぎりは、刀の出来から、炭、鋼《はがね》代の支払いまで、すべての責任が正行にある。

――精進すべし。

松代で鍛えた短刀や脇差のようなよい刀が鍛えられれば、なんの問題もないのだ。

ただ無心に鉄《かね》と向かい合うばかりだ。

火床《ほど》に火を入れた。松炭は軽い。鞴《ふいご》の風を受けてたちまち赤く熾った。積み沸かしの用意がしてある。

小割りにした鋼を、梃子棒の先につけた鉄板の台にていねいに積んでおいた。崩れないように紙にくるんで紙縒《こよ》りで縛ってある。そっと持ち上げると水で濡らして藁灰《あく》をまぶし、桶に作ってある泥汁をかけて、火床の炭に埋めた。

熱して明るい満月の色にとろりと沸いたところで、先手に向鎚《むこうづち》で押さえさせ、沸かし着けする。それをなんども折り返し鍛錬して、鍛え上げるのである。

うまく沸いてくれなければ、小割りにした鋼が鍛着しない。塊にならないから、折り返し鍛錬ができない。

鞴の柄は自分で抜き差しした。

先手にやらせてもかまわないのだが、風をあやつることで、とことんまで鉄を自分のものにしたかった。窓を閉ざした暗闇のなかで、風の音が心地よく響き、火床の炭がよい色合いで熾っている。火の粉が舞い上がる。

盛り上げた炭のなかの状態は直接見えないが、梃子棒から感じる。

鉄塊が明るい満月の色に見えるほどに温度が上がれば、鉄が蕩けはじめる。ふつふつと沸く感触が、指に伝わってくる。

正行は、左手で鞴を抜き差ししながら、右手の指先に感覚を集中させた。

そろそろ沸くはずの頃合いである。

火床《ほど》に入れてから、鉄塊が沸くまでの時間は体が覚えている。とっくに沸いていていてよい頃合いだが、まるで感触が伝わってこない。不思議でならない。

鞴の柄を早く抜き差しして、盛大に風を送り込んだ。赤く熾きている炭火がさらに熱を発し、火床の奥が山吹色の光を放っている。それでも沸かない。

火掻き棒で炭を掻いて鉄塊を見た。

――まだか。

春の朧月《おぼろづき》のようにぼんやりと赤い色だ。冴《さ》えた仲秋の満月のように陽《よう》の気韻《きいん》が満ちていなければ鋼《はがね》は着き合わない。

――そんなはずがない。

いくら炭を足して、風を吹き込んでも、鉄《かね》が沸かない。

――火床がいかんか……。

火床が湿っているのかと心配になった。鍛冶場開きの前、毎日、朝から火を入れて火床を乾かした。内側に塗った粘土はとっくに乾いている。

それでも温度が上がらないのは、なにが原因なのだろう。

こういうことは、まま起こりがちだ。兄と鍛錬していても、なぜかまるで鉄が沸かない夜があった。そんなときは、兄弟でしばらく酒を飲んでからまた火を熾してみると、こんどはちゃんと鉄が沸いた。

鉄は、機嫌をそこねると沸いてくれない。金屋子神がやさしく微笑んでくれるまで、根気よくつきあうしかない。

五日目の夕方、正行は先手に日払いの日当を渡した。言いにくいことを言わなければならない。

「明日からは、もう……」

「分かりました。鉄は気まぐれでさ。こういうことも時にはございます」

二人の先手は、頭を下げて帰って行った。

まるまる五日間、朝から夕暮れまで炭を熾したが、鉄が沸かなかったのである。先手たちは、待っているあいだ炭切りに精を出したので、切った炭が山ほどもできた。

しかし、梃子棒の先に積んだ鉄は沸かない。

熱した鉄塊を取り出して、とにもかくにも向鎚の重みで押さえ、なんとかばらばらにならずにはいるが、とてものこと鍛着した状態ではない。

——炭が悪いのか。火床が悪いのか。羽口が悪いのか。

理由が分からない。

火床の寸法は、兄の火床と同じ七寸幅にしてある。塗ったのは、焼き物に使う粘土だ。風の吹き出す羽口の大きさや向きを何度も調整してみた。それでも沸かない。

炭を替え、切り揃え方もあれこれ試した。古鉄《ふるがね》を卸《おろ》した鉄が悪いのかもしれないので、出雲の鋼でも試してみた。五百匁から八百匁の鉄を沸かすのにちょうどよい火床だが、半分の量でもうまく沸いてくれない。何日も無駄に過ぎた。ただ炭だけが灰となって消えていく。何俵も、何十俵も無駄に燃やした。

苛立ちがつのる。

なにが悪いのか。おれが悪いのだ。破邪顕正の刀を鍛えるおれが、人の道を踏み外した。守るべき女と子を残して郷里を出奔《しゅっぽん》した。べつの女と懇《ねんご》ろになった。そこも居心地が良すぎてつまらなくなり、また飛び出した。そんなことをくり返す大馬鹿者は、刀など鍛えてはいけないのだ。醜女の金屋子様が怒ってござっしゃる。

鍛冶場の暗闇で、朝から夕方まで火床の火を見つめてすわっていると、自分のなかにも火が燃えているのを感じた。

台所で、晩飯を食べた。

門弟や中間たちはすでに食べ終えていて、正行が最後だった。とくが味噌汁を熱くして膳を用意してくれた。黙々と食べるようすを心配そうに見ている。

「だいじょうぶですか……」

湯飲みに渋茶を注《つ》ぎながら、とくが訊ねた。気にかけてくれていたのが嬉しい。

「いや、困ってる。だいじょうぶじゃない」

まっすぐに目を見て言うと、とくが上目づかいに見つめ返した。

「……なにか、お手伝いできることありますか」

「あるよ」

「わたしにできることなら、なんでもします」

「それなら、あとでおれの長屋に来てくれ」

言い残して、台所を出た。

門脇の長屋にもどって寝ころがった。一日中、火を見つめていたのに鍛冶仕事ができなかったので、もやもやしている。もどかしさがつのる。

表の障子戸のむこうに人の気配があった。入ろうか、どうしようかためらっている。起き上がって戸を開けると、とくが立っていた。

「入りな」

低声《こごえ》でうながすと、とくが土間に立った。となりは中間の大介だ。壁は薄い。

「これ……」

とくが竹の皮包みを差し出した。

「あんこの入った大福餅です。小腹が空いたときにいいかと思って。朝はいっぱい食べられないからって……」

ありがとう。包みを受け取って、正行は畳に上がった。四畳半一間に行灯《あんどん》がともしてある。

「朝、買っておいたんです。鍛冶場の戸も窓も、ずっと閉まっているから、いつ差し入れていいか分からなくて……」

部屋の隅に布団が重ねて積んであるほかは、道具らしいものはなにもない。

「いっしょに食べよう。茶の一杯もないがな」

中間が住む長屋である。火鉢に火がないので湯は沸かせない。夜になって冷え込んできた。霜月《しもつき》も末の寒さが身に染みる。正行は掻巻《かいまき》を羽織った。

土間に立ったまま、とくはもじもじしている。

「わたしは……、縫い物とか、ご飯のことしか、お役に立てないと思います。鍛冶仕事に使う縫い物があれば、いつでも言ってください」

「助かるよ。だけど、いまおれが困っているのは、そんなことじゃない」

「……なんですか」

とくが、黒目がちな目を正行に向けた。けなげさが溢れている。

「おれのこころだ」

「こころ……」

「鍛冶仕事がうまくいかなくて、ざらざらしてる。あんたみたいなやさしい人がそばにいてくれたら、こころがやわらかくなる」

「わたしは、いつもこの屋敷にいます」

とくが俯《うつむ》いた。

「もっとそばにおいで」

手を差し出したが、とくは立ち尽くしたままだ。手を握って引き寄せると框《かまち》にすわった。着物は、へっついの煙の匂いがした。髪は椿油が香った。

肩に手をかけた。とくが体を硬くした。抱きしめた。しばらく抱きしめていた。

「ずっとそばにいてほしいんだよ」

耳元でささやいた。とくの体から力が抜け、崩れるようにすべてを正行にあずけた。

目覚めると、正行の胸に寄り添って、とくが眠っていた。

夜明けである。障子にやわらかい光が滲《にじ》んでいる。

「起きるか」

頬ずりして声をかけると、まぶたを開いたとくが、恥ずかしそうに微笑んだ。すがすがしい気分で、正行は井戸端に行って顔を洗った。

そのまま鍛冶場に入ると、突き上げ窓を開いて、あらたな気分で眺め回した。

この鍛冶場では、まだ一度も鉄《かね》がしっかり沸いていない。羽口の風があたるところは、それでもなんとか満月の色になっているのに、鉄塊の内側まで熱が伝わっていないようだ。どうしても蕩けるように沸いてくれない。

――湿気かもしれない。

そう疑って、昨日、火床《ほど》のそばに穴を掘り、一晩、塗りの椀を伏せておいた。内側を見たが、水滴はついていない。土はよく乾いている。

――やはり風かな。

数日のあいだ、ずっと火を見つめていて、そんな気がしてきている。真っ赤に熾っているようでも、どこか炭の色が紫がかっている。火床の奥から発する光に、朝日のような冴えがない。

――風なら、なんとかなる。なんとかできる。

今朝は、ことのほか気分がいい。どんな困難でも挑戦して克服するだけの気概がある。

――とくの力だな。

とくと一晩むつみ合って過ごしたおかげで、はち切れるほど生きる力が湧いていた。女を求め、女に求められることが、なによりの生きる力の根源なのだと確信した。

中間の大介に鍛冶場に来てもらい、鞴《ふいご》の柄《え》を抜き差ししてもらった。正行は火床のなかに顔を突っ込み、風の強弱を感じとるつもりだ。

「もっと強く。ずっと同じ力で」

頼むと、大介が両手で柄をしっかり握り直して風を送った。鍛冶の鞴は、押すとき、引くとき、どちらも風が吹きだす。この鞴は風に強弱のむらがある。同じ風が吹きつづけていない。風が鉄の表面を舐めるだけでは、鉄《かね》はしっかり沸かない。

「鍛冶ってのは、たいへんな仕事だな」

「そんなことない。おもしろい仕事さ」

「そうかねぇ。そんなに苦労してるじゃないか」

風を送りながら、大介が首をかしげた。

「ちっとも苦労なんかじゃない。鍛冶の仕事は、けっして裏切らないんだ」

「裏切らない……」

「そうだよ。鉄が沸かないのには、かならず理由がある。それがいま分かったから、おれは嬉しくてしょうがないんだ」

礼をいって立ち上がった。悪いのは鞴《ふいご》だとすでに確信していた。

正行は、日本橋の出雲屋に行った。与兵衛がいたので、鞴のことを相談した。

「鞴は、専門の鞴師につくらせなきゃだめだ。指物師が似たようなものをつくっても、まるで風の力が違う」

やっぱりそうかと納得した。なんだったらいまの鞴を見てくれるというので、いっしょに番町に来てもらった。しばらく鞴の柄を抜き差しした。正行と交代して、羽口に手を当てて風を確かめている。

「これじゃ沸かないはずだ。風が生きていない」

胸を突かれることばだった。兄の真雄にいつも言われていた。風を生かせ。風が生きないと鉄を殺してしまう。

よい鞴師がいるというので、頼むことにした。仕上がりは二月ほどかかるという。それくらい待つのはしかたなかった。

毎晩、とくが正行の長屋にやって来る。

日ごと、夜ごとに、とくの身体とこころが正行にのめり込んで来るのが分かった。

正行も、のめり込んだ。

これまで寝た女たちと違って、とくとは体の芯の奥深くで通じ合うものを感じた。とくは、なにごとにも感じやすい女だ。よく気がつき、人のこころに寄り添う。

布団のなかでは、ことのほか敏感である。正行を感じると全身がこきざみに震える。いくらでも感じ、いくらでも震える。正行は猛りつづける。男としての自信がふかまった。

鍛冶の季節である冬をひとつ無駄にすることになったが、正行は平気だった。古鉄《ふるがね》屋をまわって、よい古鉄を探した。

師走《しわす》は屋敷の仕事を手伝った。掃除や薪割りをやり、居合と剣術の稽古に精を出した。久しぶりにやったので、熱中して門弟たちにあきれられた。清音に刀を見せてもらい、刀剣の蘊蓄《うんちく》に耳をかたむけた。鍛冶仕事のない気楽さから、夜は中間たちと酒を飲んで騒ぎ、清音から小言をくらった。

天保七年の正月が明け、節分を過ぎて、ようやく鞴《ふいご》ができてきた。出雲屋の与兵衛が手代に荷車を曳《ひ》かせ、届けてくれた。

見たところは前のと違いのない四尺腰高幅広の鞴である。鍛冶場にすえつけると、正行はさっそく柄《え》をにぎってみた。抜き差しの感触は前の鞴よりはるかに軽いが、力強い風をつくっている実感がある。

「柄は軽いけどどっしりとした風がつくれるだろ」

与兵衛のいうとおりだった。与兵衛に風を送ってもらい、羽口をたしかめた。

「ぜんぜん違う」

思わず声を上げていた。太くて強い生きた風が吹き出ている。これなら火床《ほど》の全体に風がまわり、ほっこりと火が熾《おこ》るだろう。

「見かけは同じでも、専門の鞴師は、胴の内側をわずかに反らせておくんだ。そこを風板で押すから底力のある風ができる。風板に貼った狸の皮だって違う。いい鞴は、いろんな工夫があちこちにしてあるのだ」

言われて得心した。正行は自分が鍛冶の素人《しろうと》でしかなかったことを恥じた。

さっそく火床に炭を盛って火を点けた。

窓を閉めて闇をつくった。火床のなかを風がよくまわり、よい具合に炭が熾った。炭の一つひとつがあざやかな紅《くれない》色、橙《だいだい》色、山吹色に染まり、風の道となった炭の隙間は、満月よりさらに明るい朝日の光を放っている。正行が顔や胸に受ける熱の量もはるかに多いようだ。

「これなら、だいじょうぶだ」

火床の火の色が、前と全然ちがっている。風の音が心地よい。これも前とぜんぜん違う。兄の鍛冶場、松代の山口の鍛冶場で見た色、聞いた音と同じだ。なぜ、気づかなかったのか。

よい刀を鍛える意気込みが、からだに漲《みなぎ》ってきた。

出雲屋与兵衛に礼をいうと、正行は火搔き棒で炭を搔きわけ、梃子棒の先に積んだ刃鉄《はがね》を埋めた。積み沸かしの仕切り直しだ。

「おれが先手《さきて》を引き受けよう」

与兵衛が片肌を脱いで、向鎚を手にした。

「ありがたし」

小気味よい風に陶然としながら、正行は鞴の柄を抜き差しして風を送りつづけた。

よい風が火床全体の熱をほっこり高めている。そうでなければ、鉄塊は芯から沸かない。

正行は五感を全開にして研ぎ澄ました。風の音に濁りはない。火床の炭がきれいな色に染まって熾っている。頬が熱で火照る。

右手で梃子棒を握り、微妙なかげんを探った。

鉄《かね》が沸いてくれれば、ふつふつとした感触が伝わってくる。左手で鞴の柄を動かしつづけていると、鉄《かね》が沸き始める前のかすかな感触が梃子棒を伝わってきた。

さらにひたすら風をつくった。風の音が鍛冶場の闇に響く。青い炎が立つ。火の粉が舞う。火の粉が華になって爆《は》ぜる。

——そろそろか。

鉄の沸いた感触があったので、炭を掻きわけた。できている。油がしたたるように沸いている。取り出すと、鉄敷《かなしき》の上に置いた。そこに与兵衛が向鎚をのせた。明るい満月の色にとろりと沸いた刃鉄の小片が、しっかりと着き合う実感があった。

それから、日々、鍛錬にはげんだ。

先手は、出雲屋に一人だけ頼んだ。もう一人は中間の大介だ。

鍛冶場を準備しているときから、大介は鍛冶仕事に興味がありそうだった。本人からやってみたいと言い出したので、清音に許しを得て、まずは向鎚の振り方を教えた。若いだけにすぐに要領をのみこんだ。

鞴を替えてから鉄はよく沸く。二挺掛けの向鎚で鍛錬した。

ただ、こんどは火床《ほど》の火力が上がり過ぎて、つい沸かし過ぎてしまうことがあった。ひと月かかって、二振りの脇差を鍛えた。桜のころ研ぎ上がってきたのを見ると、地鉄《じがね》が白けている。焼きがうまく入ったと思ったのに、刃文《はもん》が眠くぼやけている。鉄を沸かし過ぎたのだ。

満足できる作ではなく、銘を切らずに薄く叩き延ばして小さく切り、卸《おろ》し鉄《がね》に混ぜた。

つぎに鍛えた二振りは、慎重の上にも慎重を期した。

刃鉄《はがね》がことのほかうまく鍛えられたので期待していたが、焼き入れで失敗した。赤め過ぎて刃が高くなり、沸粒《にえつぶ》が大きくなり過ぎた。数《かず》の子沸《こにえ》というやつだ。熟れ柿の色を忘れていた。これも小さく切って卸し鉄にした。

仕事がうまくいかないと、正行はとくを求めた。狂おしくのめりこみ、肌をかさねた。とくは、やさしくこたえ、正行をつつんでくれた。母に抱かれている安堵があった。とくを抱くと、正行のなかで炎が燃え上がり、また仕事に邁進《まいしん》できた。

何度も失敗をかさねたが、ようやく、火床と沸かし、鍛錬の呼吸が肌でつかめるようになった。慎重に試し沸かしして鉄の質を見きわめ、大胆に沸かして鍛錬できるようになった。

仕事がうまくいったときも、とくが欲しかった。

「おまえは金屋子《かなやご》の神様かな」

とくに言うと、笑いながら耳たぶを噛まれた。

「どうせ、醜女ですよ」

「そうじゃない。おまえのおかげで、鍛錬がうまくいくのさ」

「なら、大事にしてくださいね」

「ああ、おれのことを見捨てるんじゃないぜ」

とくがいればうまくいく。とくがいれば、おれは名人になれる。正行は確信した。

盆の藪入りで実家に帰ったとくが、盆が終わっても屋敷に姿を見せなかった。台所では、婆さんが汁をつくり、下男が飯炊きをしている。

「とくは、どうしたのかな」

大介に訊ねると、にやりと笑って首を振った。

「へへ。誰かさんが、あんまり激しいから、逃げ出したんじゃゃねぇのか」

はっと胸を突かれた。考えてみれば、薄い壁をへだてた隣で寝ている大介が、夜ごとの睦《むつ》み合いに気づかぬはずがなかった。

「お嫁入りが決まったと言ってましたよ」

婆さんが朝飯の膳を出してくれた。

「嫁入り……」

三日前、板橋《いたばし》の実家に帰る前の夜も、とくは長屋に来て朝まで過ごしたが、そんな話はしなかった。

「おまえさん、ちょっと不用心だったな。殿様が気づかないはずないだろ」

武家が奉公人同士の色恋を嫌うのは当たり前だ。正行はくちびるを噛んだ。とくは清音に言い含められて、実家に戻されたにちがいない。

藪入りの前の夜、いつにもまして蕩けるように抱き合った。しばしの別れがつらいからだと思っていたが、とくは永久《とわ》の別れを惜しむ気持ちだったのか。

とくが消えて数日後、清音がめずらしく鍛冶場に姿を見せた。

「どうだ。すこしはよい作が出来る気がしてきたか」

失敗作もそのつど清音に見せている。正行の銭はとっくに底をついていた。この盆の炭、古鉄《ふるがね》、研《と》ぎの払いは、清音がしてくれた。刀ができないなら、正行はただの銭喰い虫だ。

「無心に鉄《かね》と向き合うばかりです」

鞴《ふいご》の手を止めずに答えた。とくのことは、訊ねなかった。

とくがいなくなって、正行はひたすら鉄と向かい合った。朝起きて鍛冶場に入り、暗くなって先手が帰っても、正行は一人で鉄を選び、炭を切った。

正行は、せつない恋をしていた。どこか遠くに行ってしまったとくを想い、夢見ていた。もう逢えないのだと思えば、胸が苦しくなった。

嫁に行くなどというのは嘘に決まっている。清音に叱られて、屋敷を追い出されたのだ。とくは、きっとおれが迎えに行くのを待っている。

引き裂かれた恋が正行を一心不乱に鉄に向き合わせた。刀ができたら清音に許しを請《こ》うて、とくを迎えに行きたい。正行の人別《にんべつ》はどうなっているのか。もう長岡の家から籍を抜いてもらうように頼んでもよかろう。そうすれば、とくを嫁に迎えられる。とくに逢いたい。とくと暮らしたい。気持ちがとくにばかり傾いていく。

強い恋がこころを強靭にした。火床《ほど》を見つめる目が厳しくなり、わずかの変化さえ見逃さなくなった。

――出来た。

しばらくわき目もふらずに鍛錬をつづけていると、はっきり沸かしの手応えを感じた。

低すぎず、沸かし過ぎず、ちょうど頃合いに刃鉄《はがね》を鍛錬することができた。皮鉄《かわがね》も上出来だ。心鉄《しんがね》をはさんで重ね、本三枚で素延べして、火造りした。

一尺五寸五分の脇差が仕上がった。

平造《ひらづくり》で身幅を広くし、元と先の幅を同じほどにして、反りを強くした。反りをつけたところから、さらに手鎚を振るって反らせたので、いかにも雄々しい姿になった。地鉄《じがね》は強く、互《ぐ》の目乱《めみだ》れの刃文《はもん》に金筋《きんすじ》が入っている。

銘を切って、清音に見せた。

書院でしげしげと見つめた清音が、いままで見せたことのない満面の笑みでうなずいた。

「よい出来だ。よくぞやった。おまえの心意気がはち切れんばかりに漲っておる」

「ありがとうございます」

「この脇差は、おまえそのものだな」

正行は首をかしげた。意味がわからない。

「素直で強い。いや、素直すぎて、強すぎる」

言われて、しばらく考えた。

「わたしは素直過ぎますか」

「ああ。女がいれば女に夢中になる。酒があれば酒、剣術を教えれば剣術に夢中だ。子どもめいたところがある。やっと一巡りして、鍛冶仕事に夢中になったようだな」

指摘されて、そのとおりだと思った。

「これはすばらしい脇差だ。だがな……」

清音がなにを言い出すのか、正行は真剣に耳を傾けた。

「よい刀を一振り打ったところで、名人とはいえぬ。よい刀を何百振りと鍛えて、初めて名人上手と呼ばれるのだ」

たしかにその通りだ。正行は返事ができなかった。そんなことが簡単にできるなら苦労はない。いつもうまく出来るとは限らないのだ。

その脇差を研ぎに出しているあいだに、つぎの刃鉄の鍛錬にかかっていたが、思うようには出来ていない。鉄《かね》の気持ちをつかんだと思っていたが、するりと逃げ躱《かわ》された気持ちである。

「精進いたします」

そう答えるのが精一杯だった。清音が柄をはずして茎《なかご》を見た。

銘には実名の「山浦環」と切った。銘に実の名を切ったのは、初めてである。これこそまさに、自分の作だと感じたからだ。

「おもしろい銘文を切ったな。故郷が恋しいか」

茎を見ながら清音がつぶやいた。名前の上に、こう刻んでおいた。

表愛染之意煅之

愛染《あいぜん》の意を表して、之《これ》を煅《きた》える。愛着があるのは、故郷の信濃ではない。つると梅作ではない。きぬでもない。どこかに消えてしまったとくだ。

「まことに申し上げにくいことですが……」

正行は頭を下げた。

「水仕女《みずしめ》と勝手に出来合ってしまったことは、幾重にもお詫びいたします。信濃にはたしかに妻子がおりますが、わたくしは家を捨てて出奔した身。人別を抜いたうえで、ぜひとも正式にとくを妻女として迎えたいと存じます。なにとぞ、お許しくださいませ」

聞いていた清音が、あごを撫でた。不思議そうな顔をしている。意外な言葉をもらした。

「おまえ、とくと出来合っていたのか。知らなんだな」

「とくは旦那様がお叱りになって、実家にお戻しになられたのではないのですか」

そうだとばかり考えていた。ただの思い違いだったのか。

「いや、盆前に実家から手紙が届いたと言うておった。嫁入りが決まったから帰って来るように言われたそうだ。祝儀をわたして帰したのだ」

「それでは……」

とくは、親に言われて本当に嫁に行ってしまったのか。他人の嫁になってしまったのか。失ったものの大きさに、正行の頭のなかが真っ白になった。

五　武器講《こう》

鍛冶場の暗闇で火を見つめていた。

とくが突然消えてしまって、正行は虚《うつ》ろになった。火を見つめていると、虚ろが埋められる。蕩《とろ》けた鉄《かね》を見ていると、狂おしさが鎮《しず》められる。

ひたすら火床《ほど》と向き合った。

火床に盛り上げた炭が、真っ赤に熾《おこ》っている。鞴《ふいご》の風が火床の熱を上げている。炭に埋めてある鉄塊が、とろりと蕩けているはずだ。

炭を入れたばかりは青紫だった炎が、橙《だいだい》色になり、さらに熱が籠ると白くなる。炎にまじって華が立ち上る。

——あと二回、折り返すか。

炎のなかに立ち上る火の粉を見て、鋼《はがね》の硬軟を判断する。火の粉の華がたくさん咲くなら、鋼はまだ硬い。大きな鎚《つち》で叩いて鍛錬《たんれん》すれば、青黒い鉄肌とともに硬さが抜けてほどよくなる。

梃子棒をしっかり握り、棒の先に付けた鉄塊を取り出した。思っていたとおり、油が滴るように蕩けていた。

――いまだ。

正行はすばやく鉄敷《かなしき》にのせた。

鉄《かね》は、鍛えなければ命が吹き込めない。下手な鍛冶は鉄を殺してしまう。姿《すがた》は刀のかたちをしていても、できそこないの鈍刀《なまくら》しかできない。

とくが消えて三年がたつ。天保十年（一八三九）の今年、正行は二十七歳になった。火と鉄を見ながら、とくのことばかり想っている。炎のなかに、とくが見える。とくの声が聴こえる。夜毎、腕のなかで蕩けていたとくだ。

正行は、とくにのめりこんだように鉄にのめりこんだ。満月の色に蕩けた鉄が頬ずりしたくなるほど愛おしい。

ちかごろようやく蕩けた鉄と語り合えるようになった気がする。

窪田清音《すがね》の屋敷に鍛冶場を開いて四年目である。刀も脇差も、これまであまり出来ていない。よい鞴《ふいご》に替えて鉄が沸くようになったというのに、失敗ばかりしていた。鉄を沸かし過ぎて、白く眠たくしてしまった。焼き入れで失敗して刃切れが出ることもあった。

失敗ばかりする正行を、清音は辛抱強く見守ってくれた。正行を長屋に住まわせ、飯を食わせてくれる。炭と鋼《はがね》にする古鉄《ふるがね》の代金を出してくれる。

それなのに、刀で恩返しできないのがつらかった。中間がやる掃除や雑用を手伝って、叱られた。おまえは掃除をさせるために置いているのではない。刀を鍛えろ。

ひたすら火と向き合って、精進した。

鍛冶の呼吸がすこしわかってきた。鉄の気持ちがわかってきた。

鉄を気持ちよくしてやる鍛錬《たんれん》は、段取りのよさが勝負だ。

火床《ほど》から出した鉄塊がすぐ鉄敷にのるよう、つねに藁《わら》の手箒《てぼうき》で清めておく。道具はすぐ手に取れるところに並べておく。段取りが悪いと手際が悪くなり、仕事がうまくいかない。それをひとつずつさぐり当てて学んだ。

先手《さきて》の寛平《かんぺい》と大介が、向鎚《むこうづち》を振り上げた。

「どりゃあッ」

大声で気合いをかけた。

寛平の向鎚が鉄塊に激突した。凄まじい爆発音とともに蕩けた鉄滓《ノロ》が四方八方に飛び散る。

鉄敷は水で濡らしてある。最初の一撃で、蕩けた鉄が水を爆発させる。大筒ほどの音がする。

飛び散った鉄滓《ノロ》が着物に穴を開ける。胸の肉を焦《こ》がす。正行の胸や腕には、たくさんの火傷《やけど》の跡がついている。

先手の堀内《ほりうち》寛平は、日本橋出雲屋の口入れでやってきた。武州《ぶしゅう》多摩《たま》の生まれの男で、鉄炮鍛冶をしていたが、どうしても刀鍛冶になりたいという。勘がよく、ちゃんと叩かせたいところを叩くので気に入った。寛平も正行の仕事ぶりを好ましく思ったらしく、弟子になって一緒に長屋に住み込んでいる。むろん、出雲屋にも清音にも許しを得た。

中間の大介も、先手の腕が上がった。

二挺懸けの向鎚が、力強い音をかろやかな調子で立てる。向鎚で正確に叩くので、山吹色の鉄塊が延びていく。沸《わ》きが足らないと延びが悪い。沸き過ぎると延び過ぎる。鉄《かね》の質によっても違う。横座《よこざ》は鉄の延び方をしっかり目で確かめている。

鉄塊が長く延びたので、真ん中に切り鏨《たがね》を当てた。銘を切る鏨と違い、斧《おの》のような形をしている。

鏨の背を寛平が向鎚で叩くと、鉄塊に切れ目が入った。鉄敷の角に置いて叩き、直角になるまで曲げた。

鉄敷の上に戻し、向鎚で折り返す。叩いて鍛着《たんちゃく》させる。

もういちど火床《ほど》に埋めて沸かし直し、叩いて折り返した。沸いたときの色といい延び具合といい、いかにもよい鋼《はがね》になったので満足だ。これで下鍛えを終えてよい。

「窓を開けろ」

命じると、寛平が突き上げ窓を開けた。まだ明るいと思っていたが、もう初夏の日が暮れて暗くなっていた。

「今日は、上がろう」

火床の炭を十能《じゆうのう》ですくって火消し壺に入れた。寛平と大介が道具を片づけ、天井の煤《すす》を箒《ほうき》で払った。三人で井戸端に行き、手と顔を洗って台所に行った。

台所で飯を食べるたびに、とくを思い出す。

とくが消えてから胸がさわいだので、聞いていた板橋の実家を訪ねた。その年の凶作と飢饉《ききん》で一家は離散していた。近くで訊《たず》ねたが、行き先はわからない。とくが嫁に行ったという話は聞いていないと言われた。それ以上の糸口はなかった。

中年の下女が、膳を出してくれた。朝や昼は食べすぎると仕事ができなくなるが、夜は多めに食べても平気である。酒を飲まなくなったので、油揚げと切り干し大根の煮つけで飯を食べた。

「旦那様が、あとで奥に来るようにと仰せでしたよ」

下女に言われて、正行は首をかしげた。なんだろう。

「また悪さでもしたんじゃないのか」

正行よりいくつか年上の大介が、からかうような目で見ている。

「そんなことしてねぇよ」

ちかごろは酒も女も無縁である。ひたすら鍛冶場に籠って鍛刀三昧《たんとうざんまい》に過ごしている。ようやく失敗せずに刀ができるようになったばかりだ。

飯を食べ終えて、奥の清音の書斎に行った。

「お呼びとうかがいました」

襖《ふすま》の外から声をかけた。入れ、の返事を聞いて襖を開けた。あいかわらず本がうずたかく積み上げられている。

鴨居に「修業堂」の額がかかっている。

清音は武芸百般と故実、国学をも究《きわ》めようとしている。その研究と修練たるやおそろしい執念で、大御番組の士として三交代で登城するほかは、眠る時間さえ惜しんで取り組んでいる。

端座した清音は、抜き身の刀を手にしている。灯明の火を明るくともし、刃文《はもん》に反射させて見つめている。

今年になって正行が鍛えた一振りだ。

何日か前に研ぎ上がってきたのを、清音にあずけておいた。

二尺三寸五分の定寸で、反《そ》りの浅い姿は尋常だが、我ながら堂々たる出来だと自負している。刃鉄《はがね》と皮鉄《かわがね》がとても具合よく沸いたので、小板目《こいため》の肌がよく練《ね》れてすっきりした潤いがある。互《ぐ》の目乱《めみだ》れの刃は沸《にえ》がついて勇ましく仕上がり、刃中には金筋《きんすじ》が盛んにあらわれている。

自信をもって清音に渡したとき、よい出来だ、志津《しづ》の風格がある、と褒めてくれた。志津兼氏《かねうじ》とならべたのは、清音としては最大限の賛辞であろう。

――志津に負けるものか。

そう思ったが、口にはしなかった。気に入ってくれたのがなによりだ。

登城するとき、清音はその刀を持って行ったのだと話しはじめた。

「この刀を幾人にも見せた。欲しがる者が大勢おったぞ」

大御番組の侍はもとより、清音は各流派の師範たちと交際がひろい。正行の刀を見せると何人もの侍が鍛冶を教えろ、自分も打たせたいと頼んだという。

「ありがたいお話です」

正行はすなおに嬉しかった。自分の鍛えた刀が気に入ってもらえるのは、なんとも誇らしく晴れやかな気持ちになる。

刀を白鞘に納めると、清音が口調を改めた。

「それで、武器講《こう》をつくってはどうかと考えた」

「武器講……ですか?」

「一人三両の掛け金を集めて刀を鍛える。講に入った者が籤《くじ》を引く。順に刀を渡すのだ」

なるほど。それなら、頼母子講《たのもしこう》と同じだ。それを正行の刀でやろうというのか。

「講をつくって金を集めれば、まとまった炭、鋼《はがね》代が入り、講の者たちは適切な値で刀が手に入る。よい刀を欲しがっている者は多いぞ」

清音には、ずいぶん甘えている。炭、鋼代は、清音がずっと払いつづけてくれている。刀と脇差を何振りか鍛えて渡しただけだ。

刀のできない正行を、清音は許して金を出しつづけた。その恩には報いたい。刀を渡さなければならない。

長い刀は、近頃ようやく自信をもって鍛えられるようになった。この調子でやれば、なんとかなるだろう。

正行は考え込んだ。一振り三両は、名の知られていない鍛冶としては相場であろう。

古い名刀ならば、数千両の値がついている。おれの刀も、いずれ名刀に数えられる。そう胸を張ってもせんない話だ。

江戸で名高い水心子《すいしんし》の刀が、すこし前まで七両二分だった。いまはもうすこし値が上がっているようだが、それでも倍にはなってはいまい。

大慶直胤《たいけいなおたね》は、手を抜かずに鍛えた刀を一振り十両で売っている。

ただし、藩からまとめて頼まれると値引きして一振り五両にしていると聞いた。

一振り三両では、炭と鋼《はがね》を買い、先手の日当、研ぎ代を払ったらほとんど消えてしまう。白鞘を付けると足が出そうだ。

「鉄《かね》を吟味《ぎんみ》しておりますので、わたしの刀は鋼代が嵩《かさ》んでいます。五両になりませぬか」

ただで飯を食べさせてもらい、炭、鋼代を先払いしてもらっている身としては言い出しにくいが、それもよい刀を渡すためだ。三両では、よい鋼が選べない。

「三両でやれ。うちの門弟や中間たちに仕事を手伝わせれば安くあげられるだろう」

正行は、腕組みをしたまま唇を嚙み、返事をしなかった。

「勉強だと思ってやるがよい。百人はすぐに集まる」

「百人。百人ですか……。百振りの刀……」

正行は、気が遠くなった。

よい鋼は少ないのだ。それを探し、手を抜かずに鍛錬する。百振り鍛えるのに、いったいどれほどの時間と手間がかかるか。

「できぬことはあるまい。月に四振りずつ鍛えれば二年でできる」

正行は、数を聞いて身震いした。

「そんなにたくさん出来ません。よい鋼がありません」

何振りならできるか、遠山《えんざん》を見る半眼で正行を見すえ、清音が問いかけた。

「月に一振りか二振りがせいぜいです」

間髪《かんはつ》いれずに、少ない、と言われた。

「毎月三振り鍛えよ。講は百人集めるが、とりあえずは三十六人から三両ずつ集める。よいな」

強引に念を押されて、正行はうなずくしかなかった。

秋までに、納得できる刀があと二振りできた。

清音の供をして柳橋《やなぎばし》の料理屋に行った。武器講の集まりが開かれるのだ。羽織袴を着るように命じられた。

広い座敷に入ると、何人かがすでに来ていた。清音は毛氈《もうせん》を広げると、白鞘と柄《つか》をはずして抜き身の刀を三振り飾った。三振りとも、同じ姿である。よく練《ね》れた地鉄《じがね》に互《ぐ》の目乱《めみだ》れの刃文《はもん》を焼いた。刃中に金筋《きんすじ》がしきりとあらわれている。自分では傑作だと思っている。

武器講一百之一
天保十年八月日

三振りとも同じ銘を切った。武器講で鍛える百振りのうちの一振りだという意味だ。いまはもう九月だが、刀銘では夏至《げし》から冬至《とうじ》まで八月、冬至から夏至までなら二月と切ることがある。

鍛冶銘は、「山浦環《たまき》正行」とした。

実名の環に刀工名の正行を付けることで、逃げも隠れもせぬ不退転の気概をあらわした。武芸に長じた侍たちが集《つど》い、競って求めてくれるのなら鍛冶冥利に尽きる。

待つほどに、人が集まってきた。清音が一同に正行を紹介した。

「生国信濃の山浦環君は、甲斐源氏《げんじ》の末流である。鍛刀を志し、正宗、行光より秀でんとて精進に精進を重ね、みごとな鉄《かね》を鍛えるに至った。大道を重んじ、義心あふれる人となりゆえに、ぜひとも力となり応援したいと思うて講をもうける。破邪顕正《はじやけんしよう》の剣を欲する者が集い……」

そんなふうに紹介されると面《おも》はゆい。

みなが刀を見た。口々に褒めてくれる。鍛刀法を訊かれたので細かく答えると、三両なら安い、と言われた。安いのだ。三両では安すぎる。

清音の家来が、三方《さんぼう》と帳面を持って全員から三両ずつ集めた。入金を帳面に付けている。ここに集まった男たちが喜ぶ刀を鍛えなければならない。でき損《そこ》ないを渡したら、さぞや落胆されるだろう。怒り出す者もいるかもしれない。

「さて、では刀を受け取る順番を決め申す。籤《くじ》を引いていただこう」

籤はあらかじめ清音が作ってきている。小さく切った紙に、一番から三十六番までの番号が書いてある。それを小さく折り畳んで塗りの盆に盛った。

青竹の箸で一人ずつ籤を摘《つま》んで取った。

「お開きくだされ」

清音が声をかけると、あちこちで声があがった。

「わしが一番籤だ。あれを持ち帰ってよいのか」

三十くらいの侍がうれしそうに声をはずませている。

「さよう。本日は一番から三番までの御仁《ごじん》がお持ち帰りあれ。四番から六番までは来月。毎月三人ずつにお渡しいたす」

清音が籤をあらためると、一番籤の侍が三振りを見くらべた。ほとんど同じ姿と鉄だが、刃文はすこしずつ違っている。

「三十六番とはしくじった。首を長くして待っておるゆえ早く頼むぞ」

初老の侍が悔しそうな顔を見せた。がんばります、とだけ答えた。

膳と酒が出た。正行は一同に酒を注いでまわった。

「精進いたしますので、なにとぞよろしくお願い申し上げます」

新米鍛冶の刀を気に入って、三両の大枚を出してくれた侍ばかりだ。一人ずつ礼を言った。

「そのほうは受領《ずりよう》名《めい》をもたぬのか」

訊ねた侍がいる。

「もっておりませぬ」

京の刀鍛冶金道家《きんみちけ》の斡旋で、鍛冶は近江守《おうみのかみ》や肥後大掾《ひごだいじょう》などの受領名を朝廷から正式に受けることができる。

箔《はく》がつくので喜ぶ者も多いが、その代わり、毎年正月に百疋《ぴき》、すなわち二千五百文の銭を金道家に納めなければならない。金にして二分二朱だ。その上、名目だけとはいえ、金道の弟子筋にされてしまう。

馬鹿馬鹿しいので、正行は受けるつもりはない。

「あったほうが、売りやすかろう」

「名より、刀を見ていただきとう存じます。姿も地鉄《じがね》も古刀《ことう》の大業物《おおわざもの》に勝っていると自負しております」

「たしかに覇気の横溢した刀だ。見ているだけで力が湧いてくる。受領名など必要なかろう」

となりの侍が正行に賛同してくれた。なんともありがたい。

「わしは七番だ。とびきり出来のよいのを頼むぞ。しかし、あの銘はいかん。武器講などと切っては、いかにも安物くさくなる。そのほうの名と年紀《ねんき》だけを切ってくれ。頼んだぞ」

「おれは、おれの名を切ってくれ」

なるほど、金を出す者はいろんなことを考えるものだと教えられた。酒を注いでまわり、お流れを受けた。

ひさしぶりの酒で、正行はしたたかに酔っぱらった。


翌日、正行は七十両の金を清音から受け取った。昨日、三十六人から百八両の金を集めた。そこから、清音が先に立て替えていた分を差し引いた額だ。

その金を持って、寛平、大介といっしょに日本橋の出雲屋に行った。とにかくよい鉄《かね》を用意しなければならない。

かつて安永《あんえい》のころ（一七七二～八一）、鉄は一時、大坂の鉄座《てつざ》の専売品となったことがある。そこから仲買人に売り渡される決まりになったが、鉄を商う店や鍛冶屋が大反対して、いまでは自由に売り買いできるようになっている。

大坂には、江戸積問屋と称する鉄商人があって、江戸の鉄屋はそこから買っているところが多いと聞く。

出雲屋は、出雲から直接取り寄せているので割安だし、なにより品質がよい。出雲屋を知って、正行は出雲たたらの鋼《はがね》を見直した。

主人の与兵衛がいた。武器講のことを話した。

「窪田様の肝煎《きもいり》なら大勢集まるだろう。何人集めるかね」

「ひとまずは三十六人です。百人と言われましたが、とてもそんなには打てない」

「そんなにたくさん打っちゃ駄目だ。数打《かずう》ちになっちまう」

たくさん打とうと思えば、できないことはない。しかし、よい鋼が用意できず、どうしても粗製乱造になる。自分も満足できないし、渡す人にも失礼だ。どうせなら渾《こん》身《しん》の作を渡したい。

「ちょうど出雲から荷が届いたところだ。よい古鉄《ふるがね》とうまく混ぜるといい」

いつもはせいぜい数貫しか買わない。今日はまとめて買うつもりだった。正行はつい金を掛けすぎてしまう。先に支払いをしておけば、足を出さなくてすむだろう。

一振りの刀を鍛えるには、刃鉄《はがね》、皮鉄《かわがね》、心鉄《しんがね》合わせてざっと一貫三百匁の鋼がいる。それを下鍛えすると八百匁ばかりに減る。さらに上鍛えして三割がた減り、素延べ、火造りのときもまた減って、最終的に三百匁ばかりの刀に仕上げる。減った分は、鉄肌となって剝がれ、鉄滓《ノロ》となって飛び散ってしまうのだ。三十六振りの刀を鍛えるには、最初に五十貫近い鋼《はがね》がいる。

新しい鋼の値段は、一貫で銀八匁から十二匁ぐらい。五十貫ならざっと銀五百匁。

小判にして八両余りだ。

鋼の塊を見せてもらって選んだ。

出雲のたたらで吹いた砂鉄は、鉧《けら》と呼ばれるとてつもなく巨大な塊になると聞いた。それを握り拳ほどに砕いて運んでくる。

品質ごとに、一級品から下等品まで分けてある。下等品は炭が噛んでいたり、砂鉄のままのところや、硬くてもろい銑《ずく》になっている部分もあるので、鍛錬には使いにくい。

正行は、いちばん上等の八方白《はっぽうじろ》という鋼ばかり選んだ。八方から見て白く輝いている純な鋼である。磨いた銀《しろがね》よりもなおきれいに輝いて見える。紫や、青、黄色、橙色を帯びて美しく染まっているところもある。

時間をかけて十貫余り選んだ。

これに古鉄《ふるがね》を混ぜてつかう。

古鉄の相場はまちまちだ。使いたくない鼠銑《ねずみせん》は安い。よい白銑《はくせん》だけを選べばたいへん割高になる。鍛刀に使える卸《おろ》し鉄《がね》にするにも炭代と手間がかかる。

出雲屋で教えられた古鉄問屋に行った。いままでは、麹町の小さな店に頼んでいたが、とてもそれでは足りない。店に古い鍋や包丁、釘などが山になって積み上げてある。古い兜や刀、武具などはべつに積んであって、それは値が高い。

安い山から、鉄《かね》の味のよさそうなのをじっくり選んだ。

「いやはや感心した。おまえさんは、鉄の匂いでもかぎ分けられるかね」

正行の集めた古鉄を眺めて、古鉄問屋の親父があきれた。

「鉄に匂いなんかありますか」

寛平が首をかしげている。

「いい白銑ばかり選んだじゃないか。たいした目利き鼻利きだよ」

おそれいります、と謙遜したが、じっはたしかに鉄の匂いを感じることがある。

日々、朝から晩まで鉄と向かい合っているので感覚が研ぎ澄まされてきた。

清音の持っている刀は、しばしば見せてもらうし、ときには刀の会に同道させてもらい、めったにお目にかかれない名物、大業物を目にすることもある。そんな積み重ねで、鉄の匂いが分かってきた。

思い出したことがあるので、出雲屋にもどった。

「ちかごろ炭にもしゃくれがいいいい混じっているようで、炭屋を替えたいんです。いい炭屋はありませんか」

鍛冶用の松炭は、出雲屋に紹介された炭屋から買っている。料理人は火持ちのよい備長炭《びんちょうたん》を喜ぶらしいが、急いで火力を上げたい鍛冶には不向きだ。松炭は軽い。鞴《ふいご》の風を送れば急激に温度が上げられる。

「もしゃくれ……ってなんだい？」

与兵衛が首をかしげた。

「生木《なまぎ》の残っていることです。信濃じゃそう言ってました」

もしゃくれは、燃え残りという意味だろう。与兵衛がうなずいた。櫟《くぬぎ》や楢《なら》、樫《かし》の炭とちがって松炭は焼いている親方が少ない。よい炭を探すのは一苦労だ。

「あの炭屋が仕入れている一番いい松炭は、炭焼きの親方が亡くなって、代替わりしたと聞いた。それに気づいたか」

なにかが違ったと思っていた。こころを虚ろにして火を見つめていれば、それくらいのことは気がつく。

炭は一俵銀一匁四分。一振り鍛えるのに二十四俵が目安だから、銀約三十四匁。ほぼ金二分である。三十六振りなら炭代だけで二十両近くかかる。

新しく紹介してもらった炭屋でとりあえず五十俵買い付け、番町の窪田屋敷に運んでもらう段取りをつけた。具合がよければ、続けて買うつもりだ。

鉄《かね》を選ぶのに時間がかかったので、すべての用事が終わったのは、もう夕方近くになっていた。

「せっかく大枚が入ったんだ。花魁《おいらん》の顔でも見に行きたいね」

中間の大介が、吉原《よしわら》に行こうと水を向けた。

「いや、やめておこう」

そんな気にはならない。

「なんだい。けち臭い。なにしろ百振りも鍛えるんだ。景気づけってことがあるじゃねぇか。中店《ちゅうみせ》か小店《こみせ》でいいさ」

大介は、てっきり遊びに行けるものと思ってついて来たらしい。

金はたしかにある。

しかし、儲かったとも嬉しいとも思わない。これから毎月三振り、一年のうちにあと三十三振りの刀を鍛えなければならないのだ。そのことが重く身と心にのしかかっている。

この数年間、さんざん失敗を繰り返した。やっと沸かしと焼き入れの感触がつかめたが、また同じようにうまく行くとはかぎらない。

とても遊びに行く気分ではなかった。

その秋から冬にかけて、正行はずっと鍛冶場に籠って鍛刀した。清音が門弟と中間を手伝いに出してくれた。炭切りでも掃除でも、雑用をこなす人間がいると、仕事がどんどん捗《はかど》った。約束どおり毎月三振りの刀を鍛えた。

慎重に、そして大胆に仕事をした。

失敗はめったにしなくなった。ほとんどの刀が、最後までうまく仕上がった。刀そのものは納得できる仕上がりだ。ただ、どこか心に吹っ切れぬ未練があるせいか、銘振りをあれこれ変えたくなった。楷書《かいしょ》で「山浦環正行」と端正に切ることもあれば、ただ、「正行」と草書《そうしょ》で切ることもあった。

鍛冶場では、火床《ほど》の火を見つめながら、いつも居なくなったとくのことばかり考えている。そのせいで鍛刀に集中できた。ただひたすら鉄《かね》だけを見ている。鉄にのめりこみ過ぎて、蕩けた鉄塊を素手でつかもうとしたことがあった。あのときは、寛平と大介が同時に、親方、危ない、と大声を上げてくれたので、我に返《かえ》り、すんでのところで助かった。あのまま摑んでいたら、指がぜんぶ溶《と》けてなくなっていただろう。

思いのほか仕事がはかどったので、正行は手慰《てなぐさ》みに短刀をつくった。

平造りで、反りのない九寸一分のすっきりした姿である。研ぎ上がってきたのを見て、うなずいた。小板目《こいため》の地鉄《じがね》がよく詰んで、小湾《このた》れの刃文《はもん》がしなやかに焼き上がっている。

狙ったとおり、しっとりと艶《つや》っぽい出来である。

「まつよひ」と銘を切った。

とくを待つ宵《よい》は、いつも心がときめいて昂っていた。いまも夜になると、とくが長屋に来るのではないかとずっと待っている。とくが来ないままに迎える朝は、寂しさに咽《むせ》び泣く。


年が明けて、天保十一年の正月になった。正行は二十八歳である。

鍛冶場の入口に張ってあるしめ縄を、大晦日《おおみそか》に新しく張り替えた。元旦と二日は休んだが、三日から仕事を始めた。

鍛冶場の神棚に祀った金屋子様《かなやごさま》に灯明と若水《わかみず》を上げて手を合わせた。

淡々と、ひたすら淡々と鉄と向き合っている。鉄は裏切らない。よい鉄を選べばよい刀ができる。やった仕事の分だけ仕上がりがよい。手を抜けば、てきめんに悪くなる。鉄は潔く気持ちがいい。鉄に惚れている。鉄が大好きだ。

そう思って仕事をつづけた。

朝が早いので、正行はすっかり早寝の習慣がついた。

台所で飯を食べ、長屋で酒を一合だけ飲んだ。火を見つめていると、気が昂ぶり過ぎて眠れなくなる。わずかの酒が気持ちを鎮めてくれる。

布団で横になると、天井を見ながら、いつもとくのことを考える。あんないい女はいない。いろんなことに感じやすく、気持ちの細やかな女だった。大石村に残してきたつるも、松代のきぬも、とくを想うと霞んでしまう。

眠りに入ったころ、男の声がかかり、長屋の障子戸が開いた。出かけていた中間の大介が帰ってきたのだ。となりの布団では、もう寛平が鼾《いびき》をかいている。

「いいかい」

「なんだ。どうした」

「ちょっと耳に入れたいことがあってな。とくのことなんだ……」

正行はすぐさま起き上がって、行灯の火を大きくした。

「上がってくれ。とくが、どうしたんだ」

「じつは、品川《しながわ》に行ってきた」

大介が品川に行ったのなら、女郎《じょろう》買いだ。品川はべっぴんが多いといつも話している。正行はつぎの言葉を待った。胸に大きな波が立っている。

「品川にいたんだ。……とくがな」

酒臭い息を吐いて、大介がうつむいた。品川には、食売旅籠《めしうりはたご》と称する宿屋が百軒ばかりもあるらしい。旅籠とはいうが、じつは遊廓である。飯盛《めしも》り女を大勢抱えている。品川には三千六百人もの女たちがいるという。遊女三千人の吉原よりよほど数が多い。

正行はくちびるを噛んだ。耳鳴りがしている。天と地がひっくり返ったようだ。

「旅籠はどこだ。なんという名だ」

正行はもう立ち上がっていた。いまは五つ（午後八時）過ぎだろう。走って行けば、なんとか辻々にある木戸の閉まるまでに着ける。

「土蔵相模《どぞうさがみ》のさきにある大和屋《やまと》っていう家だ」

大介はとくを買ったのだろうか。それが気になったが、とにかく寝間着を脱いで着替え、尻をはしょって走り出した。

夜の品川宿は、明るく賑やかだった。日が暮れてから来たのは初めてだ。旅籠や水茶屋の二階座敷から三味線の音が聴こえてくる。浅い春の宵で、海からの風がなやましい。

土蔵相模は有名な旅籠である。海鼠《なまこ》壁なのですぐ分かる。その先の行灯に大和屋の文字を見つけた。

表の格子はなく、すぐ上がり框《かまち》になっている。框に腰かけた若い男が煙管《きせる》を吸っている。牛太郎《ぎゅうたろう》だろう。もう客引きも終わったのか。表座敷に女たちの姿は見えない。

なかを覗いていると、牛太郎が声をかけてきた。

「なんですか」

寝間着を脱いで、襤褸《ぼろ》の仕事着をひっかけて来てしまった。宿に上がる客には見えないのか。

「とくっていう姐《ねえ》さんがいるかな」

「そんな女いやしませんよ。なんだい、幼なじみでも探してるのかね」

牛太郎が、せせら笑っている。

「ここにいるって聞いたんだ。丸顔の女だ。二十四で、板橋宿《しゅく》のはずれの生まれで……」

もう一服付けながら、牛太郎が考えている。思い当たる女がいそうである。

「年増だね。梅里《うめざと》のことかな」

「呼んでくれ」

草履《ぞうり》を脱いで店に上がろうとすると、牛太郎が口をすぼめて煙を吹き出した。

「いまお客がついてるよ」

頭の芯がくらくらした。耳鳴りが強くなった。

「帰してくれ。そんな客、帰してくれ」

足を組んですわったままの牛太郎が、気の毒そうに正行を見上げている。

「あんた、よっぽどどうかしてるね。商売だ。帰せるわけないだろ」

「金なら払う。これでよかろう」

財布から小判を一枚出して、牛太郎ににぎらせた。出がけに長屋の床板をめくって、壺にしまってある小判を持ってきた。なんとしても、とくを身請けして帰るつもりである。

「へっ、こりゃ、恐れ入りました」

品川の飯盛り女の値段がいくらかは知らない。しかし、安直そうな店である。吉原の太夫《たゆう》のように何両もはとるまい。

「ちょいと相談してきましょう。なに、回しって手もありまさぁね」

お上がりんなるよ、と二階に声をかけて牛太郎が先に階段を上がって行った。あとについて上がると、二階の寄付《よりつき》で中年の遣手《やりて》と話している。

「まあ、たいそうな御祝儀をいただきまして、ありがとうございます。梅里姐《ねえ》さんですね。すぐに呼びますよ」

祝儀のつもりではなかったが、言い出しかねた。座敷に通されて、しばらく待った。幼い禿《かむろ》が膳を運んできた。小鉢と徳利がのっている。手をつけずにじっと待った。

衣擦《きぬず》れの音がして、障子が開いた。

紅の着物にぞろりとした打ち掛けをかけた女がすわっている。ようこそいらっしゃいまし、と頭をさげた。髪に何本も簪《かんざし》を挿《さ》して飾っている。

顔を上げた女の顔が引きつった。とくだ。立ち上がって踵を返した。逃げようとする肩を摑んで、座敷に引き入れてすわらせた。

「どうしたんだ。いったいどうしたんだよ」

勢い込んで問いかけた。泣きだしそうなのを堪《こら》えているらしく、口元が締まった。目が不機嫌につり上がった。小鼻がふくらんで息がすこし荒い。

開き直った顔になった。もう、昔のとくではなくなったのか。

「しょうがないでしょ。こうなっちゃったんだから」

とくは、徳利をつまむと手酌で三杯たて続けに飲んだ。顔がこわばっている。

「殿様は、嫁に行ったと言ってたぞ」

「そうでも言わなきゃ、恥ずかしいでしょ」

くちびるを嚙んでから、とくがつぶやいた。白粉《おしろい》も濃い紅も、とくの顔に似合っていない。

「おとっつぁんが、借金つくったのよ。まじめな人だったのにね、博奕《ばくち》に手を出して……。最初は儲かったらしいんだけど」

凶作の年だったが、とくの家は野菜を江戸で売って小銭があったのだという。それを狙ってやくざ者が賭場を開いていたのだと言った。

「田畑を手放しただけじゃ足りなくて……」

「借金はいくらだ」

とくは答えない。また手酌で飲んだ。重ねて問い詰めた。

「最初は十両だったけど、いまはもっと膨らんでいる。ここで打ち掛けやら化粧道具やら買わされて物入りだから……」

遊女は借金漬けにして、縛りつけておくのだと聞いたことがある。いいように扱《こ》き使われ、死んだら寺に投げ込まれて無縁仏になるだけだ。

「おれが身請けする」

とくが驚いた顔を上げた。身請けって、そんなことできるわけがないという顔だ。

「金はある。持ってきた」

困惑顔のとくを残して座敷を出た。さっきの遣手を見つけて、この家の主人と話がしたいと言った。

「いったいなんでござんすか。梅里が粗相《そそう》でもしましたか」

身請けしたいのだと話した。懐から財布を出して、小判の音を聞かせた。数十両入っているのは中を見せなくてもわかる。

下の御内所《ごないしょ》に行き、主人と談判した。最初は相手にされなかったが、しばらく問答して、五十両で話をつけた。吹っ掛けられたと思うが、とくを一日もこんなところに置いておきたくない。

五十枚の小判をわたして受け取りを書かせ、証文を長火鉢で焼き捨てた。

二階の座敷にもどって、話がついたと、とくに告げた。とくが信じなかったので、遣手を呼んで話させた。

とくが泣いた。俯いてずっと泣いていた。

その晩は、抱き合ったまま一睡もせず朝を迎えた。化粧を落させ、とくの顔をじっと見つめていた。

翌朝、とくを駕籠《かご》に乗せて番町の窪田屋敷に帰った。

窪田清音は非番で書斎の修業堂にいた。とくを連れて事情をひとわたり説明した。とくは正行の後ろでだまって頭を下げていた。

「よいことをしたな。女郎屋などに置いておくのは気の毒だ」

「長屋でいっしょに住んでよろしいでしょうか」

「それはかまわんが、身請けにいくら使った。五両か、十両か。どのみち講《こう》の金を使ったのであろう」

「五十両です」

きっぱり告げると、清音の顔が引き攣《つ》った。怒りでたちまち朱《あけ》に染まった。

「馬鹿もんッ。そんな大金を使ってあとの刀はどうやって鍛えるつもりだ」

言われれば、反論のしようがない。

「まったく後先を考えぬ男だ。いいようにたばかられおって。醜女《しこめ》の年増など、十両も出せば片がついたはずだ」

醜女の年増と言われた。腹は立たない。女としてのとくの素晴らしさを清音はまるで知らない。とくはじっと俯いている。

「もう金子《きんす》が残っておらんだろう」

残っていなかった。いくらかは残っているが、はたして炭が何俵買えるだろうか。

「まったく大馬鹿もんだ」

正行は膝のうえに手を置き、うなだれてくちびるを噛んだ。なんと叱られてもしかたがない。金を使ってしまったのは自分だ。

「とにかく刀を打て。炭、鋼《はがね》の支払いはわしからする。おまえに金は渡さぬ。刀を打って返せ。よいな。心せよ」

「承知いたしました」

消え入りそうな声でしか、返事ができなかった。

それからというもの、正行は以前にもまして懸命に鍛刀に励んだ。

夜明け前に鍛冶場に入り、日が暮れるのも気づかずに火と鉄《かね》をにらみつづけた。

一日仕事をすると、夜はくたくたに疲れている。

台所でとくの顔を見ながら飯を食べるのがとても楽しみだ。

長屋にもどって横になっていると、片づけを終えたとくが帰ってくる。薄い布団で抱き合った。

ふしぎなことに、とくと肌を重ねていると、正行はいくらでも力が漲《みなぎ》る。果てるということがない。果ててもすぐに甦《よみがえ》る。とくの肌から天地にただよう精気を吸収していることにちがいない。命が火となって燃えたぎる力だ。

朝はすがすがしく目覚める。よく嚙んで一膳の飯と汁を食べ、また仕事に励む。とくのおかげで鍛冶の仕事がうまくいく。失敗をしなくなった。ありがたい女だと、この世でめぐり合ったしあわせに感謝せずにはいられない。

その年の十月、よい脇差が出来た。

講に参加した者のなかには、同じ三両の掛け金で脇差や短刀が欲しいという者がいる。正行が鵜《う》の首《くび》造りや菖蒲《しょうぶ》造りの脇差を得意としているのを知っていて特に所望するのである。古来、脇差は、切先《きっさき》がすっと伸びたそういう姿のほうが斬れ味がよいと言われている。

鵜の首造りは、棟《むね》の三分の二ほどの鎬地《しのぎじ》を薄く削り取った形である。棟のほうから見ると、途中が鵜の首のようにほっそりしているので、その名がある。先と元の重さの按配がよいので振りやすい。振ると切先から物打《ものう》ちに力がみなぎる。しかも姿が華麗でうつくしい。

講ではあっても、すべて同じ刀を鍛えるのではなく、それぞれに伎倆を尽くして工夫した。それが鍛冶としての正行のやり甲斐である。

　このとき頼まれたのは菖蒲の葉に似た菖蒲造りの脇差だ。身幅《みはば》の広い姿がことのほか力強く造り込めた。長さは一尺六寸五分。地鉄《じがね》の冴えが良いので、我ながらたいへん気に入った作である。

「これはよい。じつにいい出来だ。まさに武用刀の鑑《かがみ》である」

　清音に見せると目を細めてたいそう褒めてくれた。

「ありがとうございます」

「鉄《かね》もよいが、姿がじつにいい。よくぞ思い切って反《そ》らせたな」

「はい。わたしの脇差のなかでは一番反らせました」

　思い切って反りをつけたのが、この脇差の最大の工夫である。測ったら四分三厘反っている。

「あえて一歩踏み込んで反らせたところが大手柄だ。力が漲っておるぞ」

　清音は、さすがに正行の作刀の意図を正確に読み取ってくれている。こういう伯楽《はくらく》がいてこそ、苦労してもよい刀を鍛える気になる。

　信州松代で鍛え、「窪田清音佩刀」の銘を切って送った脇差は、思い切って反らせたつもりでも反りが三分だった。こちらは手鎚《てづち》で叩きながら、さらに思い切って反らせた。それでいて、いかにも体配《たいはい》がよいので、凜々しく力強く見える。決して下品にも、粗野にもなっていない。凜冽な覇気が迸《ほとばし》っている。

「鳥居反《とりいぞ》りにしたか……」

しげしげと眺めて、清音はいつまでも脇差を手放さない。

「はい。そのほうが姿が落ち着きます」

弓なりになった反りのちょうど真ん中がいちばん深くなっているのが鳥居反りだ。元と先とで身幅をあまり違えず、広いまま先まで鍛え延ばした。その刀身が均衡よく反っているので、じつに堂々として勇ましい姿に見える。まさに戦うための刀である。

「試斬したい。すぐに試してみたくなる刀だ」

脇差を鞘に納めると、清音はもう立ち上がっていた。

試刀家山田浅右衛門《やまだあさえもん》の屋敷は麴町にある。清音の屋敷からさほど遠くない。

七代目の浅右衛門吉利《よしとし》は、正行と同じ歳であった。俳句を詠む風流人だそうで、物腰がはなはだ落ち着いている。

座敷に招かれて、清音が正行の鍛えた脇差を手渡した。

一礼して白鞘から抜き払うと、浅右衛門は刀身をまっすぐ立てて見つめた。おぼろな半眼に細めた目でとろりと眺めている。

脇差の物打ちを布で受け、顔を近づけて丹念に地鉄《じがね》と刃文《はもん》を見つめた。沸《にえ》出来で、刃頭《はがしら》の尖った互《ぐ》の目乱《めみだ》れである。刃中にしきりと金筋《きんすじ》や沸筋《にえすじ》が走っている。どんな顔をするか。すぐに称賛してくれると期待していたが、浅右衛門の表情には変化がなかった。たくさん刀を見ているせいか、簡単には驚かないらしい。

しばらく見つめて鞘に納めた。

「お見事でござる。なかなかの鍛えだと拝見した」

にこりともせず落ち着いて言われたので、かえって喜びが大きかった。試刀家にしてみれば最大限の賛辞だろう。

「手にしているだけで、わが内なる力が目醒めるような気がして、すぐに試したくなったのだ。さっそくお願いしたい」

清音が脇差を受け取り、いま一度ほれぼれした顔で眺めている。

「これだけの脇差だ。良い骸《むくろ》を用意いたしましょう」

浅右衛門のことばに、正行は首をかしげた。

「骸に良い悪いがありますか」

「ありますとも。見れば分かる」

浅右衛門が弟子を呼び、なにか低声で命じた。白鞘の柄《つか》をはずして、斬り試し用の長い柄にすげ替えた。

裏庭に出ると、土壇《どだん》に屍《しかばね》が横たわっていた。褌《ふんどし》一本巻いた裸体の男は、肌が異様に蒼白である。がっしりとした固太りで、骨が太そうだ。

首がない。切り落とされた跡が赤黒くかたまっている。両腕を上げ、背中をこちらに向けて横臥《おうが》し、土壇に打ち込んだ四本の竹でしっかり固定されている。

これがよい屍か。首を落とされてからまだそんなに時間がたっていないに違いない。たしかに斬り応えがありそうだ。

「太々《ふとぶと》をお斬りめされよ」

浅右衛門が手刀で肩のすぐ下を示した。山田流の試し斬りでは、いちばん肩に近い場所を太々と呼ぶ。古くは摺付《すりつけ》といった。両腕をまっすぐ上げて伸ばしているので、ちょうど腋《わき》の下を斬り付けることになる。

死体の斬り試しは、体の上のほうほど難しい。太々はいちばん斬りにくい箇所だ。しかもこの死体は骨太で筋肉がついている。うまく斬り込めるかどうか心配になった。すっぱり両断するのではなく、長刀で切先から四、五寸、脇差ならもっと浅くしか斬り込まない。それでも骨を裁《た》たねばならない。

窪田清音が袂《たもと》に襷《たすき》をかけた。脇差を素振りした。

よい風音がしている。鋭く斬れそうな音だ。屍から二尺五寸離れて立つと、足袋《たび》裸足になって足の裏を地面に摺《す》りつけた。左足を軸にして間合いをはかった。しばし屍をにらみつけて、高く大きく振りかぶり、気合いを込めて真っ直ぐに打ち下ろした。屍の背中に五寸ほど斬り込んだ切先が、そのまま骨を裁って土壇まで達した。

斬り口に赤黒い肉が見えている。覗き込んだ浅右衛門がうなずいた。

「おみごと。肩の貝殻骨を裁っております」

清音が懐紙で血と脂《あぶら》を拭い、脇差の切先を見ている。刃こぼれはないらしい。

浅右衛門が脇差を受け取った。いま清音が斬ったところから一寸下の雁金《かりがね》という部位を斬ると告げた。

なんの気負いもなく打ち下ろすと、骸の背中に一文字の口が開いた。白い骨が斬れているのが見えた。

「せっかくの機会だ。そのほうも試すがいい」

清音に言われて、正行も襷をかけた。

「ここをお斬りなさい」

浅右衛門が手刀で二筋の斬り口の一寸下を示した。背中の貝殻骨が一番突き出ているところだ。

脇差を受け取り、両手で絞るようにしっかり握った。長い試し柄《づか》が手の内になじむ。振ってみた。風の音が鋭い。切先にちょうどよい重さが感じられた。

——斬れる。

自信がみなぎった。教えられた場所に足を置いて、深く息を吸い込んだ。三度、深呼吸すると昂っていた気持ちが落ち着いた。

大きく振りかざし、思いきって打ち下ろした。切先が気持ちよく伸びて、刃筋がまっすぐ通った。肉と骨を裁つ手応えを感じながら斬り下げた。切先が土壇にめりこんだ。

屍に一礼して振り返ると、清音と浅右衛門が黙ってうなずいた。顔がよい刀だと語っている。

「刀の覇気は、鍛冶の覇気。鍛冶の心胆が充実してこそ業物《わざもの》が鍛えられる」

浅右衛門に言われたのが嬉しくて、正行はすこし目が潤んだ。

その脇差には截断銘《せつだんめい》を切ることにした。初めてだった。

天保十一子年十月十三日
太々土壇払

太々という箇所を土壇まで斬り下げたとの誉れの銘である。

その年、天保十一年のうちに、約束の三十六振りをすべて打ち終えた。予定より三月遅れたのは、なんといってもよい鋼《はがね》をそろえるのが間に合わなかったからだ。納得のできる刀だけを鍛えた。正行にとっては、充実した一年だった。

年が明けて、清音に正月の挨拶をした。清音が手ずから屠蘇《とそ》を注いでくれた。

「去年はごくろうだったな。いささか遅れたが、刀がよかったので、武器講の者たちはみな満足しておる。わしも鼻が高い」

「おそれいります」

「今年もしっかり頼むぞ。もう武器講の参加者は決まっておる。正月明けに籤を引くぞ。講に入りたがる者が多くて、断るのに苦労したわい」

愉快そうに清音が笑った。正行は黙した。

「こんどは、掛け金はわしが預かっておく。炭、鋼の代金はわしのところに取りに来させよ。おまえに金は預けておけぬ」

「まだ、武器講を続けるのでございますか」

「当たり前だ。百振り鍛えろと言うたであろう」

去年、武器講の刀をすべて鍛えたので、今年はじっくりと好きな刀を鍛えたいと思っていた。先に金をもらう武器講では、どうしても金に縛られて自由がきかない。それに一振り三両では安すぎる。もっといろんな刀を打ち、自分らしい刀を極めていきたい。自分で思い通りの刀を鍛えて、求める人に譲りたい。諄々《じゅんじゅん》とそう話した。

「講はもうご勘弁ください」

「なにを言うておる。すでに声をかけてある。やらねばならんぞ」

途端に清音が不機嫌な顔になった。去年もらった講の掛け金をつかってしまったのは正行だ。それを立て替えてくれたのは清音である。

恩人には抗《あらが》えない。しかし、もうやりたくない。気の向かない刀を鍛えても、けっしてよい作はできない。針の莚《むしろ》にすわった気持ちで、くり返しそう話した。清音は苦い顔で杯を舐めている。納得していない。もう三十六人を集めたのだから、今年だけはなんとしてもやれと怒っている。怒られても、できないものは仕方がない。正行は泣きながら訴えた。

激怒した清音が、正行に杯を投げつけた。酒が正行の晴れ着を濡らした。

正行は両手をついて平伏し、そのまま退出した。

外はよく晴れていて気持ちのいい初春である。

庭の梅がほころんでいる。正月の松が取れるまで正行は長屋で寝ころがって過ごした。去年は働き過ぎた。ずっと火を見つめていたので、目がしょぼしょぼする。横座《よこざ》で日がなしゃがんでいるので腰が痛む。六日の夜、四谷で火事があって麴町まで焼けたが、そのほかは落ち着いた正月だった。久しぶりに、酒をちびりと舐めて過ごした。

「いいお天気」

縫い物をしながら、とくがつぶやいた。

「猫が来た。……あら、雀を狙ってる」

とくはふだんからとりとめのないことをよく話す。花が咲いた、猫が一列にならんで日向《ひなた》ぼっこしていた、空がきれいだった、虹が出ていた。そんなたわいのない話だが、一日鍛冶場に籠っている正行には面白い。

いつもやって来る赤トラの猫に、とくが餌をやった。

「赤トラは威張ってて懐かないぞ」

子どものころ、正行は近くにいる赤トラに餌をやっていた。いつも餌をやっているのにちっとも懐かない。家のなかにまで入ってきて正行の布団で寝るのに、しょっちゅう爪を立てられたのを思い出した。

繕い物が一段落すると、とくは寝ころがっている正行の肩や腰を揉んでくれた。膝枕をさせ、赤トラが餌を食べているのを見ながら、そのまま眠った。とくはおれの金《かな》屋子様《やごさま》だ。美しい金屋子様が微笑んでいる夢を見た。

目を覚ますと鍛冶場に行った。神棚の金屋子様に灯明と水をそなえて、柏手を打った。

――いい刀を打たせてください。

たっぷり手間と時間をかけて、本当に納得できる鍛えがしたい。それだけが望みだと、心の底から念じた。

六　萩城

正行は針の莚《むしろ》にすわっている。

武器講《こう》を断ったので、窪田清音《すがね》が正行を疎《うと》んじている。顔を合わせて挨拶しても、正行を見ない。どうにも怒っている。恩人である清音が肝煎《きもいり》をしている武器講を断るのは、ほとんど裏切りだ。恩知らずと言われても仕方がない。

立て替えてもらった金は返さねばならない。刀で返すのがいちばんよいに決まっている。だからこそ、今年の武器講を断った。そんなにたくさんよい鋼《はがね》が手に入らない。それでも造ろうとすると雑になる。鍛冶としてそんな裏切りはけっしてやらない。返すのはよい刀だ。

――申し訳ない。

内心、頭を下げているが、刀のことで妥協はしない。

なにしろ、去年の武器講でたくさん鍛え過ぎた。同じ刀は鍛えたくない。一振りずつ必ずよくしていく。それができないなら、休んでいるほうがよい。鍛錬《たんれん》をしないので、寛平はほかの親方のところに日雇いで先手《さきて》に行った。

清音の屋敷に住まわせてもらい、食べさせてもらって遊んでいるのは気が引ける。正行は中間の大介を手伝った。清音は栗毛の馬を飼っている。飼い葉《かいば》をやって、馬屋の掃除をした。蹄《ひづめ》のごみを取ってやり、藁《わら》で毛並みをととのえてやると、馬が気持ちよさそうにおとなしくなる。

「みょうなことがうまいな」

大介が感心してくれた。馬の世話は信州ですこしだがしたことがある。どこの毛並みを擦《こす》ってやれば喜ぶのか、どこを擦れば嫌がるのか、直感でわかった。

「慣れていないと、後ろ足で蹴られる奴が多いんだ。やっぱり親方は勘がいいんだね」

おれは、そういう特別な人間なのかもしれないと考えるようになっている。馬がなにを喜び、なにを嫌がるか。人間がなにを美しいと感じ、なにを醜いと感じるか。鉄《かね》はどこまで叩けば、軟らかくなるのか。どれほど反《そ》らせれば、ちょうどよい強さ、美しさになるのか。そんなことは、目をよく開いて見れば、誰だって気がつくはずだ。ところが気づかない奴が多すぎる。自分がちょっと人とは違っていることに、正行はちかごろ気づいている。

屋敷の仕事を手伝いながら、つぎはどんな刀を打とうかと考えていると、月日は瞬《また》く間に過ぎてゆく。

いままで焼いたことのない直刃《すぐは》を焼いてみたくなった。

ほんとうによい鋼ばかり選んだので、小板目《こいため》の地鉄《じがね》がよく練れた強い刀ができた。二尺二寸八分の定寸。小沸《こにえ》の冴えきった直刃はわずかに湾《のた》れさせた。刃中に金筋《きんすじ》と砂流しがかかっている。

でき上がったのは、夏だ。大介に頼んで、黙って清音に渡してもらった。清音とはずっと険悪で、同じ屋敷にいるのに、正月以来ひとことも口をきいていない。

すぐにはなんの沙汰もなかった。しくじったか。くちびるを嚙んで、とくと夜逃げする算段をかんがえた。どこに行っても、刀を鍛えれば食べていけるはずだ。しかし、さてどこに逃げるか。三日目に清音に呼ばれた。書斎に行くと苦虫を嚙みつぶした顔をしていた。

「おまえという男は、ほんとうに困った奴だ」

そばに白鞘《しらさや》が置いてある。先日の直刃だ。正行は会釈《えしやく》しただけで黙ってすわっていた。清音がなにを言い出すのか、膝に手を置いて待っていた。

清音は文句を言いたいはずだ。武器講の掛け金を女のために勝手に使ってしまった馬鹿な鍛冶を叱責して、もっとたくさんの刀を鍛えるように命じなければならない。

しかし、言わなかった。たった一振りのその刀に、数十振りの刀と同じ値打ちがあると、清音の目が語っている。

「じつによい刀を鍛えたな。正直、わしは驚いた。粟田口《あわたぐち》の風格がある」

そんな何百年も昔の鍛冶とくらべるのはやめてくれ。いまのおれの刀のほうがよっぽどいいだろ。凄いだろ。と思っているが、そこは大人である。ありがとうございます、としおらしく頭を下げた。

「なによりも地鉄《じがね》がいいな」

「そうでございましょう。これほどの地鉄を鍛えよと仰せられましても、一年に何振りも打てません」

ふむ。納得したのかしないのか、清音がうなずいた。いや、よい鉄《かね》だ。鉄そのものが強さを発しておる。そうか。そこまで鉄を吟味したか。つぶやきながら、鞘を払って地鉄を見つめた。

「直刃にしたのは、地鉄の強さを見せるためか」

「御炯眼《ごけいがん》にございます」

そんなことは当たり前じゃないか。思っても口には出さなかった。大人が本当のことを言ったら喧嘩になる。

「ちかごろは、化粧鑢《やすり》をかけなくなったな。どうしてだ」

刀の茎《なかご》には鑢をかける。正行は、突っかけ鑢で斜めの筋をつける。茎全体に鑢を斜めにかける前に、刃とのさかいの区《まち》の近くに水平にかけておくのが化粧鑢である。武器講の終わりあたりから、正行は化粧鑢をかけていない。

「化粧なんぞしなくても、じゅうぶん綺麗でございましょう」

鑢の目には、檜垣《ひがき》、鷹《たか》の羽《は》などさまざまな種類があるが、なんにせよ刀鍛冶の習慣や癖みたいなものだ。正行はできるだけ素《す》のままの鉄を見せたくて、化粧鑢をかけなくなった。

そう話すと、清音がうなずいた。

なにかを考え、くちびるを舐めてから口を開いた。

「そのほう、槍を鍛えよ」

「槍でございますか」

槍はまだ鍛えたことがない。面白そうだ。清音は槍もまた達人である。よい槍が欲しいに決まっている。

「やってみたいと存じます」

鍛える前によい槍を見たいと頼むと、何筋《すじ》か見せると言われた。

「鋼《はがね》をよくよく吟味するとなりますと、また、鋼代をお願いせねばなりません」

悪びれずに切り出した。去年の武器講では、とくのために使ってしまった五十両の掛け金を清音が立て替えてくれた。そのまま借りになっている。その前の三年間も、鋼と炭代を出してもらっている。都合いくらになるかなどと考えたことはない。

「しかたあるまい」

苦い顔をしているが、許してくれた。この直刃とその槍で、埋め合わせがつく。この直刃にはそれだけの値打ちがある。正行は内心胸を撫で下ろした。

何日かして、清音がよい槍を何筋か見せてくれた。鎌槍や十文字槍なども鍛えてみたいが、清音は平三角《ひらさんかく》の直槍《すぐやり》を欲しがった。

「存分に腕を振るわせていただきます」

言葉に嘘はない。日本一の槍を鍛えると約束した。おれが鍛えるのだ。日《ひ》の本《もと》一の名槍にならないはずがない。

それから、古鉄屋《ふるがね》をたんねんに回って鉄《かね》を探した。吟味に吟味をかさね、潤いのある本当によい鉄だけを選んだ。

久しぶりに火床《ほど》に火を入れると、風の音がみょうに懐かしく耳に馴染んだ。やはり、ここがおれの居場所なのだと得心した。

何度も失敗した。悪くはなかったが、天下無双《てんかむそう》ではなかった。日の本一の槍でなければならない。とくが笑顔で励ましてくれた。

「だいじょうぶ。あなたなら必ずできる」

なにも根拠などあるはずがないが、とくにそう言われると、へこたれずに頑張れた。

ようやく納得する槍が打てたのは、年が明けて天保十三年になってからのことだった。

初めて鍛えた槍は、穂先が一尺三分。茎《なかご》が二尺余り。平地《ひらじ》に血流《ちなが》しの棒樋《ぼうひ》を掻いた。板目《いため》の流れた地鉄《じがね》がじつに冴え冴えしている。刃にはしきりと金筋《きんすじ》がかかり、荒々しい沸《にえ》が混じり、匂口《においくち》が冴えている。我ながら惚れ惚れとする出来ばえである。

清音に見せると、しばらくは黙って舐めるように見つめていた。槍を置くと、正行をまっすぐに見すえた。なにを言われるか怖かった。叱られるかと案じた。

「でかした。天下無双の出来だ。この一振りだけでも、おまえは名人と呼ばれてよい」

「ありがとうございます」

素直に頭を下げた。すべてを許してもらった。そう考えてよさそうだ。梅の木で鶯《うぐいす》が鳴いた。いつの間にかまた年が明けて、そんな季節になっている。

「会わせたい御仁がいる。明日、わしに同道せよ」

承知いたしました。誰かは訊ねず、正行は深々と頭を下げた。

翌朝、出かける前に面談の相手を教えられた。

「長州《ちようしゆう》萩藩《はぎ》の御家老格で、村田清風《むらたせいふう》殿とおっしゃる方だ。おまえの刀をご覧になり、いたく気に入っておられる」

桜田《さくらだ》御門と日比谷《ひびや》御門のあいだにある萩藩の上屋敷をたずねた。馬に乗った清音には、口取りと草履取り、槍持として中間の大介がついている。正行は羽織袴を着るように命じられた。別格のあつかいである。

萩藩邸は、とてつもなく巨大であった。長屋門の左右には、黒と白のあざやかな海鼠壁が一町も続いている。内側は足軽たちの長屋だろう。奥行きが二町はある。壁の外から見える館の屋根は、松代城の御殿よりよほど大きい。

正面の門から入り、清音といっしょに玄関から上がった。

塵《ちり》ひとつなく掃き清められた邸内は、大勢の藩士たちが暮らしているだろうに、森《しん》閑《かん》としている。畳敷きの長い廊下を通って、書院に通された。

待つほどもなく、小柄な老人があらわれた。すでに頭髪は禿《は》げ上がり、髷《まげ》がない。眉が太く、白い眉毛が長く伸びている。窪んだ目の光が鋭い。なにごとにも動じない頑固な人物に見えた。大きな口をへの字に曲げているのは、世の中に気に入らぬことが多いからか。

清音が平伏したので、正行もならった。顔を上げた清音が、正行を紹介した。

「この者が、信州赤岩村郷士山浦環にございます。刀名を正行と称しております」

老人が鷹揚《おうよう》にうなずいた。

「当家表番頭格当役用談役の村田四郎左衛門《しろうざえもん》である。本日はわざわざ来てもらって大儀である」

それが村田の正式な役職名らしい。嗄《しわが》れた声が野太い。わずか五十石の身ながら家老格にまで出頭し藩を動かしているのだと清音から聞かされている。

「わしは清風と号しておる。清音殿とは、清の字が通じておる。気風が似ておるらしい」

二人とも意地が張っていて強面《こわもて》なところがよく似ている、と正行は思った。清音の性格はそうとうに粘着質である。清の一字を好むのは、自分と対極にある清々しさを求めてのことだろう。この老人も、おそらく同類に違いない。

「御家老とわしは、炮術を学ぶご縁で知り合った。このところ、日本近海に異国船が出没していることは、そのほうも存じておるであろう」

「聞き及んでおります」

日本の各地に異国船があらわれて薪炭を求めたり、漂流した異国の漁民が保護されたなどという話をよく聞くようになった。異国との交易は、長崎の出島《でじま》だけに限られているが、そう頻繁に来られては、おいそれと追い返すこともできまい。

「異国の軍船は大筒を積んでおる。兵隊はみな鉄炮を持っておる。それに対抗するには炮術がなくてはかなわぬというのが、村田殿とわしの意見でな、それで意気投合したのだ」

「炮術は、これからの海防には欠かせぬ軍備だ。いやおうなく、そんな時代になる」

同意し合っている二人に正行は鼻白んだ。刀鍛冶を前にして、炮術の大切さを説いたところで意味はない。まさか鉄炮を鍛えさせるつもりではなかろう。

「しかし、大筒や鉄炮を撃ち合っても、最後は兵と兵が斬り結ぶことになる」

村田清風の声が熱を帯びた。話が違う方に展開しそうだ。

「斬り結ぶには、刀だ。よい刀がなくてはならぬ。異国の兵でも、必ず刀剣は帯びておる。さもなければ合戦はできぬものだ」

「さように存じます」

正行は大きくうなずいた。そうこなければ、刀鍛冶を呼んだ意味がない。

「来てもろうたのは、ほかでもない。貴公、長州に来てくれぬか。わしらの萩城下で刀を鍛えてほしい」

ひょっとしてそういう仕儀になるのではないかと期待していた。鍛冶がもったいぶる必要はなかろう。正行はうかがいを立てるように清音の顔を見た。

「行ってくるがよい。鍛冶場と住むところは用意してくださるそうだ」

清音が言った。天下晴れて借金から放免というお墨付きだ。両手をつき、二人に向かって頭を下げた。

「喜んで行かせていただきます。力の限り刀を鍛えさせていただきます」

素直な気持ちだった。江戸にもすこし飽きている。箱根《はこね》の山を越えて西国に行ける日がくるなどとは考えたこともなかった。品川より西にはまだ行ったことがない。夢のようだ。

「もとより城下には鍛冶が何人かおる。懸命に鍛刀しておるが、およばぬところもある。その方の鍛刀を手本とさせたい」

最大限の褒めことばだ。そこまで言ってくれるなら、鍛冶冥利に尽きる。村田清風が、白鞘の脇差を抜き払った。いつぞや鍛えた菖蒲造《しょうぶづく》りだ。刀身を見ているうちに、への字に曲がっていた清風の口元が柔らかくなった。

「手にしたとたん、この老骨の腹の底から力が湧いてきた。これは間違いなく本物の刀だと身が震えた。これほどの刀、わが藩の蔵を探しても、はたして何振りあるかどうか。殿様もいたってお気に召しておられる」

「毛利《もうり》公が、それがしの刀をご覧になったのですか」

清風がうなずいた。心からありがたいと思った。

「わが家中では、諸国からさまざまな人士を招いておる。撃剣、槍などの武芸者ばかりでない。文の道、匠《たくみ》の道。これから新しい世を切り拓《ひら》くには、新しい力がいる。萩に来て、ぜひとも力強い刀を打ってほしい。萩の鍛冶たちに、いまでもこんな素晴らしい刀が打てるのだと、心意気を示してほしい」

清風に見すえられ、正行は平伏した。

「喜んで励ませていただきます」

「参勤中の殿が、四月にご帰国あそばす。わしも一緒に帰るゆえ、その列に加わるがよい」

「承知いたしました」

思わぬ展開となったが、清音も勧めてくれている。はるかな町への旅を思えば、正行のこころは高く浮き立った。

番町の窪田屋敷に帰って、とくに話した。

「長州に行くことになった」

そう言ったが、とくは長州がどこにあるか知らなかった。じつは正行もよく知らなかった。屋敷に帰ってから清音が日本の地図を見せてくれたので、ようやく分かった。畳に指で図を描いて、場所を説明した。

「ずいぶん遠くへ行くんですね」

毛利の殿様が気に入ったくれたのだというと、顔をほころばせて喜んだ。とくが喜んでくれると、正行の喜びがさらに大きくなる。

「どれくらい遠いのかしら」

「江戸から二百五十七里あるそうだ」

教えてもらったとおりの数字を口にした。正行にしても、それがどれほどの遠さなのか、見当がつかない。

「何日かかるんですか」

「ひと月余りの旅だそうだ」

信濃から江戸なら四日か五日だ。それに比べたらたいへんな遠さである。東海道から山陽路を歩き、三田尻《みたじり》という宿場から萩往還《おうかん》に入るのだと聞いている。

「お戻りは……?」

とくが、消え入りそうな声で訊ねた。

「まずは二年くらいかな。むこうで刀を打つのだ。たくさん注文されたら、たくさん打たねばならない」

鍛冶場は使わせてもらえる約束だが、どんな鉄《かね》があるのか、よい炭があるのか、さっぱり分からない。仕事の段取りに手間がかかるならば、滞在は長引くだろう。一年ですむのか、二年か、三年になるのか、正行にも分からない。

堀内寛平に話すと、よろこんで付いて来ると言った。

「おれだって行きたいぜ」

中間の大介は、羨ましそうだ。

旅はこころが浮き立つ。見知らぬ土地に行けば、見たことのない美味《うま》いものだってあるだろう。酒の味が変わるのも楽しみだ。

村田清風が、毛利公に先立って帰国することになったので、正行と寛平も三十人ばかりのその一行に加わって四月十九日に江戸を発った。

出立《しゅったつ》の直前の四月十四日、御納戸頭になっている窪田清音が、差扣《さしひかえ》を命じられた。

清音は、大御番組から、大奥の御広敷頭《おひろしきがしら》になり、二年前から御納戸頭を務めている。

江戸城の御納戸は本丸御殿のまんなかにあって、将軍所有の金銀、衣服、調度をしまっている。頭はその管理に責任をもつ重職である。二十五人の御納戸衆と六十人の御納戸同心を抱える大所帯だ。御納戸頭は二人いる。

千代田《ちよだ》の城では、老中主座の水野忠邦《みずのただくに》が、昨年の五月から天保の改革を宣言して、旧弊《きゅうへい》を改めようとしている。そのなかにあって、清音は同役の御納戸頭と意見が衝突したのが原因であるらしい。差扣は蟄居《ちっきょ》や閉門より軽い処罰で、門さえ閉ざしていれば、潜りからの出入りはかまわないというが、登城はできない。清音にしてみれば、腹立たしい処分であったろうが、餞別《せんべつ》を握らせ、励ましてくれた。

「そんなにしていただくわけにはまいりません」

申し訳ない気持ちでいっぱいになった。おれは、恩を踏みにじった男だ。

「長州にて励め。ただひたすら励んで大道を突き進むのが、おまえの値打ちだ」

言われて、正行は目尻が潤んだ。


晩春の旅は気持ちがよかった。箱根を越え、富士山を生まれて初めて間近に見た。うららかな東海道を歩き、京、大坂の繁華に驚いた。

毎日八里歩くので、足に肉刺《まめ》ができたが、大柄で丈夫な正行は、ほとんど疲れを感じずに歩き通すことができた。

毛利の殿様に先立っての帰国なので、先を急ぐらしい。清風は大坂から船に乗った。大きな船に乗るのは初めてである。瀬戸内《せとうち》の風光明媚《めいび》な風景を堪能した。

五月十二日に萩に着いた。船に乗ったので楽に早く着いた。

「ひとまず、わが屋敷に逗留して旅の疲れを癒《いや》せ。あらためて鍛冶の家に連れて行く」

清風にそう言われた。清風の知行《ちぎょう》地は、萩の町からすこし離れた三隅《みすみ》という在所だが、萩にも屋敷がある。長屋をあてがわれ、旅装を解いた。疲れていたのでぐっすり眠った。

翌朝、すっきり目覚めた。台所で朝飯を食べていると、用人《ようにん》から今日は自由にしてよい、と言われた。寛平と城下を歩いてみることにした。

「まずは、お城を拝みに行くか」

用人から町の絵図を見せてもらった。初めて知ったのは、萩が河口の中州《なかす》に浮かんだ町だということだ。中州の突端に小高い指月山《しづきやま》があり、その麓に藩主毛利公のお城がある。中州はさしわたし半里ほどで、さして大きな町ではなさそうだ。

およその地理を頭に入れて村田屋敷を出た。

武家町を抜けると、すぐにお城の堀があった。堀の内に重臣たちの屋敷の屋根がならんでいる。お城の御門の前を過ぎてしばらく歩くと海に出た。

きれいな砂浜から立派な天守櫓《やぐら》が見えた。

五月の海は、いたって気持ちがいい。遠くへきたせいか、正行の心は解き放たれて晴々としている。船で瀬戸内の風景をたっぷり味わったが、ここの浜はひときわ落ち着いて見える。菊ケ浜《きくはま》という名が、いかにも風雅だ。浜の砂が細かい。

波は静かだ。陽射しが柔らかい。

「ひねもすのたりのたりかな、ってやつだな」

正行が口にしたが、寛平はその句を知らなかった。蕪村《ぶそん》という俳人の作だと教えてやった。正行に発句の趣味があるわけではない。湾《のた》れの刃文《はもん》について話したとき、兄の真雄が教えてくれたのを、ふと思い出したのである。山国信州の者にとって、海ははるかなるあこがれである。砂浜に寄せる波を見ていて、湾れの刃文とはこういうことかと納得した。

山国の信濃で育った。海をしみじみと見るのは、この旅が初めてだ。松林に腰を下ろして海を見ていると、ことのほか浩然の気が満ちてきた。

——いい刀が打てる。

間違いなくこの町で、いい刀が打てると確信した。

——とくを連れて来たら、喜ぶだろうに。

長い旅のあいだ、宿で床に入ると夜毎にとくを想った。正行の体の芯を蕩かせてくれる女はほかにいない。

ときには、大石村のつると梅作のことも思い出した。

つるは、いったいどんな女だったか。梅作はいくつになったか。正行は三十である。梅作は十八のときの子だから、もう十三になっているはずだ。そろそろ元服か。どんな男の子に育っているのか気にはなる。

きぬの作ったとろろ汁も思い出した。とろろ汁は思い出しても、きぬのことはあまり思い出さない。

この萩の町にいれば、正行にはなんの係累もしがらみもない。清風やこの町の鍛冶には世話になるだろうが、何振り打つと約束したわけではない。

――本当に納得できる仕事だけをしよう。

歩いているときも、船に乗っているときも、ずっとそう考えていた。数は少なくとも、けっして手を抜かず、どこまでも精根をかたむけることだ。

しばらく海を眺め、松林沿いに歩いて、町の東のはずれにある御船倉《おふなぐら》まで行った。

そのあたりは湊《みなと》町の風情だ。御用屋敷や、大きな商家が並んでいる。

交わされている言葉は、江戸と違って語尾がのびやかだ。通りの両側には、紅殻格子《べんがらこうし》のついた家々が建ち並んでいる。町人地をしばらく歩くと、特産品なのか塩屋の並ぶ町内があった。そこを抜けると米屋ばかりの町内があった。江戸のように気ぜわしい感じがない。のどかに挨拶を交わし、春の日を楽しんで商いをしているようだ。

しばらく歩くと、こんどは職人の町だった。桶屋や漆職人の店があった。

かすかに鎚音《つちおと》が聴こえた。

「鍛冶屋がありますね」

寛平がつぶやいた。

「あそこかな……」

一軒、屋根に大きな煙出しのついた家が見える。入口にしめ縄が張ってある。刀鍛冶の家だろう。閉めきった板戸の内からしきりと鎚音が響いている。

表に立って、しばらく耳を澄ませた。

向鎚《むこうづち》の三挺掛けで、刀を鍛錬しているらしい。悪い調子ではないが、聞き惚れるほどではなかった。途中で調子が乱れた。

「こらぁ、なにしとるッ。しっかり叩けッ」

怒声が聞こえた。親方だろう。どうやら、向鎚《むこうづち》が狙うべきところを叩いていないらしい。

三挺掛けのとき、三人の先手は膝を接するように並んで立つ。重い向鎚を頭上に振り上げ、勢いをつけて鉄塊を叩く。手が上がり過ぎていると、向鎚が先を叩く。腰が下がっていると、手前を叩いてしまう。ちょうど鉄塊の真ん中を、真っ平に叩くのは案外むずかしい。

あはは。正行は声を上げて笑った。寛平も笑った。知らない町で気を許していたせいか、笑い声が大きくなった。

窓の板戸が開いた。いかめしい顔の男が、こちらを睨んでいる。まだ若いが親方だろう。

「なんじゃあ、あんたら」

正行は道中用の長羽織を着て大小を差している。とりあえず侍の格好だ。

これは失敬。正行は素直に謝った。仕事を笑って悪いことをした。

「ふん。余所者《よそもの》じゃな。どっから来なさった」

「きのう江戸から着いたばかりだ。許してくれ」

仕事を笑われたらおれも腹が立つ。下手は悪いことではない。上達すればよい。手を抜くことのほうがはるかに悪い。親方は、まだ眉をひそめている。

「素人が考えるほど簡単じゃやねぇ。先手の振るう向鎚は二貫もあるんだ。調子が乱れることもあるわい」

正行にいたずら心が芽生えた。

「おれなら、もっと上手く打てるぜ」

「なんじゃと。喧嘩売っとるんか」

親方の太い眉が逆立った。

「そんなつもりじゃない。親方、ちょっと叩かせてくれるか」

長い旅のあいだ、正行は蕩ける鉄《かね》が見たくてたまらなかった。窓から覗くと、鍛冶場の火床《ほど》に炭が赤く熾《おこ》っている。

「あんたたち侍じゃろうに。鍛冶ではなかろう」

「心得はあるぜ」

二の腕を叩いて見せた。正行と寛平を睨みつけていた親方があごをしゃくると、弟子が入口の板戸を開けた。

広い鍛冶場は、道具がきちんと整頓されている。使いやすそうだ。羽織を脱ぎ、腰の大小を抜いて、両肩脱ぎになった。若い衆が手にしている向鎚を借りた。土間のはしで、五回打ち下ろした。ひさしぶりに握る重さが心地好い。

「二挺掛けでいくぜ」

寛平も向鎚を借りた。

「いつだってようがすよ」

ようすを見ていた親方がうなずいて横座《よこざ》についた。それなりに振れると認めてくれたらしい。火床からは梃子棒が突き出ている。その先には鉄塊が付いているはずだ。

親方が目配せすると、若い弟子が窓を閉ざした。鍛冶場のなかが暗くなった。親方が鞴《ふいご》の風を送ると、火床から青い炎が高く上がった。

じっと火を見た。単調な鞴の風音に、こころがほぐれて安らいだ。おれは鍛冶場が好きなのだ。

炎が橙《だいだい》色になり、やがて白っぽくなり、華が上った。いくつも華が開いた。まだ硬い鉄《かね》だ。下鍛えらしい。

親方が、右手で梃子棒を軽くゆすった。鉄が沸《わ》いているかどうか、感触をさぐっている。

そろそろか。正行が思ったのと同時に親方が声をあげた。

「いくぞッ」

梃子棒を左手でしっかり握り、右手に持った藁《わら》の手箒《てぼうき》で棒を支えて取り出した。すぐ鉄敷《かなしき》にのせた。

頭上に向鎚を振り上げた正行は、腹の底から掛け声を絞り出し、まっすぐに打ち下ろした。向鎚の鏡面が、鉄塊の真ん中を的確に叩いた。凄まじい音が轟《とどろ》き、鉄滓《ノロ》が四方八方に飛び散った。

続けて寛平が振り下ろした。狙いは正確だ。二挺の向鎚が、間断なく振り上げられ、振り下ろされた。明るい満月色の鉄塊が、小気味よく叩き延ばされていく。ひさしぶりに見る蕩けた鉄塊に、正行の気持ちが昂った。

ひとしきり向鎚を振るうと、親方が鉄敷の脇を手鎚で叩いた。やめろ、の合図だ。

汗が流れていた。初夏のことで、鍛冶場は暑い。横座にいる親方が、感心した顔でこちらを見ている。

「おみごとです。おまえたちも見習うがいい」

弟子たちを叱りつけた。三人の弟子はまだ若い。

「まだ弟子入りして間もないせいだろ。笑って悪かった。精進すればいい」

四十がらみの二人の弟子は不審そうな顔をしている。侍が向鎚を打つのが解せないらしい。

弟子が窓を開けた。鍛冶場に光が射し込み、風が通った。正行は向鎚を置いて手拭いで汗をぬぐった。

「鍛冶好きのお武家ですか。向鎚ばかりじゃなくて、横座もできそうだ」

じつは、家老の村田清風について萩に鍛刀にやって来たのだと打ち明けた。

「それは人が悪い。失礼しました。江戸では名のある鍛冶でしょう。大慶直胤《たいけいなおたね》のお弟子ですか」

また、直胤だ。正行は首をふった。

「信濃で兄に習いました。兄は浜部《はまべ》の流れです」

正直に答えた。

「そうですか。うちは二王《におう》の分家です。清真《きよまさ》から数えて十八代目。屋号は玉井《たまい》。わたしは直清《なおきよ》を名乗っています」

よく見れば、三十歳になった正行よりいくつか若そうだ。

「二王でしたか……」

由緒ある鍛冶の家柄に敬意を払って、正行は素直に頭を下げた。

二王派は、初代清平《きよひら》を祖とする説もあるが、二代清真とともに作が伝存しない。そのため三代清綱《きよつな》を初代とする説もある。清綱は防州《ぼうしゅう》（現在の山口県）の住で、鎌倉のはじめごろとも言われるが、遅くとも南北朝から続く古い鍛冶の家だ。

江戸で清音に見せられた短刀に、古い二王があった。鎌倉の行光ほどにも冴えたよい鉄《かね》だったのを思い出した。

厳《いか》めしい名字には由来がある。ある寺に、運慶《うんけい》作の立派な仁王像があった。夜が更けると、像が堂から抜け出して困るため、鎖で縛ってあった。堂が火事になったとき、仁王像の鎖を断ち斬ったのが、この派の刀であった。毛利家に仕え、萩に移ってきたという。

やはり萩にある二王本家では、四年前に先代が亡くなって、せがれはまだ十歳。養子に来た清春《きよはる》が先代の弟子といっしょに刀を打っているという。

そんな話をしていると、入口から侍が入って来た。

「これは、松田《まつだ》様。わざわざお出ましとは恐れ入ります」

直清が立ち上がった。見れば村田家の用人である。

「なんじゃ、その方ら、もう来ておったのか」

というからには、この二王家こそ、村田清風が紹介してくれようとしていた鍛冶なのだろう。

「萩に鍛冶は何軒かあるが、よい仕事をしてきたのは二王玉井本家とこちらの家。そして、石堂《いしじ》の三軒だ。二王本家は養子もせがれも若く心もとない。この直清が良かろう」

用人の松田が正行に話し、この男は素晴らしい刀を鍛えるのだ、と直清に紹介した。

「村田様が認められた鍛冶とあれば、むろん大歓迎でございます。ぜひとも伎倆を学ばせていただきたい」

二王直清が深々と辞儀《じぎ》をした。その場で、正行と寛平が二王家に滞在して刀を打つという話がまとまった。

正行と寛平は、さっそく萩細工《さいく》町の二王玉井直清の家に移った。

江戸の町家とちがって敷地が広く、建物も間数も余裕のある堂々たる造りである。庭も広い。ここに、直清の母と妻、幼い子、三人の若い弟子と台所仕事を手伝う女子《おなご》衆《し》たちが住んでいる。四十がらみの二人の弟子は、べつに家を構え妻子と暮らしている。

あてがわれた六畳に荷物を置いた。庭に面した気持ちのよい座敷だ。

「打った刀を見せてもらえますか」

直清に請われて、正行は差して来た大小を見せた。

大刀は、二尺六寸五分。長身で大切先《おおきっさき》。反《そ》りが少し高めである。地鉄《じがね》は大板目《おおいため》がよく詰んでいる。刃文《はもん》は尖《とが》りごころの互《ぐ》の目乱《めみだ》れで、刃中に金筋《きんすじ》、砂流しがしきりとかかっている。

脇差は、一尺六寸。身幅《みはば》の広い菖蒲造りである。地鉄はやはり大板目で、互の目乱れの刃文にしきりと金筋がかかっている。

一昨年の武器講のときに鍛えたなかでも、ことに気に入ったのを残しておいた。

大小をしげしげ見つめた直清が、玄妙な顔つきになった。

「これなら村田様がお気に召されるはず。いまの世でもこんな刀が打てるのだと思えば、わたしの精進はなんだったのだろうと忸怩《じくじ》たる気持ちになります」

直清のことば使いが、いちだんと丁寧になった。

「わたしの刀などは、お恥ずかしいかぎりですが……」

白鞘を差し出したので、捧げて抜き払った。

尋常な姿《すがた》である。沸《にえ》本位の直刃が焼いてあるが、残念なことに姿も鉄《かね》も弱い。手にしていて、込み上げてくるもの、伝わってくるものがない。刀と呼び、武士が腰に差すからには、魂が湧き出し、迸るほどの気魄が欲しい。

正行の沈黙に耐えきれなくなったのか、直清が口を開いた。

「お恥ずかしい。正行親方の刀を拝見して、初めて本当の刀を知りました。これまでわたしが鍛えていたのは、ただ刀の形をした鉄の刃物です。人は斬れるが魂がない。ぜひとも親方の魂を学ばせてください」

直清が両手を突いて頭を下げた。

「いや、そこまで言われると痛み入ります。いっしょに鉄に向かい合わせていただけるなら、なによりの僥倖《ぎょうこう》です」

正行も丁寧に頭を下げて頼んだ。

二王直清の鍛冶場で、正行は鍛刀に打ち込んだ。

裏の納屋に、出雲の鋼《はがね》と銑《ずく》がたくわえてあった。銑を卸《おろ》すとよい鋼になった。細工町の町内に古鉄屋《ふるがね》があるというので、行ってみると古い具足《ぐそく》がいくらでもあった。これも火床《ほど》で卸すとよい鋼になった。

横座には正行がすわった。三人の若い弟子は未熟だが、四十がらみの二人の弟子は熟練の向鎚が振るえる。卸した鋼の塊を水圧《みずへ》しして薄く叩き延ばし、積み重ねて沸かした。

「火床の具合がとてもよい。熱がよく籠る」

長年使い込まれただけあって、鞴《ふいご》の風が気持ちよく火床に吹き込み松炭が勢いよく熾《お》きる。その熱が鉄塊を芯まで蕩かす。

刃鉄《はがね》、心鉄《しんがね》、皮鉄《かわがね》につかう三種類の鋼をそれぞれ積み沸かして、折り返し鍛錬した。それを本三枚《ほんさんまい》で造り込む。軟らかい心鉄と、やや硬めの刃鉄を、硬い皮鉄で挟み、鍛着《たんちゃく》させる。それを細長く素延《すの》べする。皮鉄を折り返し鍛錬するとき、質のよい鋼を挟み込んでおいた。そうすれば、金筋《きんすじ》がうまく刃中や刃の縁にあらわれる。下手な鍛冶なら失敗するが、正行はあやまたず筋が走るように狙うことができた。

ひと月かかって、二振り鍛えた。

二尺七寸の長大な刀である。武器講でも二尺六寸余りの長い刀を鍛えることが多かったが、自然とそれより長くなった。

研《と》ぎ上がってきたのを見ると、われながら惚れ惚れするほどの地鉄《じがね》ができていた。刃文《はもん》は大互《おおぐ》の目《め》と小互《こ》の目がぐあいよく混じっている。刃には匂《におい》が深く、狙った通りに金筋《きんすじ》が走っている。

鎺《はばき》と白鞘を作らせ、村田清風の屋敷に持って行った。おぼろな目で見ていた清風が、目を大きく見開いた。

「よい出来だ。すばらしい」

「好きな刀を打てとおっしゃっていただいたのが、なによりの力となりました」

鍛刀にあたって清風はなにも注文を出さなかった。気魄の漲《みなぎ》った刀を、と言われただけだ。

「以前、大慶直胤に身幅や切先の長さ、反りの深さまで、事細かに指定して注文したことがあったが、どうにも満足いかなかった。そのとき気づいたのだ。細かな注文をつけられれば、鍛冶はやりにくかろう」

細部の寸法まで注文をつけられて出来ないことはないが、やはりよい刀にはなるまい。

「刀から溢れるほどの気魄は寸法には書き留められぬ。才のある鍛冶が思いのたけ自由に鍛えてこそ現れるものだ」

「まことにそのとおりと存じます」

「貴公のこの刀、江戸の作より、はるかに腕が上がった気がする。いや、人間がひとまわり大きくなったか」

　腕の程も人間の大きさも分からないが、一から十までとても気分よく鍛刀できたのはたしかだ。江戸と違って萩の町は、人が少なくなにごとにも鷹揚《おうよう》である。それでいて田舎ではなく、町としての賑わいがある。

　夜明けに起きると、正行は菊ヶ浜まで歩いて海の空気を吸い込む。清々しさに魂が目覚める。

　日暮れまで鍛錬に没頭し、夜は直清の家族といっしょに新鮮な魚を食べる。直清とは刀の話がいくらでも尽きない。

　毎晩一合だけ酒を飲んだ。疲れが取れるし、翌朝の目覚めが爽快になる。とくのことを想って眠りにつく。こんな暮らしをしていてよい刀が鍛えられなかったら、鍛冶をやめた方がいい。

「銘振りがよくなった。堂々と銘を切ったな」

清風が褒めてくれた。

於萩城《はぎじようにおいて》山浦正行造之《これをつくる》

楷書できっちり切ったのだが、鏨《たがね》が深くしっかり、それでいてのびやかに走ったと感じていた。清風が褒めてくれたように腕が上がり、人間がひとまわり大きくなったせいか。

「藩には新しい刀を欲しがっている者が大勢いる。励んでくれ」

承知いたしました、と頭を下げた。気分がよかった。

代価の面でも、清風は優遇してくれた。

「炭、鋼《はがね》代が、大刀で三両、脇差で二両。手間が大刀が三両二分。脇差は二両二分。それでよいか」

武器講の一振り三両は、炭、鋼の代金に研ぎ代、白鞘代まで含めての値段だった。

それに比べたら、刀が六両二分、脇差が四両二分はかなり張り込んでくれている。

萩までの路銀や、二王家での食費も負担してもらっていることを考えたら、たいへんな厚遇というべきだろう。

じつは、萩藩の財政はとことん行き詰まっていて、八万貫もの借金を抱えているのだという話を、二王の家で聞いていた。それは藩の年間税収の二十年分以上にも達する莫大な借財だという。清風は、奢侈贅沢を禁止し、倹約に努めるよう財政改革に取り組んでいる真っ最中である。そんななかでの優遇だけに、ありがたいに違いなかった。

ただ、大慶直胤は、一振り七両二分もらっている——と、これも二王家で聞いていた。

——直胤より一両安い。

その評価の差が、正行は悔しくてたまらない。

刀が出来て屋敷に届けるごとに、清風は藩士たちを紹介してくれた。清風の手足となって働いている馬廻組の張三左衛門《ちょうさんざえもん》という侍を始め、正行に前金を払って刀を注文してくれた侍が多かったが、なかに礀西涯《はざませいがい》という絵描きがいた。正行より二つ年上で、いたって洒脱な印象だった。

座敷に何人かの人士が集まって正行の刀を観たあと酒が出る。酒を酌み交わしながら、清談を交わす。風流人が敬意を払って対等に遇してくれるのが嬉しい。

満月の一夕、西涯が筆を走らせて、正行のために絵を描いてくれた。月夜に太い幹から細い枝を伸ばし、花をいっぱいに咲かせた梅である。さらさらとした筆の先から可憐な絵が生まれるのを見ていると、一振りの刀を鍛えるのにとてつもない時間のかかる鍛冶の仕事がいかにももどかしく思えてきた。

酒を何杯か重ねるうちに、みごとな梅花の絵ができた。

「お見事です」

「はは。梅ばかり描いておるゆえ、いかようにでも描けるようになった」

月と花の絵ではあるが、たいへんな力強さが伝わってきた。上手い下手を超越した勢いがある。

「西涯の絵には力が溢れている。その方の刀と同じだわ」

いつも険しい顔をしている清風が笑っている。

「刀も絵も力があればこそ、人が目を見張ります。力の湧かぬ作など、紙屑同然」

西涯のことばが胸に染み入った。

絵をもらった礼に、九寸九分の短刀を鍛えた。地鉄《じがね》には沸《にえ》がたっぷりついている。互《ぐ》の目乱《めみだ》れの刃には、金筋《きんすじ》と砂流しがしきりと入っている。また風流の席で会ったとき進呈した。

恭呈　西涯礀先生
於長門国　正行製

と銘を切っておいた。

「素晴らしい出来だ。いただいてよいのか」

「むろんです。先生にお使いいただけるなら、鍛冶の誉れ」

萩の町が、正行にとってはとても居心地がよかった。江戸のことも、信濃のことも、思い出すことはほとんどなかった。

「薙刀《なぎなた》を打ってくれ」

と清風に頼まれたのは、秋の終わりであった。

「来年の四月、藩を挙げて大操練《だいそうれん》を執り行う。そのときに使いたい」

大操練の話は、萩に来る道中で聞いていた。

近年、日本の近海に異国船が出没するようになり、海防の重要さが取り沙汰されている。清風は、異国船の襲来に備えて、神器陣《しんきじん》と称する戦術を工夫していた。大筒とともに数十人の鉄炮隊をならべ、一斉に射撃させたのち、控えていた足軽隊が突撃し槍と刀で襲いかかる。

その大規模な操練のために、藩では一年前から準備を進めていた。奢侈は禁じても、そういう金を惜しまないのが、清風の真骨頂《しんこつちょう》であった。

その一環として、正行はすでに鏃《やじり》を何本か頼まれて鍛えた。

清風が考案した新しい鏃の試作品である。鏃を手懸けるのは初めてのことでいささか戸惑ったが、新鮮な仕事でもあった。渡された絵図のとおりに四本仕上げると、たいそう喜んで、銀十匁と金二匁もはずんでくれた。それを見本にして城下の武具鍛冶に作らせるという。正行の器用さを見込まれたのが誇らしい。

そしてこんどは薙刀の注文である。

薙刀は鍛えたことがない。

もっとも、正行が好んで鍛える菖蒲造りや鵜《う》の首《くび》造りの脇差は、古い時代の薙刀を直した姿を念頭に置いている。薙刀は清音にたくさん見せてもらった。瞼を閉じればその姿が浮かんでくる。突き出されたら、ぞっとして鳥肌が立つほどの姿がよい。そうと決めた。存分に鍛錬して年明けに出来上がったのは、我ながら惚れ惚れする薙刀であった。

長さ一尺六寸五分。身幅を広く、寸延びさせて、重《かさ》ねを厚くした。反りは七分以上。いつもの脇差より、さらに思い切りよく先反りを大きくつけた。

反りが深く、物打《ものう》ちの身幅が広いので、姿がじつに強い。

地鉄《じがね》は小板目《こいため》がよく詰み、地沸《じにえ》が厚くついている。刃文は互《ぐ》の目乱《めみだ》れが華やかで、刃中に金筋《きんすじ》がしきりと走っている。いかにも正行らしい一振りが出来た。

届けると、清風はことのほか機嫌がよかった。

「こういう薙刀があればこそ、日《ひ》の本《もと》の侍が雄々しく戦える。日の本が守れる」

頭を下げて礼を述べると、清風が正行をまっすぐに見すえた。

「いや、貴公という稀代《きたい》の鍛冶がいればこそ、日の本が守れると言うべきだな」

言って、呵々《かか》大笑した。


天保十四年（一八四三）三月晦日《みそか》の夜、萩市中五か所に設けられた鐘楼《しょうろう》で鐘が連打された。

外国船を発見したとき、短打二回、長打一回の非常警報を打ち鳴らし、城下に非常出動を知らせるため、幕府大目付の許可を得て昨年の暮れに設けられた鐘楼である。

その鐘が鳴っている。合わせて寺院の鐘が打ち鳴っている。大操練が始まるのだ。

昨年の秋から、萩城下はいささか騒然としている。

正行が薙刀を鍛えているころ、侍たちは藩を挙げて操練の準備に奔走していた。戦陣の組み方の立案はもとより、鉄炮、大筒から陣羽織、肩印にいたるまで武器、軍装の準備がたくさんある。さらに各隊、各組ごとに徹底的に事前の操練をくり返している。

細工町の二王直清の鍛冶場にいても、正行には祭りのように浮き立つ町の気分が感じられた。そのせいか、作刀にもいっそう気合が入った。

いよいよ当日、夜になって鐘が連打され、寺、神社、菊ヶ浜、城内大馬場などの拠点に将兵が集結した。

一番から三番までの備《そなえ》にくわえて、前備、旗本、殿《しんがり》と六段の堂々たる陣容である。将兵一万四千人、騎馬五百、人足、雑役に百姓二万人が駆り出されている。総勢三万五千人、まさに萩藩を総動員する大操練である。

村田清風は、藩主毛利敬親《たかちか》公の旗本にいる。浅葱絲《あさぎいと》で威《おど》した甲冑に身を固め、騎乗している。

正行と寛平は、お貸し具足を着けて、清風に従った。薙刀持ちの役である。萩の町から三里の羽賀台《はがのだい》へと、松明《たいまつ》のあかりで進軍するうちに、夜が明け初《そ》めた。

羽賀台は、日本海を望む広々とした台地である。毛利公が陣取ったのは、高台の羽賀台のなかでもひときわ高い丘の上であった。陣幕が張られ、重鎮たちが居並んだ。正行と寛平は丘の端に控えた。

すっかり夜が白んで、正行は驚いた。

眼下の羽賀台に、夥《おびただ》しい人馬が犇《ひしめ》いている。旗、指物《さしもの》が林立し、ときに馬が嘶《いなな》く。凄まじい熱気が渦巻き、立ち昇っている。

法螺貝《ほらがい》が三度高らかに吹き鳴らされた。

立ち上がった藩主毛利敬親が采《さい》を振ると、一番備の二千人が一団となって前に進んだ。

大筒の轟音が響く。天地を揺るがし、つぎつぎ鳴り響く。空砲だと知っていても全身の骨が軋《きし》む。

じつは、清風が暗殺されるかもしれないとの噂が囁かれている。藩内には清風の改革断行、軍事専一の方針に反対する重臣たちもいる。反対派が操練に紛れて清風を殺すかもしれない。そんな流説も緊迫感を高める。

大筒につづいて、一番備の鉄炮組が一斉射撃した。

吶喊《とっかん》の声を上げて足軽の隊列が突撃する。

一手の大将たちが、采を振るって兵を走らせている。

丘の上の本陣の端で薙刀を抱えて陣形の動きを見ていた正行は鳥肌が立った。これが武だ。これが戦いだ。操練でさえこれだけ猛々しい。本当に異国船が来襲して実戦となれば、将も兵も命懸けで戦う。

大筒、鉄炮を放っても、兵が最後に頼みとするのは腰の刀である。おれは刀鍛冶だ。鍛冶として生きる意味をひりひり感じた。

操練は二日にわたって行われた。腰につけた乾《ほ》し飯《いい》を竹筒の水に浸《ひた》して食べた。夜は草に伏して眠った。操練の体験は正行のなかで強い力となった。よい刀をたくさん鍛えるぞ。夢に出てきた金屋子様《かなやごさま》に祈った。金屋子様はとくの顔をしていた。


その月の末、村田清風は参勤の毛利公に従って江戸へ向かい、翌年六月に萩に帰って来た。

正行は、帰って来た清風の屋敷に挨拶に行った。研ぎ上がったばかりで、まだ藩士に渡さず手元に置いてあった刀を見せた。

「よい出来だ」

ひとしきり褒めてくれたが、白鞘を置くと、いきなり思いもよらぬ注文を口にした。

「そなた、鉄炮を鍛えてくれ」

あまりにも意外な注文だったので、正行は訊ね返した。

「なんと仰せでございましょうか」

「鉄炮だ。鉄炮を鍛えてくれと頼んだ」

清風がはっきりと言葉を区切って言ったので、聞き違えようがなかった。

「わたしは刀鍛冶でございます」

「むろんだ」

「そのわたしに、鉄炮を鍛えよと仰せでございますか」

「さよう。繁慶《はんけい》は鉄炮鍛冶だったという。できぬことはあるまい」

たしかに家康のお抱え工だった野田《のだ》繁慶は、鉄炮鍛冶から刀鍛冶に転じたと聞いている。

「侍には刀が必要だ。刀を鍛えるのは、日本の鍛冶の重大な仕事である。しかし、これからの世の中は刀だけでは戦えない。鉄炮、大筒もなくてはかなわぬ」

正行はうなずかなかった。清風の顔をまじまじと見つめ返した。心のなかでぼやいた。まったく世の中ってやつは油断できない。うまく行っていたと思うと、やりたくないことを、やらせようとする奴が出てくる。恩になり、しがらみができている。断れば角《かど》が立つ。

「大筒、鉄炮はこれからの世に欠かせぬ武具である。わが藩でもさらに増強せねばならぬ」

長州にも鉄炮鍛冶はいるが、いまひとつよい鉄炮ができないのだと嘆いた。

「しかし、わたしは刀鍛冶です。張り立て法を知りません」

「そのほうが江戸から連れてきた弟子は、もとはと言えば鉄炮鍛冶だったというではないか」

いつだったか四方山《よもやま》話に、堀内寛平が鉄炮鍛冶だったと話したのを清風が覚えていた。

「真鍮《しんちゅう》のカラクリや台木は、べつの職人に作らせる。そのほうは筒を張り立てればよい。そなたの腕ならさぞやよい鉄炮ができるに違いないと、江戸からの道中、考えておったのだ。やってみてくれ」

「いいえ、お断りいたします」

こんな話はすぐに断ったほうがいい。鉄炮は、まえに寛平に試しに張り立てさせてみたことがある。買ってきた板鉄《いたがね》を薄く叩いてから、芯に巻きつけて筒にする。そのまわりに細長く帯状に切った板鉄を葛《かずら》巻《ま》きにして張り立て、八角に叩く。尾栓《びせん》の螺子《ねじ》を切り、火皿《ひざら》と目当てを付ける。面白いともやってみたいとも思わなかった。武具としての威力は認めるが、おれの仕事ではない。

「いやか……」

清風が残念そうな顔をして正行を見ている。

「はい。わたくしは刀専一でまいります」

断って、二王の鍛冶場に帰った。

何日か刀を鍛えていると、二王直清が村田清風に呼び出されて出かけた。浮かない顔で帰って来た。

「わたしに鉄炮を張り立てよとのご下命でした」

たとえ年に二石でも切米《きりまい》をもらっていれば、藩お抱えの身である。直清は下命を断るわけにはいかない。正行にとっては自由な萩でも、直清にとってははしがらみの地だ。

つらつら考えて、正行は萩を出ることにした。

江戸からいっしょに萩に連れてきた堀内寛平は、そのまま萩に残ると言った。

「おれは、このまま萩にいます」

鉄炮を張り立てることになった二王直清に請われたというが、それだけではなさそうだ。

「夜に出かけると思っていたが、女ができたんだな」

正行に言われて寛平がはにかんだ。二王の家で水仕事をしている女と、いい仲になっていると打ち明けた。

直清親方に話して許しをもらい、祝言を挙げさせた。

寛平はもういっぱしの鍛冶で、俊卿《としのり》の銘で自分の刀を打っている。鉄炮を手伝いながら、いずれは萩で自分の鍛冶場を持ちたいと話した。

「江戸より萩のほうが、よほど鍛錬に打ち込めます」

それはそのとおりだ。萩は人の身の丈に合った居心地のよい町であった。海に面しているので、正行のこころに浩然の気を満たしてくれた。

村田清風の屋敷を訪ね、萩を去ると挨拶した。

「そうか。そのほうは、萩によい風を吹かせてくれた。礼を言うぞ」

「よい風でございますか」

訊ねると、清風が大きくうなずいた。

「そなたの刀には、摩訶《まか》不思議な力がある。武士のこころに不撓不屈《ふとうふくつ》の魂を呼び覚ます力だ」

「ありがとうございます」

褒められて、素直に頭を下げた。

磵西涯や、張三左衛門ら刀を買った藩士たちが、別れの宴を張ってくれた。

その席で低声《こごえ》で聞いたところによれば、村田清風に対する藩内の風当たりが近頃ことのほか強くなっているという。清風が去年の操練の直後に発令し、江戸に行っているあいだに施行された財政改革は、藩士が町人から借りた金を、三十七年のあいだ利息だけ払って完済したことにする強硬なものだった。商人たちの反発が大きいのは知っていたが、藩内の商いが停滞し、財政が悪化して、逆風が吹いているという。

なにがいいのか悪いのか、正行には分からない。ただ感じたことがある。信濃を出て、江戸、萩に住んで刀を鍛え、正行には世間がすこし見えた気がする。

世の中は、思い通りに動かない。しかし、おれだって他人の思い通りには動かない。

そんな頑《かたく》なな気持ちが生まれている。

――人生には潮の満ち引きがあるのか。

とも思う。萩に来たことで、正行は人の世の浮沈を知った。満ちるとき、引くとき、それを見きわめなければ転んでしまう。

萩往還のとば口まで見送られて、正行は萩をあとにした。三十二歳、六月の暑い日であった。

萩を出て山陽路に入ると、すぐ七月になった。

大坂の旅籠に数日泊まって、鉄鋼問屋と古鉄屋《ふるがね》を見てまわった。どこの店でも、いい鋼《はがね》はきわめて少ないことをあらためて感じた。

東海道と中仙道《なかせんどう》は、近江草津《おうみくさつ》の宿で分岐している。正行は草津の追分《おいわけ》で、左の中仙道へと道をとった。萩から江戸にもどらず、いったん信州の家に寄るつもりである。

江戸で待っているとくに逢いたい心は逸《はや》るが、べつの胸騒ぎがしている。虫の報せ《しら》かもしれない。赤岩村の家に帰って、父と母の顔が見たい。萩で鍛えたよい刀を兄に見せたい。

――慢心してはいけない。

と、常々自分に言い聞かせているが、ちかごろの刀の出来ばえの良さには、いくらか慢心してもよかろう。

萩では、我ながら惚れ惚れする刀が鍛えられた。いま腰に差しているのは、その大小である。差しているだけで、気分が昂揚してくる。

信州小諸の赤岩村に着いたのは八月であった。

ひさしぶりに見る浅間山は、中仙道の木曾《きそ》や諏訪《すわ》あたりで見てきた険しい山々と違って、ゆるやかながら、どっしりしていた。

——浅間山がおれの心の根にあるのだな。

生まれてから十九になるまで、正行は浅間山を見て育った。赤岩村から火口のある山頂は見えないが、丸みのある山の連なりがすそ野を広げている。そこで生を享《う》けた。

山からはときに濃い煙が青空に噴き出ているのを見る。ふだんは意識することもないが、いつも心に浅間山が聳《そび》えていて、なにかのときに力を発揮してくれる。だから自分は、動じないで生きていけるのだ。

そんなことを思いながら、赤岩村に入った。

千曲川を見下ろす生家は、以前と同じだ。庭の柿の木に、青く硬そうな実がついている。

母屋の縁側に父と母がすわっている。母は縫い物をしている。父は庭を眺めている。よかった。生きていた。胸騒ぎがしたので、じつは死んだのかもしれないと案じていた。

「ただいま戻りました」

二人がこちらを向いたが、怪訝そうな顔つきで見ている。誰か分からないらしい。

「環……かや」

母が正行の実名を口にした。

「おひさしゅうございます」

目の前に立つと、母の顔がほころんだ。父も分かってくれたようだ。

——老けたな。

二人とも、一回りも二回りも小さくなったように見える。父は具合が悪いのか、柱に布団を巻いてもたれている。表情の動きが緩慢である。

「お達者でしたか」

「よく帰《け》ったな。おらほうはみな元気だに。江戸はどうだや」

江戸から萩に行くとき、兄に手紙に書いて知らせておいた。母も聞いているはずだが、二年前のことなので、忘れてしまったのだろう。

「長州に行っていたのですよ。安芸《あき》のむこうの長州です」

長州がどこにあるのか、母は知らないだろう。

そうかい。よく帰ったな、と立ち上がった母が、台所に入って皿を持って来た。

「お腹さ空いてるずら。これをお食べなんし」

お焼きが三つのっている。小麦粉の皮で具を包んで焼いた饅頭である。正行は縁側に腰をおろしてひとつ齧《かじ》った。刻んだ菜っ葉を醤油で味付けした具が入っている。

うまい。しみじみ美味かった。子どものころ好きだった母の味だ。嚙みしめていると目頭が熱く潤んだ。

「父上はお加減が悪いのですか」

父は目を細めてこちらを見ているが、さきほどから言葉を発していない。ただ頷いているばかりである。卒中にでもなったのか、口がうまく開かないらしい。

「良かったり、悪かったりだに」

江戸に出立するときは、いたって壮健な父であった。考えてみれば松代から江戸に出て足かけ十年。一度も信州に帰らなかった。江戸と萩とで、火と蕩けた鉄《かね》に夢中になっているあいだに、瞬く間に月日が過ぎ去ってしまった。夢のごとき時間である。

この家ではこの家なりの十年の時間が流れていたのだ。

「すぐ良くなりますよ」

そう言わずにはいられなかった。父が目を瞬かせた。言っていることはちゃんと分かっていると伝えたいらしい。

「兄者は?」

母に訊ねると、わきに建っている鍛冶小屋に顔を向けた。

「朝から籠りっきりだよ」

覗いてきます。立ち上がって、鍛冶小屋に行った。開いたままの戸口から声をかけると、しゃがんで手鎚《てづち》を握っていた兄が顔を上げた。

「おうっ。環か。驚いたな。いつ長州から戻ったのだ」

「たった今です。江戸に寄らず直接こちらに来ました」

そうか。手鎚を置いて立ち上がった兄が、小屋の外に出て来て腰を伸ばした。古鉄《ふるがね》を選んで細かくする作業を、根《こん》を詰めてやっていたらしい。

「萩はどうだった」

招かれて萩に行くと手紙を書いたが、むこうからは出さなかった。

「たいそう歓待してもらいました」

家老格の村田清風に招かれたので、大勢の藩士から注文を受けて、納得のいく刀を鍛えたと話した。

「これを見てください」

腰に差してきた大小の柄袋《つかぶくろ》をはずして兄に渡した。どちらも身幅の広い作である。兄が両手で受け取り、目八分に捧げて一礼した。その場で刀の鞘を払い、しげしげ眺めた。昼下がりで、空に日輪が眩しい。

兄は二尺七寸の刀の柄頭の近くを握り、腕を真っ直ぐ前に伸ばした。刀を垂直に立てて持ち、全体の姿を眺めている。正行は息が詰まる思いだ。いったいなんと言われるのか。

ずいぶん長く刀の姿を眺めたあと、物打《ものう》ちのあたりを左手の袖で受け、地鉄《じがね》に目を近づけた。

どうですか、と訊きたくてたまらない。じっと我慢した。

ひとしきり地鉄を見ると、切先《きっさき》を日輪に向けて刃文《はもん》を見つめている。すこしずつ刀の傾きを変え、焼き入れの具合を読み取ろうとしている。

刀を鞘に納めると、菖蒲造りの脇差を抜き、同じことをくり返した。

正行にとっては、重苦しい時間だった。息の詰まる時間が過ぎて行く。木立ちで鳴いている蟬がやかましい。

兄が脇差を鞘に納めた。腕組みをして、じっと庭を見つめている。ひとつ頷いてから、正行に向き直った。

「おまえはたいした鍛冶になった」

世辞を言っているようには見えない。言う必要もなかろう。

「よい出来ですか」

「すばらしい出来だ。口惜《くちお》しいが、わしよりよほど鍛冶の天分がある」

そこまで褒めてくれるとは思わなかった。最高の称賛である。

縁側で縫い物をしていた母が顔を上げた。

「環は小さいころから器用だったに。それに心のやさしい子でな。いつも母を思いやってくれたに」

しばらく母の思い出話を聞いてから、兄が真っ直ぐに正行を見た。

「斬り試しするか。これなら、鉄《かね》でも斬れるだろう」

信濃の人間は、刀で硬いものに斬りつけて試すのが好きだ。斬れ味を目の前で実証しないと信じない。松代の武具奉行に鉄炮の筒で試されたのを思い出した。

「やめてください。すこしでも刃こぼれしたら、売り物にならなくなります」

それもそうか。兄が残念そうに苦笑いした。

「しばらくこっちにいられるのか」

訊ねられて、正行はうなずいた。

「半月ばかりいて江戸に戻ろうと思っています」

取り急ぎの用事はないが、とくの夢を見てしまう。とくに逢いたい。

兄が顔を寄せて低声《こごえ》でささやいた。

「親父の具合が悪い。しばらくいてくれ。長くはなかろう」

そこからはふつうの声で話した。

「じつはな、小諸藩士山本《やまもと》殿の屋敷に招かれて、鍛刀することになっておる」

手伝って欲しい、と頼まれて請け合った。小諸ならこの家から一里だ。往復してもなにほどの距離ではない。しばらく逗留して、親孝行の真似事でもしてみるつもりになった。


山本清廉《きよやす》という小諸藩士の屋敷は、小諸の丘の上にあった。正行の刀を見せると、清廉は大いに称賛した。

「兄弟ともに名工とは、小諸の誉れだ」

褒めて歓待してくれた。下男の多吉をまじえて、三人で鍛冶仕事をはじめた。兄の仕事ぶりは、あいかわらず段取りと手際がよかった。実家の鍛冶場もそうだが、山本邸の鍛冶場も、狭いながら、材料と道具が整理されていて仕事がやりやすい。

「ちかごろは四方詰《しほうづ》めを研究しておる」

以前、兄がやっていたのは、本三枚である。数打《かずう》ち刀を鍛える甲伏《こうぶせ》より念の入った造り込みだが、四方詰めは、それよりさらに念の入った造り込みである。

やや硬い刃鉄《はがね》と甘い心鉄《しんがね》を、硬い皮鉄《かわがね》で挟むのが本三枚である。正行はその方法でやっている。

その棟側《むねがわ》にさらにべつの棟鉄《むねがね》を挟むのが、四方詰めである。

鋼《はがね》の種類が多くなれば、それだけ鍛錬の回数が増える。

刀に造り込む鋼の数が多くなれば、どの鉄《かね》も均等に具合よく長く延ばす素延《すの》べの工程がはるかに難しくなる。

しかし、刀の丈夫さが増す。折れにくくなる。手間と努力を惜しまず、兄はさらによい刀を鍛えようとしている。たゆまぬ精進に頭が下がった。

学ぶべきことがたくさんある。兄の鍛冶場にいれば、手伝い仕事も楽しい。この人がおれの師匠だ。誰に入門するでもなく、兄の見よう見まねで刀を鍛え始めた。それこそがよかったのだ。

兄の鍛刀を手伝い、正行も刀を鍛えた。

夜、山本家の長屋で酒を飲みながら兄弟でする刀の話はことのほか楽しかった。古《ふる》鉄《がね》の選び方のこと、卸《おろ》し鉄《がね》のこと、出雲から取り寄せている鋼のこと、鍛錬のこと、刀の姿のこと、焼刃土《やきばづち》のこと、焼き入れのこと……、刀の話は、いくらしても尽きない。

小諸城下での仕事のあいまに、正行は赤岩村に帰った。

父は正行に世話されるのをあまり喜ばなかった。それでも正行が家にいるのを喜んでいると母に教えられた。小諸と往復して、庭の鍛冶場でできることをした。

半月もそんな暮らしがつづいた。

庭の鍛冶場で仕事をしていると、表に人が立っている気配に気づいた。

女と若者である。

ずいぶん窶《やつ》れた女だ。はっと気づいた。大石村のつるだ。若いころは評判の美人だった。あれから十五年。窶れたのは、婿のおれが出奔したせいだ。おれが悪いのだ。

正行は時の流れを痛みとして感じた。

「お帰りだったのですね」

すがりつく目で、つるが見ている。詰《なじ》られても仕方がない。罵倒されても仕方がない。

「ああ。親父殿が病気でな……」

口ごもった。なんと話してよいか分からない。

「この子が梅作です。十五になりました」

若者がこわばった顔で頭を下げた。袴を着けて、羽織を着ている。痩せて背が高い。おれに似ているのか。正行にはよく分からない。

「父上は刀鍛冶なのだと教えていました。この子も刀が好きで鍛冶になりたいと望んでいます」

正行はなにより驚いた。世の中で一番の不思議にめぐり合った気分だ。

「そうか。いい鍛冶になれよ」

「大石村にお帰りください。長岡の家に鍛冶場を作りましょう」

この子と鍛冶をしてください。つるが言った。長岡の父はすでに亡くなったという。

「そうだ。そうだな。こっちの親父殿のぐあいが良くなれば帰ろう」

つい適当なことを口にしていた。嘘ばっかり、という顔でつるが見ている。ちょっと待ってくれ。立ち上がって母屋に入り、萩から担いできた振り分けの小さな行李を開けた。京で土産に買った簪《かんざし》を取り出した。銀の細工に真っ赤な珊瑚玉《さんごだま》のついた上等な品だ。

「留守にしていた詫びに、買ってきたんだ。許してくれ」

嘘を言っている自分がいやになった。おれは愚物だ。つるに買った土産ではない。江戸のとくに買ってきた。

ほんとかしら、とつるの目が疑っている。髪に挿してやると、つるの顔がぎこちなくほころんだ。

「母さん、よかったな。父さんが帰って来てくれた」

梅作に言われて、つるが涙ぐんだ。泣くな。おれが嘘つきになる。

「おまえにはこれだ」

萩で硼《はざま》西涯にもらった軸を、梅作に渡した。軸を開いた梅作が驚いている。

「梅の花……」

おまえのために描いてもらったのだ、と言おうとして、かろうじて喉元で押しとどめた。もっと嘘つきになる。

「そうだ。梅の花だ」

それだけ言った。母と息子が喜んでいる。おれは、嘘でも刹那でも二人を喜ばせたかったのだと気づいた。悪い奴だ。卑しい男だ。生きているのが恥ずかしい。土下座して大声ですまんと詫びたくなった。詫びなかった。なお悪い男になってしまった。

大石村に帰って来てくれというのを、病気の父を看《み》るからと押し切って断った。

そのまま小諸と赤岩村を行ったり来たりしながら半年が過ぎた。つると梅作がしきりと顔を見せる。梅作は鍛冶を手伝いたがったが、小諸の山本屋敷には出入りができないと断った。山浦の家では父親が伏せっているので、火と向鎚を使う仕事はしなかった。

冬になって、浅間颪《おろし》が冷たくなった。父はどんどん悪くなって行く。瘦せて、色が黒くなった。顔の表情がほとんど変わらない。

天保十五年は、十二月に改元があって弘化《こうか》元年はひと月足らずしかなかった。年が明けて弘化二年、正行は三十三歳である。

父はさらに衰弱していく。

三月に、亡くなった。

枕元に線香と飯を供え、寝ている屍の胸に、正行の鍛えた短刀をのせた。魔よけのためである。

通夜の夜伽《よとぎ》につると梅作がやって来た。

二人はつぎの日のじゃんぼんを手伝った。じゃんぼんは野辺《のべ》送りである。幡《はた》を立て、兄が位牌を持ち、坊主が鉦《かね》を鳴らし、読経しながら墓まで行列して土に埋める。

家に帰ってから、集まった親戚や村の者に御斎《おとき》を出した。つると梅作が手伝った。

野辺送りの夜、つると梅作はそのまま山浦の家に泊まった。親子三人で並んで寝たのは、赤ん坊のとき以来だ。

「明日、三人で帰りましょう」

つるに言われた。そうだな。そうしよう、と答えていた。

夜明け前のまだ暗いうちに、寝ているつると梅作を残し、正行は家を出た。

信濃の春の夜明けは、ずいぶん冷え込む。雪をいただいた浅間山が、天の河の朧《おぼろ》な光に青く映《は》えてうつくしい。

どっしりした夜の山が正行のこころに重くのしかかった。

七 清麿

信濃の桜はまだ蕾《つぼみ》だったが、江戸の桜は満開である。

正行が番町の窪田清音《すがね》の屋敷に着いたのは、すでに夕刻であった。

門をくぐると、まずは自分の長屋を覗いて見た。とくはいなかった。部屋の隅に布団がきちんと畳んであるし、壁にはとくの着物が掛かっている。

担いできた振り分け荷物を置くと、正行は母屋の台所を覗いた。竈《かまど》に向かってしゃがみ、火吹き竹を吹いている女がいる。

とくである。

「帰ったよ」

こちらを向いたとくが、相好《そうごう》をくずして駆け寄ってきた。

「あんた……」

幽霊じゃないわよね。すぐ前に立ち、じっと顔を見つめている。しばらく顔を見つめて、涙を一筋こぼした。

「長いこと留守にしたな」

考えてみれば、まる三年のあいだ江戸を留守していた。手紙一本も書かず、なしのつぶてでなにも知らせず仕舞いだった。

「元気だろうと思ってましたよ。心配なんかするもんですか」

強がって言っているのが、なんとも健気《けなげ》で可愛い。

「旦那様は?」

「奥においでです」

「そうか。まず、挨拶してくる」

草鞋《わらじ》のひもを解いていると、とくが桶に湯を張って持って来た。足をつけると、ちょうど頃合いの温かさである。足を洗ってくれた。指の股までていねいに揉みほぐしてくれた。とくのやさしさが、正行の体内で甦った。

奥の書院に行って声をかけた。清音は小机に向かって書き物をしていた。正行は、帰着の挨拶をした。

萩ではたいそう歓迎されて鍛刀《たんとう》したこと、多くの萩藩士と交遊が持てたこと、村田清風に従って大操練にくわわったこと、帰りに信濃の実家に寄って来たことなどを話した。

「そうか。よい旅をしてきたな。ずっと江戸におると気にならなかったが、言われてみれば三年前とは世相がずいぶん変わったな」

江戸でもいろんな騒ぎがあったらしい。

奢侈を禁じ、強行な改革を押し進めていた老中水野忠邦に反発が高まって屋敷に群衆が押し寄せ、ついに水野は失脚したという。イギリス、フランスの船が琉球《りゅうきゅう》にあらわれ、測量したり、通商を求めるし、オランダからは鎖国をやめて開国するように求められている。

さまざまな変化が、日本の国をおしながそうとしているようだと清音が語った。

「そういえば、村田殿は、江戸屋敷でのお役をお辞めになったそうだの。今年は参勤で出府の年だが、もう行かぬであろうと先日手紙で知らせて来た。これからは、三隅に帰り、若者を薫陶《くんとう》して余生を送るおつもりらしい。そなたの刀を買った張《ちょう》三左衛門という侍が、三隅の村田殿の道場で剣術師範となり、刀を大いに自慢しておるそうだ」

そんなことまで、知らせてきたのか。清風はたしか六十三だ。藩内の逆風が強いせいで、そろそろ隠居を考えはじめたのかもしれない。

「わしはちくと思うところがあってな」

清音がつづけた。ちかごろは、兵学も炮術も西洋式ばかりがもてはやされる。なかには、山鹿流を酷評する者までおる。ここはひとつ改めて軍学の研鑽《けんさん》を重ね、これまで以上に門弟たちに講義し、著述に励んで大いに武を奮《ふる》い立たせるつもりだという。

あいかわらずの清音の意気軒昂ぶりに、正行は安堵した。

母屋で軍学の講義や著述をしているときに、盛大に鎚《つち》音を響かせるのは気がひける。清音には甘えるだけ甘えた。そろそろ潮時だろうと道中、考えてきたのだ。恩は刀で返すつもりだ。

「長年お世話になりましたが、この機会に自分の鍛冶場を開きたいと考えております」

正行が申し出ると、しばらく首をひねって考えていた清音が鷹揚にうなずいた。

「それもよいかもしれん」

どこかに組屋敷の空きを探してやろう。そちらに引き移るがよい、と言ってくれた。

江戸の各地に、組屋敷がある。大御番組や鉄炮組、御先手《おさきて》組など、当番で千代田のお城に勤める者たちが頭《かしら》とともに住んでいる一区画である。大久保《おおくぼ》にある鉄炮百人組の屋敷などは、射場まで含めると十五万坪を超える広大な敷地があった。

それほどまで広くはなくとも、軽輩でも百坪以上の敷地を与えられる。そこに建てる家はたいてい二間《ま》か三間で狭いから、あとは菜園でも作ることになる。そういう広い屋敷なら、鍛冶小屋だって建てられそうだ。

「ありがとうございます。よろしくお願い申し上げます」

正行は清音の温情に感謝し、両手をついて深々と頭を下げた。

「四谷に御持《おもち》組の組屋敷がある。頭に頼んでおいた。ちょうど庭に小屋のある屋敷が空いているというから、行って見てくるがよい」

何日かして、清音にそう言われた。

御持組は、鉄炮と弓の組のなかでも将軍のおそばで護衛をする重要な組である。それだけに気位も高かろう。江戸の各所に組屋敷がある。

教えられた四谷の屋敷地は、この番町から四谷御門を通って行けばすぐのところだ。とくと一緒に下見に行ってみると、四谷の広々とした丘の上で、地面が乾いている。母屋は広いし、庭に小屋があった。納屋として使われていたものだろう。板壁で屋根に煙出しがない。大工を入れてそこさえ直せば、鍛冶小屋としても充分に使える。

組頭の屋敷を訪ねると、さいわい居合わせた。ひと通りの挨拶をした。引っ越して、庭の小屋を手直ししたいのだが、かまわないのかとたしかめた。

「窪田殿のお声がかりとあれば、喜んでお貸ししよう。組の者のためにも働いてくれ」

組の者にも刀を打ってくれということなら、むろん、やぶさかではない。

さっそく引っ越すことにした。

窪田屋敷の鍛冶場を片づけながら、正行は自分の仕事ぶりをふり返った。

——おれは、いったいなにをしてきたのか。

信濃で鍛冶となる志を立てたのは、もう十年以上前だ。鍛冶となって百振りばかりの刀を鍛えた。どれも悪い刀ではない、と自負している。手にした武士たちは、みな褒め讃えてくれる。それなりによい刀ではあるが、それなりの刀が鍛えたいわけではない。自分の目で見てみると、あれこれと不満がある。

——この刀は、おれだ。

自信をもって堂々と誇れる刀を鍛えたい。そんなことをしきりと考えながら、鍛冶道具を整理した。鞴《ふいご》をはずし、火床《ほど》の粘土の壁を鎚で壊したとき、これからは誰にも頼らず、自分の力で生きていくのだと自分に言い聞かせ、いささか感傷的になった。

二日ですっかりしたくを整えた。

「お世話になりました」

清音に挨拶して、屋敷を出た。なにしろ鉄敷《かなしき》や大鎚、古鉄《ふるがね》などをたくさん積み上げたので、荷車はたいそう重い。

大介をはじめ、中間と下男たちが手伝って押してくれた。

「いい日和《ひより》でよかったな」

大介が車を押しながら空を見上げた。満開の桜が散り始め、風に舞っている。新しい門出を祝ってくれているようだ。

四谷の組屋敷に着いて、まずは頭《かしら》に挨拶した。荷車の荷物を見て、頭が目を大きく見開いた。

「たいそうな荷物だな。これは鍛冶屋の鞴じゃないのか」

「はい。鍛冶屋に箱鞴は欠かせません」

「鍛冶屋……」

「刀鍛冶です。窪田様からそのようにお話があったと存じますが」

「窪田様から直接うかがったわけではないのでな。わしは刀の研師だと聞いておったぞ」

　頭が眉をひそめた。

「鍛冶屋ではいけませんか」

「火を使う仕事だ。火事が心配だな」

「そのため、板壁を土壁に塗り直し、屋根に煙出しを付けさせていただきたいと……」

「手直しをするというのは、床板を張って、研ぎの仕事場にするのだと思うておった。組に研師がいれば、刀の手入れを頼みやすいゆえに、引き受けることにしたのだ」

「お願いできませんか」

　迷惑な顔をされた。無理に頼むことはできない。わかりました。頭を下げて、ひき下がることにした。大介がほどいた荷車の縄をかけ直した。

「どうするんですか」

　とくが心配そうに訊ねた。

「さあな、なんとでもなるさ」

正行は先のことなどあまり案じたことはない。たいていのことは、どうにかなるものだ。

「しかしまあ、とりあえず、落ち着く先が必要だな」

大介に言われてうなずいた。

「そりゃ、そうだ。今夜の寝床をどこにするか」

長旅をして来たので、正行はどこででも寝られるようになった。一晩や二晩なら、どこかの軒下でもかまわない。しかし、とくがいれば、そうもいかない。なんにしても、これから鍛冶仕事をする場所を探さなければならない。

「そこの北伊賀町《きたいがまち》あたりで聞いてみるかい」

大介が言った。四谷御門から大木戸へと向かう道の両側は町家が並んでいる。いまいる御持組の組屋敷から、表通りへ出る途中が、ちょうど北伊賀町である。むかしは、伊賀組の組屋敷があったそうで、いまでも屋敷はあるが、町家になっているところも多い。

表通りには、味噌屋やいくつかの大店《おおだな》が並んでいるが、狭い横町を入っていくと、ちいさな貧乏長屋ばかりである。

武家地や寺の多い四谷にも、もう一カ所、鮫《さめ》ヶ橋《はし》という町人地があるが、そちらは谷間で湿気が多そうだ。

北伊賀町なら丘の上なので、地面が乾いていて鍛冶場を開くのに向いているだろう。荷車を押しながら、裏通りに入って行った。

「このあたりで、空き家はありませんか。鍛冶屋をやりたいんだけどね」

大介が、井戸端に集まって洗濯をしているお女房《かみ》さんたちに訊ねた。

「あるかね、そんなの」

「どうかしら」

「あそこは、どうだろうね」

一人のお女房さんが、稲荷横町《いなりよこちょう》の名をあげた。

「前にお豆腐屋さんがいたところ、空いてるはずだよ」

「ああ、あそこなら鍛冶仕事だってできるわね」

豆腐屋ねぇ、いいかもしれないな。正行は大きくうなずいた。豆腐屋は大釜で豆を煮るし、土間が広いだろう。屋根に煙出しだってついていそうだ。

大家を教えてもらって訪ねた。恰幅のよい大家は、いたって人が良さそうである。

「鍛冶屋なんですが、貸してもらえますか」

「火の元さえ用心してくれるなら、商売はなんだってかまわないよ」

「朝から大きな鎚《つち》を振るいますので、いささかやかましくなりますが」

「夜が明けていつまでも寝てられるようなけっこうなご身分のお方は、ここにゃ一人もいやしないよ。せいぜい大きな音を立てて、二日酔のぐうたらどもを叩き起こしておくれ」

案内してもらったのは、名前の通りお稲荷さまのある横町だった。稲荷の社《やしろ》のそばに、井戸がある。そのとなりにある長屋をのぞくと、たしかに土間が広い。大鍋用のへっついが作りつけでは困ると思っていたが、それは豆腐屋がそのまま持って行ったそうだ。

「大きな火を使う職人用に土間を広くして煙出しをつけてあるんだ。前にいた豆腐屋は、ここでうんと儲けて、表店に移って行った。運気のある長屋だよ」

土間のわきに、四畳半と板敷きの台所がある。とくと二人で住むならそれで充分だ。家賃と敷金、礼金を訊ねると、ごく当たり前の値段だった。

「じゃあ、お願いしてよろしいですか」

「ああ、いつ越して……」

と言いかけた大家が、横町の入口に止まっている荷車に目をやった。

「今日からさっそくだな」

「よろしいですか」

「もちろんかまわないよ。ひまな連中に手伝わせてやろう」

大家が声をかけてくれたので、長屋にいたお女房さんたちがあらわれ、畳の間と台所の雑巾掛けをはじめてくれた。

すみませんねぇ。とくが頭をさげると、お女房さんたちが手を休めずに答えた。

「この長屋じゃね、みんなで助け合って生きてるんだよ。鍛冶屋さんだってね、こんど、うちの包丁の欠けたの、直しておくれよ」

「いえ、あの……」

鍛冶屋といっても刀鍛冶だから、包丁は直せない。とくはそう言おうとしたのだろうが、言い出しかねて口ごもっている。

「欠けた包丁なんてのは接《つ》げませんよ。おれがいいのを一挺打ってあげましょう」

「新しいと高いじゃないか」

「おれの包丁は一挺七両」

「そんなに高い包丁が買えるわけないよ」

「……といいたいところだが、大丈夫、安くしておきますよ」

こういう人たちのためなら、うんと使いやすい包丁を打ってみるのも面白いかもしれない。冗談口を叩きながら、お女房さんたちが荷物を運ぶのも手伝ってくれた。重い向鎚《むこうづち》や鉄敷《かなしき》まで女の手で運んだのには恐れ入った。人に助けられて生きているのだと、しみじみ感じた。いたって住み心地のよさそうな横町で満足だった。

「そばを振る舞おう」

とくに耳打ちすると、お女房さんに教わって、近所のそば屋に頼みに行った。酒屋を教わった大介が、大徳利を買って来た。

男たちは茶碗酒を飲んだ。もう午《ひる》を過ぎているし、引っ越しが片づいたのだから大威張りで飲める。

鍛冶道具は土間にならべたままだが、これは使い勝手がよいように正行が順次片づける。

つぎの日、土間に火床《ほど》の穴を掘り、石を組んで粘土で固めた。

長屋の左官に頼んで、鞴《ふいご》とのあいだに仕切り壁を立てて塗ってもらった。大工にたのんで、板戸を造ってもらい、土間が真っ暗になるようにした。棚を造ってもらい、道具を納めた。

何日かして火床の粘土が乾いた。

炭を切り、火床に盛り上げた。豆幹《まめがら》に火を点けると、気持ちよく炎が噴き上がり、炭が熾った。

いい具合だ。これならすべてうまく行く。横座《よこざ》にすわった正行は、鞴の柄を抜き差ししながら満足した。

北伊賀町の稲荷横町の鍛冶場を開いてから、正行は鍛刀に専念した。

新しく開いた鍛冶場だが、鍛冶場開きのお披露目《ひろめ》はしない。

ずっと大切に持ち歩いていた金屋子様《かなやごさま》の御札を神棚に納めて拝んだ。とくと正行と二人だけの鍛冶場開きだった。

よろしく頼むよ。とくには、まず炭切りをしてもらわなければならない。

「手の荒れる仕事で、気の毒だがな」

「なに言ってるんですか。鍛冶屋の女房になったんですから」

とくに言われて、正行は言葉を詰まらせた。正行の人別はまだ信州大石村の長岡の家にある。それを抜かないかぎり、とくを正式な妻にすることはできない。

気にしないことだ。籍は入れられなくても、いっしょに暮らしていれば夫婦である。どうにもならないことに気を揉むより、目の前にある日々を大切にしようと思った。

最初の仕事は、古鉄卸《ふるがねおろ》しから始めた。

鮫ヶ橋に古鉄屋があると聞いたので、訪ねて行って古鉄を選んだ。鍛冶場に持って帰り、小さく切って、火床で卸《おろ》し鉄《がね》にした。やっているうちに、新しい火床の感覚が摑めるだろう。

卸し鉄の塊がいくつもできると、やはり向鎚《むこうづち》が必要になった。日雇いの先手《さきて》は金がかかり過ぎる。引っ越しの敷金や、大工に費《つい》えが出たので、萩と小諸で稼いだ金は大切に使ったほうがよい。

日本橋の出雲屋に行って、江戸に帰って来たと挨拶した。若い弟子志願者がいないか、周旋してくれと頼んだ。長く居てもらうなら、そのほうが割安である。

何日かして若者が二人やって来た。

鍛冶の経験はないという。むしろ癖がついていなくて使いやすいだろう。試しに二人に掃除をさせてみた。段取りと手際がよく、気働きもありそうなので、雇うことに決めた。

二人のために同じ長屋の一部屋を借りた。物入りだがどうしようもない。もう清音に前払いしてもらうわけにはいかない。

なんとかなるだろう。とにかくよい刀を打つことだ。二人の弟子たちに手伝わせて、正行は鍛錬《たんれん》を始めた。

——とことんまで、納得できる刀を打つ。

それがおれの仕事だ、と自分に言い聞かせた。なにも妥協せず、気を抜かず、できる限りのことをすべてやる。それ以外に、満足できる刀を打つ方法はない。おれは愚か者だ。そこで妥協したら、生きている値打ちのない人間になってしまう。

刀の注文はすでに入っている。

出雲屋を通して、銀座《ぎんざ》の刀剣商相州屋《そうしゅうや》を紹介された。間口の広い、高禄の武士ばかりを客にしている大店《おおだな》である。

その店から、正行を名指しで太刀を打って欲しいと言われている。武器講《こう》の正行の刀を見て、長めの太刀《たち》を一振り欲しがっている客がいるのだと相州屋の主人から聞いている。

二振り同時に打ち始めた。一振りが満足のいくよい出来だった。二尺七寸の太刀である。研《と》ぎ上がってきた太刀をしげしげ眺めた。

元幅を広めにして、先幅も広くした。腰にいささか踏ん張りをつけ、大切先《おおきっさき》にした。

この太刀に込めたかったのは、強さである。

——破邪顕正《はじゃけんしょう》の力を漲らせてこその刀である。

いつだったか、清音に言われたことばが、頭にこびりついている。

鉄《かね》をよく吟味したので地鉄《じがね》は悪くない。板目《いため》が大いに流れ、すこし肌《はだ》立っている。互《ぐ》の目乱《めみだ》れの刃文《はもん》は、小沸《こにえ》まじりの匂《におい》出来で、足がしきりと入り、金筋《きんすじ》が長く走っている。

自分でも納得した。注文主の筑後久留米《ちくごくるめ》藩江戸詰侍の名を茎《なかご》に切った。銀座の相州屋に持って行った。主人に見せると、とたんに顔をほころばせた。

「よい出来です。武器講の評判を聞いて、あなたの刀を買いたいというお侍が何人もいますよ」

主人に言われて、ほっとした。

窪田清音からも、刀を届けるように言われている。できるだけ応えたい。

鍛冶場に籠って鍛刀に専念した。あちこちの火床《ほど》と鉄を使いこなしたおかげか、正行は風を活かし、鉄をいきいき沸《わ》かす呼吸をはっきり摑んだと実感している。

稲荷横町は、裏長屋で、表の井戸端では、お女房さんたちが洗濯や洗い物に精を出している。天秤棒を担いだ八百屋、魚屋、豆腐屋、しじみ売りなどが、横町に入って来ては、調子のよい声をかけて物を売っていく。

信州の実家でも、番町の窪田清音の屋敷でも、萩でも感じたことのない人々のつつましい生活の営みを、肌で感じる場所だった。正行はとくとつつましく暮らしている。

　そんななかでこそ、正行は、風と火と鉄と、しっかり対話ができた。鞴《ふいご》で風を起こすと、火床の火が勢いよく燃えて熱をもつ。火床に熱が籠り、鉄を沸かす。それは自然の摂理だが、人の営みでもある。人々が日々の暮らしを大切に思うこういう長屋だからこそ、それを会得《えとく》できた。子が欲しいな、と初めて思った。身勝手だが、こういうところなら、子育てはおもしろかろう。

　真っ赤な炭に埋もれていても、満月の色に沸いた鉄《かね》の表情が正行にははっきり見える。鉄を取り出して鍛える刹那をあやまたず見抜くことができる。

　焼き入れの頃合いも、熟柿を見なくても自信をもって見極められる。

　正行は黙々と仕事をした。夜は酒をすこし飲み、とくを抱いてぐっすり眠る。翌朝は力が漲って目覚める。また仕事に打ち込む。心気が充実して失敗が少なくなり、窪田清音と銀座の相州屋に何振りも納めることができた。

四谷に鍛冶場を開いてしばらくしてのことだ。

仕事をしていると、ごめんよ、と声がかかった。表の戸がいきなり開いた。いかつい顔の男が、目玉をぎょろりと光らせて中をうかがっている。後ろに供だか連れだか、男たちが三、四人いる。みな職人風だ。鍛冶屋のような気がした。

「なんでしょうか」

入口に立ったとくが訊ねると、男が眉間に皺を寄せた。

「ここは刀鍛冶だってな」

「そうです」

「おれは固山宗次《こやまむねつぐ》ってもんだ。この近所で刀を打ってる」

その名は、正行も聞いたことがある。刀も観た。備前伝の丁子刃《ちょうじば》が得意な、かなり腕の立つ鍛冶だ。麻布《あざぶ》にいたこともあるが、いまはこっちで仕事をしていると聞いていた。

「刀鍛冶が引っ越してきたって聞いたんで、顔を見に来たんだ。近所に鍛冶場を開いたっていうのに、同業に挨拶のひとつもできねぇなんて、ろくな野郎じゃなかろう」

「親方はいま留守なんで」

土間で古鉄《ふるがね》を選んでいた正行が、とっさに嘘をつくと、宗次が顔をゆがめた。

「しょうがねぇな。その野郎の打った刀があるならちょいと見せてもらおうか」

折よく研ぎ上がっているのがあったので、正行は白鞘《しらさや》を差し出した。鞘を抜き払った宗次の顔がすぐに一変した。舐《な》めるように刀を見つめている。長い時間見つめてから、鞘に戻した。

「邪魔したな」

刀を正行に返した。

「もうよろしいんで」

「ああ。驚いた。いい刀だ。こんな刀が打てるなら、うちに挨拶に来ることはない。こっちから挨拶しなきゃならねぇ」

そう言い置いて引き上げた。あとで酒屋から角樽《つのだる》入りの酒が届いた。鍛冶場開御祝と熨斗《のし》が張ってあった。

窪田清音の屋敷に刀を見せに行って、斎藤昌麿《さいとうまさまろ》という人物を紹介された。侍ではない。富裕な通人である。

「笠倉屋《かさくらや》番頭の斎藤昌麿と申します」

そう名乗った。笠倉屋といえば、かつての十八大通にかぞえられ、浅草《あさくさ》の御蔵前《おくらまえ》に店をかまえる大きな札差《ふださし》であったが、寛政《かんせい》の棄捐令《きえんれい》で数万両の金を失い、札差株を手放した。正行が生まれるずっと前の話だ。札差株はなくともまだ金貸しをしているのか、それともひと財産残しているのか、そのあたりはさだかではない。

「斎藤君はな、商人ではあるが昨今の国難に鑑《かんが》み、国を思う情が深い。かねてより国学を研究しておってその縁でわしと知り合った」

昌磨から料理屋に誘われて、あれこれと話を聞いた。趣味人という人種に初めて出会った正行には、昌磨の話がおもしろかった。

雲根斎《うんこんさい》と号する昌磨は石の数寄者《すきしゃ》であった。雲根とは高山や石のことだとそのとき知った。雲は石より生ずるから、石を雲根というのだと教えられた。佐渡《さど》の赤玉石や伊予《いよ》の青石、珍しい盆石などを見せられた。

「石のなにが面白いのでしょうか」

率直に訊ねると、筆を取って料紙《りょうし》に書きつけた。

「これを墓石に刻ませるつもりさ」

まださして歳でもないのにそんなことをさらっと言う。

無世《なきよ》にも問人有《とうひとあら》ば魂《たましい》は此石《このいし》に鎮《しず》めもありと答よ

墓石のなかに自分の魂が鎮められているという意味だろう。

「生々流転《せいせいるてん》する現象界にあって、石は不変。その不変さに恋しているんだよ」

昌麿は清音とはまた違った博覧強記《はくらんきょうき》で、刀の数寄者であった。町人だが、御家人株を持っていて、刀を差すことができるのだ。昌麿の目利きは、清音とはまるで違っている。

「お武家は、やれ正宗だ、志津《しづ》だと、古い刀を喜ぶが、わたしはちっともそうは思わない」

古刀《ことう》を褒めない刀剣好きに出会ったのも、初めてである。

「どうしてですか」

「そんな、誰が鍛えたか分からない刀に命をあずけられますか。わたしならいやだね。命は知ってる人にあずける」

実利の世界で生きている人物だけに、言うことがいちいち頷《うなず》けた。昌麿が聞きたがったので、どんな鉄《かね》を選び、鍛錬をしているのか、正行は細かく話した。

「お話を聞かせてもらって、あなたの心根のひたむきさに惹かれた。ぜひわたしにも一振り打っていただきたい」

刀は前に何振りも見せてもらって申し分ないと思っていた。あとは人物を知りたかったのだと言って、過分の前金を渡してくれた。

真っ直ぐに鉄《かね》と向き合い、鉄と語り合っている。鍛錬に手応えを感じている。鉄はうつくしい。鉄は強い。鉄はごまかせない。

一つひとつの工程で、これまでとは格段に違う確実な手応えを感じるようになった。

打ち上げた刀が研ぎから上がってきた。何が違うというわけではない。すべてが上手くいった。はっきりその実感がある。

研師から戻ってきた刀を見て、我ながら腕が上がったのを確信した。はっきりと一段、手が上がっている。

できた。ついにできた。これがおれだ。おれの刀だ。

長さ二尺六寸五分。幅広く、長大な姿《すがた》で、切先《きつさき》を気持ちよく延ばした。四方詰《しほうづ》めで造り込み、地鉄《じがね》は刃寄りが柾目《まさめ》、棟《むね》寄りを板目《いため》にした。

刃文《はもん》は、場所によって焼き幅を大きく変化させた。切先から物打《ものう》ちの下までは丸みのある大互《おおぐ》の目乱《めみだ》れで、そこから鎺元《はばきもと》の焼き出しまでは尖《とが》り刃《ば》にした。全体を眺めると、刃文が自在に変化している。

見ていると、刀から目が離せなくなった。

――これがおれだ。古今どこにもないおれの刀だ。

自分のなかに眠っている我が儘で、愚かで、猛々しい心が、品格のあるうつくしいかたちになっている。

無頼の激しさ、荒ぶる気魄が、鉄に封じ込められ、破邪顕正の魂に昇華して、刃中にあふれだしている。

そしてなお、まとまっていない。落ち着いていない。

――名前を変えよう。

これまでの刀名の正行とは違う、もう一人の自分を見つけた。名前を変えずにどうする。

三晩、その刀の白鞘を抱いて寝た。

おかしな人ね。とくは笑ったが、どうしても抱いて寝られずにはいられなかった。

三日目の朝、名前が浮かんだ。これしかないと決めた。

為窪田清音君

山浦環　源《みなもとのきよまろ》　清麿製

恩人である窪田清音と村田清風の清の字をもらい、あれからも折あるごとに、文人たちの集まりの席に招き、金を援助してくれる斎藤昌麿の麿をつけた。

「きよまろって、なんだか偉そうな名前ね。むかしのお公家《くげ》様みたい」

とくが首をかしげている。

そんな公家がいたかどうか、よく知らない。偉そうなのはかまわない。おれは愚か者だが、刀はべつだ。それだけのことをして刀を鍛えている。そこに妥協は一点もない。

裏に年紀を切って窪田清音の屋敷に届けに行った。

鞘を払って刀を眺めた清音は、しばらくなにも言わなかった。長い時間、刀を見つめていた。やがて、静かに鞘に戻すと、目八分に捧げて刀を拝んだ。

「これぞ、まさに荒御魂《あらみたま》が降臨した破邪顕正の剣。よくぞ精進した」

ありがとうございます。素直に頭を下げた。清音と出会い、たくさんの迷惑をかけた。それでもあれこれと面倒を見てくれた。そういう人がいてくれてこそ落ち着いて作刀に耽《ふけ》れた。

「姿には覇気が横溢している。地鉄《じがね》には潤いがあり、草木の葉に露を置いたようで、いまにも雫《しずく》が滴りそうだ。しかも、刃のきわには遠山にかかる霞のように柔らかく匂《におい》がかかっている。こういう刀こそ、刃味《はあじ》がすぐれておるのだ」

口をきわめて、褒め讃えてくれた。厳しい目利きの窪田清音が手放しで褒めてくれるほどに腕が上がったのだ。鍛冶としてこんな嬉しいことはない。

正行は、鍛冶名をすべて清麿に変えた。刀にも脇差にも、「源清麿」と銘を切るようになった。

もう、作刀になんの躊躇《ためら》いもない。三十四歳の自分が、堂々と伸びやかに鏨《たがね》を走らせ、銘を切っている。じつに気分が清々しい。

鍛冶場の横座《よこざ》にすわって火床《ほど》の火を見つめながら思った。心気が充実しているとは、こういうことだ。

失敗せず、月に二振りは満足できる刀が出来ている。

長年にわたって鍛冶仕事に耽溺してきた結果、腕が何段も上がったのだ。だからこそ、つぎつぎと納得のいく刀が出来ていく。

清麿にとっては気分のいい日々だ。

——四谷正宗《よつやまさむね》。

刀が一振りずつ旗本たちの差料《さしりょう》となるにしたがって、清麿の刀をそんなふうに呼ぶ者があらわれた。

「正宗の再来だって言われてるのよ。凄いわね」

近所の者から聞かされたとくが、清麿に教えてくれた。

「刀を知らない連中の言うことさ」

清麿は笑い飛ばしたが、半ば嬉しく、半ば悔しかった。正宗と呼んでくれるのは、いまの世で天下一の刀という称賛だろう。それは素直にうれしい。

悔しいのは、正宗と同列に並べられたことだ。正宗は何振りも観たことがある。おれのほうが、よほど鉄《かね》を吟味し、いい鍛錬をしている。だから悔しい。

「おれのほうが、よほどいい刀なんだぜ」

清麿がつぶやくと、とくが頷いた。

「そうね。わたしには刀はよく分からないけれど、あなたの仕事ぶりは、男っぷりがよくて惚れ惚れする。夢中に鍛錬している背中を見ていると、どんどん好きになってしまうのよ……」

とくが惚れてくれるのが、なによりの力だ。それでよかった。

注文が増え、鍛える刀が増えたので、弟子を増やした。

弟子は雇っても、居つくとは限らない。刀鍛冶の弟子は、朝から晩まで重い向鎚を振るわなければならない。きつい仕事だ。

四谷に鍛冶場を開いたばかりのころ、入れ代わり立ち代わり十人以上の若者たちがしばらくいたが、結局、残ったのは三人の若者である。まだ正行を名乗っていたころにやって来たから、一人前になったとき正の字を与えて正雄《まさお》、正直《まさなお》、正俊《まさとし》と名付けた。正雄は美濃《みの》の大工のせがれだ。自分で刀が打てるようになったら、兄弟子から順に独立させている。

銘を清麿に変えてから、見込みのある弟子が何人かいた。

信秀《のぶひで》、清人《きよんど》、兼虎《かねとら》という若者たちだ。兼虎は、兄真雄の子で、江戸で剣術修行をしていたが、鍛冶になりたいといって、北伊賀町を訪ねてきた。

弟子たちは長屋の一軒で寝起きさせている。若いだけに晩飯をよく食べる。とくが食事の世話をしているが、米代だって馬鹿にならない。

刀の注文は、お客から炭、鋼《はがね》代を前金でもらうのを原則にしている。でき上がったら、手間代をもらう。預かった金子《きんす》は、炭、鋼、研ぎ、鞘、弟子の米代ですぐなくなってしまう。

清麿は日々作刀に励んでいる。それでも、吟味に吟味を重ねて鋼を選び、手間をかけて四方詰めで鍛えているので、たくさん出来るわけではない。儲けは少ない。むしろ足が出て、前金をもらっても、払いが嵩《かさ》んでいて炭も鋼も買えないことがある。

そんなふうにして、五年ばかりがすぐにたった。

笠倉屋の斎藤昌麿には、何振りかの刀、脇差を渡したが、こんどは短刀を頼まれた。どんな短刀を鍛えようか、しばらく迷った。

あれこれと頭のなかを探ってみて、おそらくがいい、と決めた。おそらく造りは、以前にも鍛えたことがある。本歌《ほんか》は島田助宗《しまだすけむね》の作で武田信玄《たけだしんげん》所持と言われているが、これは怪しいそうだ。いつだったか清音に見せてもらったのは本歌の押形《おしがた》と写しである。

おもしろい姿だろう。と清音が自慢するだけのことはあった。見た刹那、ぞっと寒くなるほどの恐ろしさだ。

ただひたすら鋭さを究《きわ》めた刀である。戦っている相手にこれを抜かれたら、恐ろしくなって誰でも逃げ出す。それほどの恐怖を感じさせる姿だ。

切先《きっさき》が恐ろしく長い。刃の長さの半分以上を切先にした変わった姿である。おそらくこんな刀はほかにあるまい、と言われたところから、おそらく造りと呼ばれるようになったと聞かされた。恐ろしい、という言葉が変化してそんなふうに呼ばれるようになったとも言うそうだ。

いま、自分なりのおそらくを鍛えている。本歌よりもっと恐ろしくしたい。本歌は研ぎ減っているせいか、ふくら、すなわち切先の刃の曲線の丸みが少なく枯れた印象があるが、清麿は丸みをもたせて張らせることにした。ただし、張らせ過ぎると不細工になり、姿が悪い。研ぎ減ったのを最初の姿に戻すくらいがちょうどよい。

短刀なら、火造《ひづく》りにさして時間はかからない。四方詰めにした鉄塊を半刻ばかり叩くと、いかにも勇壮な姿になった。七寸という短さながらも、いかにもおどろおどろしい。それでいながら鋭く冴えた感じが出せた。微妙な髪の毛一筋の曲線のちがいで、印象が違って見えるのだ。

研師に出し、艶やかに研ぎ上がった姿を見て、清麿は大いに満足した。見ているだけで、気持ちが昂ってくる短刀である。これを手にしたら、どんな敵にも怖《お》じけることなく飛びかかって戦える。

その短刀を斎藤昌麿に持って行くと、たいそう喜んでくれた。

「じつにいい。せっかくだからいい拵《こしら》えにしたいね。出来たら見せるよ」

三月《みつき》ばかりして、新橋の料理屋での刀の会に呼ばれると、華麗な金蒔絵《きんまきえ》をほどこした鞘に納まっていた。

「どうだい。おれが考えて鞘師に注文したんだ」

その鞘は形が変わっていた。大きな豆の莢《さや》の形をしている。

「鉈豆《なたまめ》をかたどったのさ」

鉈豆の莢は、本物も長さが一尺ほどある。ぼってりした下膨れの形をしていて剽《ひょう》げた趣《おもむき》だ。その形をそのまま木地《きじ》の鞘にした。金で葉と蔓《つる》、銀で花が蒔《ま》いてある。

いかにも粋人らしい拵えだ。

「こんなによい拵えをしていただいて鍛冶屋冥利に尽きます」

清麿は礼を言った。拵えが付いているのを見せられることはあるが、たいていは武骨で質素な鞘と鐔《つば》が付いているだけだ。松代の殿様は、脇差に菊尽しを蒔絵にした瀟洒で豪華な拵えを付けてくれたが、昌麿の拵えはいかにも洒落《しゃれ》ている。

「さっきからよく飲んでいるが、身体はだいじょうぶかい」

斎藤昌麿に訊ねられた。

刀の鑑賞が終わり、宴席が始まってから、清麿は大振りの盃を何杯か干していた。

「ええ……、どうしてですか」

「いや、前よりすこし痩せた気がしたからさ」

「痩せましたか……」

「ああ、痩せたな」

昌麿がしげしげと清麿を見ている。清麿は黙した。自分の頬を撫でてみた。たしかに、ちかごろ痩せたかもしれない。

四谷北伊賀町に鍛冶場を開いて、嘉永《かえい》四年（一八五一）の今年ですでに六年。清麿は三十九歳になった。

年号が嘉永にかわってから、世の中は以前にも増して落ち着かなくなっている。外国船がしきりとあらわれるので、大名たちが幕府の許しを得て大筒を鋳造し、海岸に砲台が築かれた。江戸で頻繁に大火があり、窮民三十八万人に米が施された。

清麿も調子がいまひとつ上がらない。

嘉永三年までは調子よく刀を鍛えたが、嘉永四年になって作刀数がめっきり減った。せっかく注文を受けて前金を受け取っているのに、肝心の刀が出来ないのである。体力が落ちているのか、どうにも納得のいく作ができない。

千二百石取りの旗本から長巻《ながまき》の注文があったので、これは気負ってよい作を鍛えた。あとは、昌磨のおそらく造りとほかに何振りか鍛えて力が尽きた。

清磨は鍛冶場に籠って日々仕事に励んではいる。

居職《いじょく》の鍛冶仕事は、腰に負担がかかる。一日火を見つめていると、目が疲れる。たくさんの注文が溜まっているから、夜も気になって仕方がない。あんな刀にしよう、こんな刀なら気に入ってもらえるか、と床に入ってもずっと刀の姿が瞼の裏から消えず、眠れない。

酒を飲んで眠ってしまおうとする。好きで強いだけに、かえって頭が冴えて眠れなくなる。酒量がすこしずつ増えている。

じつは、このごろ飯をうまいと感じない。ときどき右の脇腹がしくしく痛む。肋《あばら》骨《ぼね》の下のあたりだ。食欲が落ちている。

酒に酔えば気がかりが消える。右脇腹の鈍い痛みも、酔いが消してくれる。歳か……。とも思う。これまでの人生を振り返る。信州赤岩村の生家から大石村に婿入りし、江戸に出て、松代に行き、また江戸。そして、萩、小諸、江戸……。転々として根無し草のようでもあった。

三十九歳なら、老いを感じるには早すぎる。それでも、すっかり体の芯がくたびれてしまった気もする。心気が衰え、作刀しても気力があふれてこない。

鍛冶場を開いてすぐは、正行から清麿へと改名するだけの勢いがあった。とことんまで納得して刀を鍛えた。

日々の鍛錬のなかで、その気魄がすり減ってきた。気魄がなければ、いくら鍛錬しても、納得のゆく刀はできない。どこか手際が狂っている。

――こんな刀は、おれじゃない。

とても清麿の銘を切る気にならぬ刀ができてしまい、せっかく研ぎ上がっても、へし折ってしまったことが、二度や三度ではない。

――おれは天下の清麿だ。

そんな自負が強くある。

嘉永六年三月の半ば、四谷北伊賀町の鍛冶場に状箱をかついだ飛脚がやって来た。兄の真雄からの書状を届けに来たのだ。

清麿は、朝から酒を飲んでいた。

右の脇腹に鈍い痛みが続いている。とても仕事どころではない。酒を飲んでいれば、まだしも痛みがやわらぐ。

書状を開くと、達筆で文字がつらねてある。懐かしい兄の手だ。嘉永元年から上田の町に鍛冶場を開き、藩のために鍛刀していたが、いまは松代に来ていると書いてある。

――三月末に、真田家が斬り試しを行う。

と書いてあるところで目が止まった。

松代藩真田家から真雄をお抱えにするとの話が持ち上がり、武具奉行のもとに刀を持参した。その刀は家老の真田志摩《しま》に見せられた。家老からは、試刀せよ、との命が下ったのだという。

武用に鍛えた刀なれば必ずよく切れ申す。試刀など無用のこと。そう断ったが許されなかった。

じつは、真田家では天保のころ大慶直胤《たいけいなおたね》に、城備え用の長巻五十枝《し》と刀を注文して鍛えさせた。清麿がまだ二十一歳のときの話である。

そのころ、まだ正行と名乗っていた清麿は、うまくすれば真田家のお抱え鍛冶になれるかもしれないと期待していた。

ところが大慶直胤に、たくさんの長巻と刀を注文したことで話が流れた。直胤には江戸家老矢沢監物《けんもつ》の強い推挙があったと聞いた。

しかし、それから二十年が経って、藩内では直胤の刀についての不信が渦巻いている。

——折れるのではないか。

直胤を推《お》したのが家老の矢沢監物であるし、藩の重鎮たちのなかには直胤を差料にしている者が多かったから、表立っての声にはならなかった。

しかし、不信の声が高まったので、べつの家老が試刀したところ折れたというし、ほかの藩士が試しても折れた。あからさまに直胤の刀を罵倒する者があらわれた。お抱え鍛冶の水田国重《みずたくにしげ》も直胤を罵倒しているという。

そこで、直胤の刀と兄真雄の刀、ほかに何振りかを試刀することになった。そう経緯《いきさつ》が書いてある。

来い——とも、できれば来てほしい——、とも書いてはなかった。

ふむ、と頷いてから、はっと気がついて、長い手紙の劈頭《へきとう》を見た。読みとばした尚々書《なおなおが》きに、こうあった。三度読み直した。

尚々、そなたの刀も、斬り試しいたし候《そうろう》。

その文言で、すぐに気持ちが決まった。

「松代に行ってくる」

顔を上げて、とくに言うと、事情も聞かず、はい行ってらっしゃいと答えた。体はだいじょうぶか、と訊ねた。腹の痛みのことは話していないが、とくは気づいている。

「なにを置いても行かねばならんのだ」

直胤はいつも清麿の頭の上をかすめて飛んでいた。萩の清風は直胤の刀を称賛し、清麿より割高な金子を払っていた。

——おれのほうが、よい刀だ。

そう叫びたい。直胤の刀と、兄、おれの刀が競って試されるのなら、行かずばなるまい。


つぎの朝、清麿は信州松代に向かって江戸を発った。

弟子の兼虎を供として連れて行く。兄真雄の息子で、しばらく清麿のもとで修業したのち信州に帰って父を手伝っていたが、清麿の調子が悪いのを風のたよりに聞いた兄が、こちらの手伝いに寄越してくれたのだ。手紙を送ってきたのは兼虎を呼ぶつもりだったのかもしれない。兼虎に試刀会を見せてやりたい。清麿も見たい。

街道を歩くのは辛かった。碓氷峠《うすいとうげ》の山道は、なお辛かった。

「肩をお貸ししましょう」

兼虎が肩をさしだしたが、断って自分で歩いた。

「大丈夫だ。向鎚だってできるぜ」

痛みはあるが、激痛ではない。つねに鈍い痛みが続いている。脂汗が流れるが、歩いて歩けないことはない。八日かけて松代に着いた。兄の真雄は金児忠兵衛《かねこちゅうべえ》という武具奉行の屋敷で鍛冶場を借りて刀を鍛えていると書いてあった。そこを訪ねたが、すでにいなかった。若党に聞けば、刀が打ち上がって、いまは旅籠《はたご》にいるという。

高札場の前の旅籠梅田《うめだ》屋に行くと、二階の座敷に兄がいた。顔を見せると、驚いている。

「おう。来たのか」

「直胤の刀との斬り試しと聞いては、いても立ってもいられませんでした」

「案ずるな。あんな刀に負けてたまるか」

兄が清麿の顔をまじまじと見すえた。兄が驚いているのは、信濃に来たことより痩せたことらしい。

「おまえ。顔色が悪いぞ」

「平気ですとも。なあ、兼虎」

清麿は兼虎を振り返った。兼虎が困惑している。父親に嘘をついてもすぐばれるだろう。

試刀会は明日だという。よくぞ間に合った。

「わたしには、破邪顕正の守り刀がありますから、なんだってうまくいくんです」

清麿はいつも懐に忍ばせている小烏丸《こがらすまる》の短刀を取り出した。赤岩村の実家で鍛えた短刀だ。

懐かしいな。兄が手に取って眺めた。教えずとも、おまえには鍛冶の才があったな。感慨深げにつぶやいた。

兄からきちんと鍛冶の手ほどきを受ける前に鍛えた短刀だ。残り物の鋼《はがね》を兄にもらい、見よう見まねで鍛えた。

大石村のつるの家に、夜這いに行く前に鍛えたのを思い出した。兄もつるを思い出したようだ。

「長岡の家には帰らぬのか」

問われて、清麿は首を横にふった。いまさら帰れるわけがない。兄はなにも言わなかった。しばらく短刀を眺めて、手垢《てあか》で汚れた鞘に戻した。

　翌朝、清麿と兼虎は、兄と弟子たちとともに、武具奉行金児忠兵衛の屋敷に行った。立派な連子窓《れんじまど》のついた長屋門を入った。屋敷前の広い内庭で侍が何人か集まって仕度をしている。

　松代藩には武具奉行が二人いる。金児の屋敷に行くと、もう一人の奉行高野隼人と息子が来ていた。隠居した父隼人のあとを受けて、いまは息子の車之助《くるまのすけ》が高野家を継いで武具奉行になった。

「その折は、たいそうお世話になりました」

　二十年前、清麿が松代で鍛冶をして飯が食えたのは、高野隼人のおかげだった。

「長生きしておれば、珍しい男に会うものだ」

　高野隼人が、大きく目を見開いた。

「直胤の刀との対決と聞いて駆けつけてきました」

　高野隼人がうなずいた。家老矢沢監物らの直胤推挙派に対して、高野は直胤反対派だった。

「試刀するなら、あのときしておくべきだったのだ。いまさら遅きに失しておる」

　清麿は大きくうなずいた。そうなのだ。あのとき試しておけば直胤のではなく、おれの刀が藩の蔵に納まっていたはずだ。おれなら誠心誠意、懸命に鍛えた。折れるはずがない。

待つほどに屋敷の内庭に大勢の藩士が集まってきた。

すでに土壇《どだん》が築いてある。その上でさまざまな物を斬って刀の強靭さを試すのである。

斬るのは藩のなかでも腕の立つ七人だ。白鉢巻きを締め、襷《たすき》をかけて準備を整えている。

母屋の縁側に、裃《かみしも》をつけた十人ばかりの高禄の侍がすわって庭を見ている。藩の正式な行事として、勘定奉行、目付役番士、蔵奉行番士、鉄炮組物頭、表用人、山野奉行などが目付に来ている。砥石《といし》を据えた二人の研師と、蘭方《らんぽう》外科の藩医まで呼んである周到さだ。

真雄も席を与えられ、裃を付けて端座している。直胤は江戸にいて来ていない。

庭のまわりに筵《むしろ》が敷かれ、百人余りの藩士がすわっている。清麿と兼虎は藩士たちの後ろにすわった。

三月二十四日。爛漫《らんまん》たる春の陽気である。万朶《ばんだ》の桜と可憐な杏《あんず》の花が咲いている。

白襷をかけた武具奉行高野車之助が一同を見まわした。

「ただいまより、刀剣の切れ味ならびに折れ口を試し申す。各々方、心してお掛かり召されよ」

一同が礼を取った。

庭の真ん中につくった高さ一尺ばかりの土壇は横に長い。砂で固めてある。その上に束《たば》ねた巻藁《まきわら》が寝かせてある。藁は太い。俵《たわら》の菰《こも》を二枚重ねて巻いてある。江戸での試刀なら、巻藁は畳表一枚に細竹の芯を入れる。斬れやすくするため一晩水に浸けておく。それを台に立てて袈裟《けさ》懸《が》けにするから、すっぱり斬れる。

ここの俵の菰は乾いているうえ直径が一尺はある。さぞや斬りにくかろう。

「まずは直胤作長巻、二尺三寸八分、荒沸《あらにえ》出来にて干藁《ほしわら》」

進行役の侍が告げた。どの刀で何を試刀するかは、すでに細かく決めてあるらしい。

藩の長巻師範柘植嘉兵衛《つげかへえ》が長巻を掻い込んで進み出た。

長巻の長い柄《つか》を両手で握り、干藁の束に向かってかまえた。一礼すると、足袋裸足で間合いをはかり、気合を発して斬りつけた。長巻は深く食い込んでいるが、どこまで斬れているかは見えない。斬り口を点検した柘植が、大声を上げた。

「八分の切れ。切れ味は中位」

書記役が縁側で小机に向かって書き付けている。

「つぎは鍛鉄《たんてつ》。御用鍛冶の鍛えし厚さ八厘、幅三寸」

若党が鉄片《てっぺん》を土壇に埋め込んだ。鍛えた鉄の板を斬るのだ。べつの侍があらわれ、柘植から長巻を受け取った。

侍が気合とともに長巻を振り下ろした。甲高い音がして長巻が折れた。折れた先がくるくると宙を舞った。落下して長巻の柄を握ったままの侍の手首に当たり、地面に落ちた。

まわりで見守る侍たちがざわめいた。怪我はなかった。棟《むね》が当たったのだ。折れた半分を拾った侍が折れ口を見つめ、大声を上げた。

「折れ口、氷のごとし」

書記役がその言葉を書き付けている。

「つぎは直胤作刀、二尺三寸匂《におい》出来」

柘植が刀を持って前に進み出た。千葉の前に間合いをはかって立ち、真っ向から斬りつけた。ざっくりと切れた藁を柘植が調べ、刀も子細に点検している。

「千葉向こうのほう斬れ残り。刀身すこし伸びる」

どうやら刀が伸びたらしい。やわな刀だ。清麿がつぶやくと、兼虎がうなずいた。

その直胤の刀で斬り手が代わり、寄合席の侍たちが五人交代で藁の別の場所を五太刀斬りつけた。

「いずれも八分の切れ」

調べた侍が声を張り上げ、書記役が記録していく。

つぎは、鉄砂《てつずな》入りの陣笠が持ち出された。土壇の砂にしっかりと埋めて固定された。渋皮張りながらも三分五厘の厚さに砂鉄が入っている。

まだ同じ直胤の刀を試すのだ。べつの侍が刀を握り二太刀切りつけた。陣笠の鉄砂でずんと刃が止まる。刀身には大きな衝撃だ。

「一太刀ずつ刀身が伸び申した」

侍が大声を上げた。

つぎは具足の鉄胴《かねどう》が横向きに据えられた。斬り手は武具奉行の高野車之助である。胴に向かって思い切りよく二太刀切りつけた。胴はへこみ、切れ目が入ったようだ。刀を調べている。

「一太刀にて反《そ》った。二太刀目に刃切れが入り、刃がこぼれた」

高野が大声を上げた。

清麿はあきれていた。直胤の刀が伸びたり刃こぼれしたりしたことではない。この試刀会のやり方である。

折れるまで試すつもりだぞ。兼虎の耳元でささやいた。荒試《あらだめ》しと聞いてはいたが、兜《かぶと》や鉄《かね》に切りつけて、刃こぼれの具合などを見るのだと思っていた。ところが、この侍たちときたら、とことんまで刀を酷使するつもりだ。

それからも同じ直胤の刀で、鹿角《しかづの》、鍛鉄、兜に切りつけた。切り手の侍はつぎつぎと交代するから気合は充分だ。

「おい、なんだい、あれは……」

運び出された物を見て、清麿は唾を呑み込んだ。四人の男たちが、鉄敷《かなしき》を運び出して来たのだ。

「まさか、あれを切ろうってんじゃないだろうな」

よく鍛えた刀であれば、兜や鉄片ならかなり斬り込むことができる。しかし、どんな刀でも大きな鉄敷など斬れるはずがない。

「本気のようです」

兼虎が言ったとおり、高野車之助が鉄敷に向かって刀をかまえた。凄絶な掛け声とともに四太刀振り下ろした。

刀を返した。棟を打つと刃が伸びるから折れやすい。棟を三太刀打ちつけた。さらに横に持ちかえて、刀身の平《ひら》を鉄敷の角に叩きつけた。

四太刀目で、刀が折れた。

「折れ口は、いささかよろしい」

清麿は、見ていて息が荒くなった。斬れ味や刃こぼれを見るのではない。どこまでやれば折れるかを試すのだ。あっけにとられて見ているしかなかった。

つぎに、また直胤の長巻が持ち出された。

柘植嘉兵衛が、干藁に切りつけると、大きく曲がった。その長巻はそこまでとされた。

つぎに持ち出された直胤の長巻も、干藁を切っただけで大きく曲がった。見守る侍たちから嘆息が漏れた。そのつぎの長巻は干藁が五、六分しか切れず、鹿の角を切りつけたら刃こぼれした。鉄敷に棟を三度、平を二度打ちつけると、大きく曲がって役に立たなくなった。

「鉄敷はともかく、干藁で曲がるようでは戦《いくさ》には持って行けぬな」

清麿のそばの侍たちが囁き合っている。

縁側にすわっている兄の真雄は、顔になんの感情もあらわさず黙って試刀を見つめている。

それから何振りか、城下のお抱え鍛冶たちの刀が試された。鍛鉄で折れた刀もあれば、兜で折れた刀もあった。水田国重の刀はなかった。試すほどの値打ちさえ認められなかったのかもしれない。

「つぎは山浦真雄作刀。二尺一寸五分。荒沸出来《あらにえでき》」

侍が告げると、柘植嘉兵衛が刀を手にして前に進み出た。いよいよ兄の刀だ。当の兄はといえば、口元をきっと結んで庭を見つめている。まずは、干藁を切りつけた。

「九分斬れ。斬れ味よろし」

柘植が大声を上げた。

九分か。藁くらいすっぱり斬れてほしいが、一尺もある干藁ではそうもいかない。斬れ味よろし、と言われたのは称賛だ。

つぎに寄合席の侍が十人、つぎつぎに干藁を切った。

誰もが、斬れ味よし、と告げた。

つぎは、五寸回りというから直径一寸五分の竹を入れた干藁である。寄合席の侍が交代で六太刀試した。

「七、八分斬れ」

藁を点検した高野が告げた。まずまずか。直胤の刀のように、刀身が伸びたり曲がったりしたら大恥だ。さすがに兄の刀ではそんな無様なことはなかったらしく、刀については何も言わなかった。

こんどは厚さ一分、幅七分の古鉄《ふるがね》である。古鉄は、新しい鍛鉄よりも硬い。真雄の刀の斬れ味がよいと見て、より硬い物で試すことにしたらしい。古鉄の板が土壇《どだん》にしっかり埋め込まれた。斬れる。斬れる。清麿は祈る気持ちで見つめた。

高野が真雄の刀を振り下ろした。キンと音がして鉄片が左右に飛んだ。やった。両断だ。清麿は心のうちで快哉《かいさい》を叫んだ。満座の侍たちがざわめいている。

やりましたね。兼虎がうれしそうに囁いた。兄の真雄は表情を変えない。なにごともなかったように淡々と見つめている。

「小さな刃切れが入った」

刀を調べた高野が言った。ちっ。古鉄を両断したのだ。刃切れくらい入るだろう。

さらに、鹿角、ふたたび竹入藁、鉄砂入陣笠、古鉄胴《ふるがねどう》、厚さ一分三厘の銅合金の鐔《つば》、鍛鉄と試したが、真雄の刀は、どれにも深く食い込み、折れも曲がりもしなかった。

つぎに兜に切りつけた。何寸か食い込んだが、刀身が曲がってしまった。侍が手鎚を握り、鉄敷《かなしき》の上で刀を真っ直ぐに叩き延ばした。

「つぎに鉄杖《てつじよう》っ」

長さが五尺、太さは一寸はあろうか。そんなものが斬れるはずがない。

高野が鉄杖を握ってかまえると、もう一人の侍が真雄の刀の棟を鉄杖に打ちつけた。斬り結びを想定しての試刀だ。思い切り七度打ちつけたが折れなかった。

斬り手が代わり、こんどは刀身の平を六度、鉄杖に打ちつけたが曲がりもしない。

「鉄敷ッ」

刀を握った高野が、鉄敷に向けて棟を六度打ちつけた。一息いれて、さらに七度打ち据えた。

「刃切れがすこし広がったな」

高野が言った。古鉄を切ったときに出来た刃切れが広がったというのである。

あたりまえだ。あんなに酷使されたら、刀が可哀相だ。刀鍛冶にはつらい試練である。清麿は胸が締めつけられて苦しい。

それからさらに、鉄敷に向かって平打ち三度、裏返して二度打ったところで真雄の刀が折れた。

清麿は声を上げて泣きたかった。あんなに気の毒な刀は見たことがない。

「棟切れが三か所。刃切れが十二か所入っている」

高野が言った。馬鹿にしやがって。腹が立った。あんな扱いをすればどんな大業物でも刃切れがたくさん入るに決まっている。飛びかかって高野を殴りつけたかった。

「鍛えもっとも良き品である」

大声で高野が告げた。一同から上がった歓声に清麿は安堵した。さまざまな感情が入り混じって、涙が流れた。

試刀が終わって、真雄は侍たちから激賞された。

「折れやすい荒沸《あらにえ》の刀であれだけ耐えたなら、最上の首尾である」

「まさに名工。このうえない誉れであるぞ」

口々に褒めそやされている。

旅籠への帰り道、春にもかかわらず、兄が厚着をしているのが気になった。着物が着膨れしているのである。袖口を見れば、白い帷子《かたびら》が覗いている。

「それは……」

指をさして訊ねると、兄が口元を引き締めた。

「簡単に折れたりしたら、腹を切らねばならん」

あの場で切腹するために、死に装束の白帷子を着ていたのであった。

「おれの刀は……？」

手紙には、清麿の刀も試刀すると、尚々書きしてあった。萩で鍛えた二尺七寸の刀のことだと考えながらやって来た。萩から家に帰ったとき、赤岩村の家に置いたまま江戸に戻ったのだ。

「ああ、おまえの刀か。侍たちに試させるのが惜しくなって、おれが自分で試した」

旅籠に行くと、兄が白鞘を取り出した。抜いてみると、たしかに萩で鍛えた一振りだが、満身創痍、刀身は疵《きず》だらけである。清麿はことばがない。刃切れがいくつもあり、棟や鎬《しのぎ》にはへこみ疵がある。引き疵の筋は無数だ。いったいどれだけ痛めつければこれほどになるのか。

茫然と見ていると、兄が口を開いた。

「立派な刀だ。さっきのおれの刀以上に荒く試したが、それでも折れない。すっと鞘に納まったから驚いた」

鈍刀《なまくら》なら藁を斬ってさえ歪んでしまい、鞘に入らない。

「いったいどんな鍛え方をしたんだ。どうやって極限の荒試しをしても折れぬ刀を鍛えたのだ」

兄と兼虎がまっすぐに見つめている。

「よい鉄《かね》を選び、手を抜かず、鉄をよく見ながら鍛えたんです」

それ以上、説明のしようがない。

「そうか。そうだな。たしかにそれ以外の方法はない。おまえはよい鍛冶になった。あっぱれな鍛冶だ」

兄に褒められて、清麿は頬が火照った。

「この刀はおれです。おれのこころです。折れず、撓《たわ》まず、どこまでも斬れる。そうありたいと願って鍛えたんだ」

そうか。そうだな。兄がゆっくり頷いた。


試刀会の翌日、兄の真雄は松代藩真田家に士分のお抱え鍛冶として取り立てられるとの沙汰がくだされた。五人扶持である。そのうえで長巻百振りの注文を受けた。

松代からの帰り、清麿は赤岩村の実家に寄った。仏壇に入っている父に線香をあげた。母は老いているがなお元気だった。

兄はいま住んでいる上田から松代に移ることになる。兼虎は清麿が心配で江戸まで送ってくれるが、また信州に帰り、松代で父を手伝うことになる。

落ち着いたら迎えに来るというので、母のことは兄に任せることにした。

「長岡のおつるさんがな……」

母がぽつりと言った。

「どうしました」

「ときどき顔を見せて、おめえのことを聞くだよ。帰《け》って来てねぇか、沙汰はあるかいってな」

清麿はくちびるを噛んだ。なにも言えない。

「人別は抜かねぇ。いつまでも待っていなさるってな。帰るつもりはねぇのかな」

老いた母に改めて問われ、返事に窮した。

「……おつるさんは、いつでもやさしく迎《むけ》えてくれるだに」

清麿はうつむいて押し黙った。


江戸に帰ると、清麿はぐったり疲れていた。兼虎が気をつかって、道中、駕籠や馬を雇ったが、それでも疲労が強い。

「ゆっくり休んでくださいな」

とくに言われたが、休むわけにはいかない。小諸藩牧野《まきの》家の殿様に刀を納める約束をしてきた。兄の周旋である。

鍛冶場にすわって、小割りした鋼《はがね》を選ぼうとしたが、脇腹が痛んでどうにもならない。顔がつらそうに見えるらしく、信秀と清人がやると言った。ほかの者たちは独立して、いま弟子は二人だ。

そうだな。とりあえず鋼を選ぶ作業を任せた。四畳半で寝ころがったが、どうにも腹が痛む。ずしんと重く、にわかに消えそうな痛みではない。

「飲むかな……」

寝ころがったままつぶやくと、裁縫をしていたとくがすぐに返事をして立ち上がった。大徳利と盆を持って戻ってきた。湯飲み茶碗と漬け物がのっている。盆に置いた湯飲み茶碗にとくが酒を注いだ。

「はい、どうぞ」

おう。威勢よく答えて起き上がり、茶碗を手にした。顔に近づけると酒が匂い立つ。口をつけて、そのまま喉を鳴らして飲み干した。腹の底から心地よい熱が沸いて、痛みがやわらいだ。

「飲むと、いい顔になるのね」

清麿の顔を見つめたとくが、にこりと微笑んだ。縫い物をつづけ、うつむいたまま口を開いた。

「いちどお医者さんに診《み》ていただくといいんだけど。お腹、痛いんでしょ」

清麿は自分で酒を注ぎ、また一息にあおった。腹に酔いが染みわたり、痛みが消えた。

「痛かないさ」

嘘ではなかった。酒を飲んでいると痛まない。

「明日は仕事をする」

江戸に帰ってから、もう半月もたつのに、ずっとそんなことを言っている。嘘をついているつもりはない。

——明日は、刀を鍛えよう。

本気でそう思うのである。腹が痛まなければ、刀が打てる。いまは酒を飲んでしまったから無理だが、酔いがさめれば、横座《よこざ》にすわって手鎚が振るえる。あんな刀を鍛えよう。こんな刀も面白い。考えながら酒を飲み、夕方になると寝てしまう。

朝、目覚めると、また脇腹が痛んでいる。

仕事ができない。その日にする仕事を信秀に指示する。きのう選ばせた小割りの鋼《はがね》を積ませることにした。

「出来たら見せろ」

清麿は四畳半にすわって弟子の仕事ぶりを見ながら酒を飲んだ。飲んでいると痛みが消える。

「これでいいですか」

梃子棒の先に積み上げた小割りの鋼を信秀が運んできた。

どれ。見てみるとどうにも選んだ鋼が悪い。きのう選んだ鋼を見て、よしと言ったらしいが、すでに酔いがまわっていて、よく見ていなかったのだ。

「駄目だ。こんなのを沸《わ》かしても鈍刀《なまくら》しかできないぞ。やり直せ」

一刻ほどかけて信秀が選び直した。見せに来たが、だめだと首を振った。三度目に見せに来たとき、もう清麿は酔っていてよく鋼の断面が見えなかった。

「もういいよ。おれが明日選んで積む」

言ったときは本気である。いまは調子がいい。これなら明日は痛みが消えているだろう。

翌朝目覚めると、さらに痛みが強くなっていた。

「このへんですか……」

とくがさすってくれた。右の肋骨のいちばん下のあたりだ。

「ああ。そうだ……」

「ひどく腫《は》れてますよ。お腹のなかに瘤《こぶ》でもあるみたい」

とくが肋《あばら》の下をすこし強く押すと、鈍痛が走った。

「痛いッ。やさしくしてくれ」

「これじゃあ、瘤を揉みだすなんて、とても無理ね」

腹にしこりや瘤が出来ているときは、揉みだし治療というのが効果があると聞きつけて、とくがやってみるつもりになったのだ。鈍痛が強く、とても揉んでもらうことはできない。

「もういいよ。やっぱり酒だ」

とくがすぐに仕度をしてくれた。冷や酒をあおると、不思議なほど簡単に痛みが消える。


信秀と清人は熱心に刀を鍛えた。信秀が横座にすわり、清人と手伝いに呼んだ正俊が向鎚を振るった。

二挺掛けの鎚音が、小気味よい。火床《ほど》を見ていなくても、明るい満月の色に沸いた鉄塊が、熱い鉄滓《ノロ》を飛び散らしているのが分かる。

「明日はおれが横座にすわるから」

その口癖を、清麿本人ももうほんとうのことだとは思っていない。酒を飲むと、翌朝は前の日よりもさらに強い鈍痛が右の脇腹にわだかまっている。鈍い痛みがずっと続いている。

「いっそのこと切り取ってしまいたいな」

ついそんなことをつぶやいてしまう。

「うまく切れるといいんですけどね」

答えてから、とくが顔を上げた。

「あら、おできじゃないから、そんなに簡単に切れないわよね。だってお腹のなかなんだもの」

笑って言った。心配を胸の奥にじっと沈め、明るくふるまっているのがよく分かった。

信秀たちが鋼《はがね》を選んで積み沸かし、刃鉄《はがね》、皮鉄《かわがね》、心鉄《しんがね》を鍛錬し、本三枚《ほんさんまい》で素延《すの》べして火造《ひづく》りした。もう姿が打ち上がっているが、やはり気に食わない。

「よし、明日、おれがやる」

はい……。弟子たちが口ごもった。

「本気にしてねぇな。そんな刀じゃ小諸の殿様に渡せない。やるって言ったら、必ずやるんだ」

翌朝、起きると、いつもより強く腹が痛んだ。それでも我慢して井戸端で顔を洗った。

信秀たちがやって来て、朝飯を食べた。飯と味噌汁と佃煮である。若い弟子たちが一膳の飯を惜しそうに食べるのを見ていると、自分にもそんな時代があったことを思い出した。

「どうだ。うまいか」

訊ねると、信秀がうなずいた。

「はい。お女房《かみ》さんのご飯はうまいですよ。いつもお代わりしたくなって困ります」

朝飯を腹一杯食べると、重い向鎚が自在に振れなくなってしまう。朝飯は一膳だけにしろと教えてある。

「親方は、朝ご飯どうしますか」

――酒だ。

と答えそうになったのを、ぐっと呑み込んだ。このところ飯は食べず、酒ばかり飲んでいる。今日は酒を飲まず、仕事をするのだ。

「茶をもらおう。うんと濃くしてくれ」

とくが淹《い》れてくれた渋茶を飲むと、気持ちがしゃきっとした。

今日は火造りだ。清麿一人が手鎚一本でやる。もういちど井戸に行って、顔をざぶざぶと洗って気持ちを強く引き締めた。

「火を熾《おこ》せ」

清人が、笊《ざる》に盛った炭を火床《ほど》に入れた。豆幹《まめがら》をのせ、神棚の火を紙燭《しそく》に移して点じた。

弟子たちの火造りした刀を眺めた。二尺六寸余りの長めの刀である。

——よく出来てやがる。

清麿は心のうちで感心した。信秀はずいぶんよくやった。おれがいつもやっているとおりに鋼を鍛錬して、素延べでも火造りでも清麿が造るのとほとんど同じ姿を叩き出した。

ただし、姿がわずかに緩い。ほとばしる覇気がない。

——おれが、破邪顕正の気魄を叩き出す。

強く自分に言い聞かせた。

まずは刀身の先だけを、火床の炭に埋めた。横にしゃがんだ信秀が鞴《ふいご》の柄を抜き差しした。心地よい風が起こり、火床の上に炎が立ち上った。

——ここがおれの居場所だな。

ここしかおれがいる場所はないのだ。しみじみそう思った。しばらく風の音を聴いていた。

「いいだろう」

命じると、信秀が風を止めた。清人が火搔きで炭を搔きわけた。

茎《なかご》を摑んで取り出し、手鎚で切先を叩いた。大切先のふくらを枯らし、鋭さをつけた。鎬《しのぎ》幅をわずかに狭くした。

火床の炭に埋め戻して物打ちのあたりを赤めた。取り出して叩き、反りを強くした。何度もくり返し、鎺元《はばきもと》まですっかり火造りし直した。

鉄《かね》が冷めてから、茎尻《なかごじり》をにぎってまっすぐ立てた。弟子たちが息を吞んで見つめている。

「親方がやるとまるで違います。刀に神様が降り立ったようです」

信秀が言った。

「親方はいつからそんな風にできるようになったんですか。何年修業すればできるんでしょう」

清人が訊ねた。

「さあな。おれは最初からうまく叩けたぜ」

笑って答えた。笑ったら脇腹が強く痛んだ。痛みをこらえ刀身にセンと鑢《やすり》をかけた。姿と肉置《にくお》きをととのえた。

「土置きと焼き入れは、おまえがやれ」

信秀の顔がこわばった。焼き入れで失敗したら、これまでの努力がすべて無駄になる。

「おれが見ている。心配するな」

腹の痛みに脂汗がながれた。

信秀は慎重に焼刃土《やきばづち》を置いていった。清麿の土置きをよく覚えている。そっくり同じに真似て土を置いた。

土を塗った刀を火床《ほど》の余熱で乾かした。

夜になって、火床に火を熾し直し、刀身を赤めた。鞴《ふいご》の風の音を聴く。酒は飲んでいない。脇腹が痛む。汗がながれる。それでも我慢した。

仕事をしていれば、なんとかだいじょうぶだ。これからは酒を飲まず、朝からきちっと仕事をしよう。そう決めた。

「いいだろう」

刀身が熟れ柿ほどに赤まっている。焼き入れの頃合いだ。

「もういいぞ」

信秀が怖《お》じけている。焼き入れで失敗するのが怖いのだ。腰かけて見ていた清麿は、立ち上がって焼き入れ用の柄《つか》をにぎった。すぐわきに置いてある水船《みずぶね》に浸けようとしたとき、脇腹が強く痛んだ。痛みをこらえて踏ん張り、水船に浸けた。

水が淬《にら》ぐ音がする。刀身が反って軋む音がする。だいじょうぶだ。うまくいった。

脂汗がたくさん流れ、腹の痛みが強くなった。

刀を水船に浸けたまま、清麿は土間に突っ伏した。

弟子たちの力で刀が出来た。何振りかは失敗したが、何振りかは鍛え上げた。

嘉永六年は騒がしさのうちに暮れた。アメリカ国の黒船がやって来て日本に開国を迫った。ロシアの船もやって来たので、江戸湾にお台場ができた。戦争になるのではないか。江戸の者たちはそんな話題でもちきりだ。

「刀じゃだめだ。大筒と鉄炮でなけりゃ、夷狄《いてき》とは戦えないぞ」

長屋の男たちでさえそんな立ち話をしているのが聞こえてくる。

清麿は医者に腹を診てもらった。触診した医者は、すぐにしこりを探り当てた。

「肝《かん》の臓《ぞう》が腫れておる。酒の飲み過ぎだ。まずは酒を止めなさい」

「痛むんです。酒を飲めば、痛みがやわらぎます」

「しかし、あとで余計に痛むだろう」

そのとおりなので、くちびるを舐めた。

「薬を出す。酒ほどにはきかんが、すこしは楽になるはずだ。そのまま酒を飲み続けていると、そのうち血を吐いて死ぬぞ」

医者に言われたとおりに、それからは酒を控え、煎《せん》じ薬《ぐすり》を飲んだ。痛みを忘れるため仕事に精を出そうとした。しかし、酒を飲まないと痛みが強く、脂汗が流れる。薬はほとんどきかない。我慢して仕事をつづけていると、ふっと痛みを忘れるが、なにかの拍子に、また強く痛む。やりきれなかった。

あまりに強く鈍く痛むと、やはり酒を飲んだ。好きな酒が仇《あだ》になるとはやるせない。弟子たちに仕事をさせ、じっと見ていた。

「預かり金はどれぐらいになっているかな」

とくに訊ねた。炭と鋼《はがね》の代金は先に注文主からもらっている。刀が出来たら渡して手間賃をもらう。

「百両以上になっています」

二十振り分の炭と鋼《はがね》代を先に受け取っているということだ。

「いくら残っている?」

「十両はありますよ」

腹が痛むようになってから、仕事の失敗が多く、炭と鋼が無駄になった。やっと出来たと思って研ぎに出してみると、まるで出来の悪いこともたびたびだった。それでも研ぎ代は払わなければならない。

米代、店賃《たなちん》、薬代もかかる。ほかの無駄遣いはしていない。ときどき酒を買うだけだ。

——明日は、刀が打てる。

信じて酒を我慢し、薬を飲んだ。次の朝は、耐えがたい痛みに襲われた。

十月になって、長屋にふらりと客があった。

ぎょろりとした目付きには覚えがある。名前が思い出せない。髭《ひげ》を長く生やしているせいか。

「松代の佐久間だ。いまは象山《しょうざん》と名乗っている」

二十年以上前、松代にいたときに会った男だった。瘦せて窶《やつ》れているのはなぜだろう。

「この春から小伝馬町《こてんまちよう》に捕らわれていたのだ。長州の吉田松陰《よしだしよういん》という男に黒船への密航を唆《そそのか》した罪でな」

苦々しげに笑っている。幕府の施策のほうがおかしいと言いたげだ。

「それにしても、去年の試刀会はすさまじかったな。おれは感心したよ」

佐久間は江戸と松代を頻繁に往復していて、去年の試刀会はずっと見ていたそうだ。あとで、清麿が来ていたことを聞いたのだという。

「あんたは洋式の炮術でしょうに」

松代で会ったときからすでに佐久間は洋学を学びエレキテルも研究していた。炮術の重要性をしきりと説いていた。

「炮術は必須だ。だが日本国はオランダ国でもアメリカ国でもない。日本国には日本国の誇りがなくてはならぬ」

なるほど。そういうものかと頷いた。

「日本国の誇りとはなんだと思うかね」

「さて、鍛冶屋ふぜいには難しすぎる話さ」

清麿は首を横にふった。

「刀だ。そのほうら鍛冶が鍛える刀だ。わしは洋刀を何振りも見たが、日本の刀ほど美しく覇気が溢れた刀はない。まさに破邪顕正の力が湧いてくる」

聞いていて背筋が伸びる思いだ。

「ことに貴公の刀は凄まじい。わしの目で見れば、兄さんより上の大業物《おおわざもの》だ」

ありがとう。口には出さず、こころの中でつぶやいた。

「わしはこれから松代に帰って蟄居《ちっきょ》せねばならん身だ。ぜひとも大小を拵《こしら》えてくれ」

清麿は言葉を詰まらせた。むろん、打ちたい。鍛えたい。しかし、いまのように痛む腹を抱えていては、うまく出来るかどうか。

「承知した。ただし注文が溜まっていて、すぐにはかかれない。二、三年は待ってもらわねばならない」

「そなたの刀ならさもあろう。待っている。待っているゆえ必ず打ってくれ」

最上作の鍛刀を約束して表に見送りに出ると、役人が二人いた。見張っていたらしい。帰って行く象山の背中に、清麿は深々と頭を下げた。


象山が来て、清麿はぴたりと酒を止めた。

——刀を鍛えねば。

その思いが強く湧いている。痛みをこらえつつ、鍛冶場に入り、横座にすわる。満月の色に蕩《とろ》けた鉄《かね》を見ていると、すこしは痛みが和《やわ》らぐ。

何日かは仕事を続けたが、こんどは喉の下のほうに違和感を感じるようになった。そこにもしこりができたようだ。

飯は食えない。とくが粥《かゆ》を作ってくれた。それさえ嚥《の》み下すのがつらい。なにも食べられなくなった。

「できることはわたしがやります」

仕事は信秀に任せた。四畳半で寝ころがっていると、ときどき出来具合を見せにくる。

ああ、それでいい。低声《こごえ》でそう言うのもおっくうだ。喉から胸にかけてつかえがある。口をきくのがおっくうで、ただ頷くだけになった。

「お医者さんに行きましょう」

とくに言われたが、首を振って断った。あんな藪、行っても無駄だ。顔でそう語った。なにもせず、痛みをこらえて布団で横になっていた。

十一月に入って寒くなった。弟子たちにしばらく暇を取らせた。鎚音がすると全身に響き、痛みが増す。聞いているのが辛い。体が衰弱している。腕や脚が細くなっている。力が入らない。腹と喉の瘤《こぶ》はますます硬く大きくなっている。いよいよいけないのではないか。暗澹《あんたん》たる自覚があった。

とくは、いつもそばにいて面倒を見てくれている。

十一月十四日は、朝から粉雪がちらついていた。

「蜆《しじみ》を買って来ますよ」

蜆汁だけが、なんとか清麿の喉を通る。とくは毎日蜆を買って汁にする。毎朝、蜆売りの男の子が横町に来るが、今朝は来ていない。

寝ながら目だけでうなずいた。

とくが出て行くと、長屋のなかが静まり返った。寝ころがったまま障子を開けて、鍛冶場を眺めた。

火のない鍛冶場は寂しい。

——刀が打ちたい。

なんとか治せないものか。とくはまだすこしなら金があるといっていた。蘭方の名医を訪ねれば、治してくれるかもしれない。

——病を治して刀を打とう。

そう決めて起き上がり、框《かまち》に腰かけたとき、喉に鈍い痛みと強い違和感があった。なにかが溢れ、上がってくる。

口の中にいっぱいに、熱いものが込み上げてきた。手で押さえたが、いくらか鍛冶場の土間にこぼれた。

赤い血だ。鍛冶場に祀った金屋子様《かなやごさま》は赤不浄《あかふじょう》を嫌う。血は汚らわしい。

清麿は裸足のまま鍛冶場を通り抜け、障子戸を開けて外に出た。

よろけている。横町に粉雪が舞っている。地面が白い。長屋の奥の厠《かわや》に行こうとした。ふらついて稲荷の祠《ほこら》につかまった。

口を押さえていた手がはずれると、血があふれ出し、地面に赤い血溜まりをつくった。血は喉の奥から湧いてくる。どんどん噴き出してくる。止まらない。

右の脇腹が痛む。鈍く重く痛む。耐えがたい痛みだ。

ちくしょう。この腹の瘤がいけないのだ。自分の腹が憎かった。稲荷の祠の台石にもたれてすわり込むと、いつも懐に忍ばせている短刀を取り出した。鞘から抜いた。

あの短い小烏丸《こがらすまる》である。

――邪を破れ。

短刀を握り、右脇腹の瘤《こぶ》をねらって突き刺した。鈍い痛みが消えた。鋭い痛みが脳まで走った。

――正義を顕《あらわ》せ。

祈りながら、腹をえぐって瘤を取り出そうとした。腹と口からあふれた鮮血が、白い雪を赤く染めた。

――おれは清麿だ。

見えていた稲荷横町の風景が消えて、あたりが真っ暗になった。

そのまま意識が遠のいた。

（完）

【主な参考文献】

『清麿大鑑』 中島宇一 刀剣春秋新聞社
『源清麿』 信濃毎日新聞社
『虎徹と清麿』 佐野美術館
『刀工山浦真雄 清麿 兼虎伝』 花岡忠男 桐原書院
『刀剣美術』（日本美術刀剣保存協会）掲載の花岡忠男氏の清麿関係の論考多数
『山浦真雄清麿兄弟』 山浦武重編 私家版
『村田清風』 平川喜敬 東洋図書出版
「窪田清音略伝」 福永酔剣 月刊『麗』第一五八号 刀剣柴田
「斎藤昌麿の筆の跡 上・下」 福永酔剣 月刊『麗』第二一二・三号 刀剣柴田
「史料紹介『御腰物帳』」『松代』第十六号 松代藩文化施設管理事務所

【取材でお世話になった方々】 たいへんありがとうございました。

小笠原信夫（元東京国立博物館刀剣室長）

河内國平　（刀匠）
藤代興里　（研師）
鈴木卓夫　（東京都銃砲刀剣登録審査員）
山浦愛幸　（清麿生家）
宮下修　（坂城町鉄の展示館）
戸澤重俊　（日本美術刀剣保存協会長野県北支部支部長）
國廣浩典　（山口県銃砲刀剣登録審査員）
樋口尚樹　（萩博物館副館長）
近藤隆彦　（松陰神社宝物殿至誠館館長）
落合勇夫　（萩史料館館長）
大谷喜信　（村田清風記念館館長）
陽信孝　（萩市　金谷天満宮宮司）
松元淳　（萩市　美登屋）
朝倉万幸　（長野市　永和堂）
柴田光隆　（東京都　刀剣柴田）
冥賀吉也　（東京都　つるぎの屋）

細川豊史（京都府立医科大学）
月本一武（宝塚大学）
寺尾文孝（清麿収集家）
花岡忠男（清麿研究家）
※敬称を略させていただきました（肩書は単行本刊行時のものです……編集部）。

（注・本作品は、月刊『小説ＮＯＮ』（小社発行）に「破邪の剣」と題して平成二一年三月号から二三年九月号まで連載され、著者が加筆・訂正して、平成二四年三月に単行本として刊行されたものです。

——編集部）

解説　清磨《きよまろ》は山本《やまもと》さん自身であり、鍛刀《たんとう》は人生そのもの

葉室《はむろ》　麟《りん》

山本兼一《やまもとけんいち》さんとは生前、安部龍太郎《あべりゅうたろう》さん、伊東潤《いとうじゅん》さん、佐藤賢一《さとうけんいち》さんとともに歴史座談会でご一緒したことがある。

座談会が終わって、中華料理店での打ち上げで山本さんの隣に座らせていただいた。にぎやかに雑談しながら、ふと横を見ると、山本さんはいつもにこやかな表情で杯《さかずき》を傾《かたむ》けておられた。

聡明《そうめい》で人徳のある方だという印象だった。

それだけのご縁だったと思っていたが、振り返ってみると、山本さんが『利休《りきゅう》にたずねよ』で直木《なおき》賞をとられたとき、わたしも候補のひとりだった。

このときは、同じ時代小説家の北重人《きたしげと》さんも候補だった。五十歳過ぎの歴史時代小説家三人がそろって恋の話を書き、直木賞候補になっていると、ある新聞に書かれた。

初候補のわたしにとっては、照れくさくもあり、晴れがましくもあった。しかし、三人のうち、北さんは直木賞候補の翌年に急逝《きゅうせい》され、昨年、山本さんも永い眠りにつかれた。

残されたひとりとしての寂寥《せきりょう》感はもちろんあるが、それ以上に逝《い》かれた山本さんや北さんが何を作品に込められていたのだろうか、と日々、考えてしまう。

三人とも作家としては中年になってからの〈遅咲き〉のデビューで歴史時代小説を書くにあたっては、それぞれの人生と重なり合う思い入れがあったはずだ、と思うからだ。

本作で山本さんが主人公とした江戸末期の刀工、清麿《きよまろ》は謎が多い人物だ。

清麿は信州《しんしゅう》小諸《こもろ》の郷士の二男として生まれた。名は山浦環《やまうらたまき》という。兄の真雄《まさお》に手《て》解《ほど》きを受け、十七歳で刀工の道に入った。

天保《てんぽう》六年（一八三五）、江戸に出ると、幕臣窪田《くぼた》清音《すがね》の後援を得た。清音の計《はか》らいにより、刀一振りにつき三両を掛ける武器講を始めた。いわば刀を手に入れるための頼母子講《たのもしこう》で、刀鍛冶《かじ》にとっては炭や鋼《はがね》を仕入れる資金を安定して得ることができるのが利点だ。

天保十一年、清麿は三十六振りの刀を打った（この時期の銘は正行《まさゆき》である）。だが、刀工としての好条件に恵まれたはずの清麿は刀を渡す約束が守れず、長州《ちょうしゅう》の萩《はぎ》に逃げた。なぜ、萩へ向かったのかが、清麿の第一の謎である。あたかも幕末の風雲が起きようとした時期だった。

清麿は長州藩の藩政改革をやりとげるとともに、海防意識を高めた重臣村田清風《むらたせいふう》を頼った気配がある。

清風の派閥《はばつ》からは、松下村塾《しょうかそんじゅく》系の尊王攘夷《そんのうじょうい》派久坂玄瑞《くさかげんずい》や高杉晋作《たかすぎしんさく》の庇護《ひご》者となる周布政之助《すふまさのすけ》が出ている。後に清麿は尊皇攘夷の思想を抱《いだ》いたのではないかと見られたのは、このためだ。

清麿は天保十二年から二年余り萩に滞在した後、江戸に帰り、銘を源《みなもとの》正行から源清麿と改めた。強い地鉄《じがね》に沸《にえ》出来の乱刃《みだれば》を焼く清麿風の刀は人気を集め、四谷伊賀町《よつやいがまち》に居したことから、〈四ッ谷正宗〉と称賛《しょうさん》されるまでになった。しかし、清麿はこのころ心身を害しており、安政《あんせい》元年（一八五四）に自刃した。四十二歳だった。

清麿の自死の理由はよくわからない。なぜ自決したのかが第二の謎なのだ。それだけに清麿が登場する小説がこれまでにも作家たちによって書かれている。

吉川英治《よしかわえいじ》の『山浦清麿』があり、主人公ではないものの重要な役割を担《にな》う作品に隆慶一郎《りゅうけいいちろう》の『鬼麿斬人剣《おにまろざんじんけん》』がある。吉川英治、隆慶一郎という先達《せんだつ》に山本兼一さんが、いかに挑《いど》んだかが本作の読みどころでもある。

おそらく山本さんは先行作品に目を通されたうえで、

——違う、これは清麿ではない

と思って本作を書かれたのではないだろうか（もちろん、篤実《とくじつ》な山本さんはそのような言葉を口にはされなかっただろうが）。

しかし、山本さんには、清麿は自分にしか書けないという作家としての自負はあったのではないだろうか。

山本さんは織田信長《おだのぶなが》に仕《つか》える鷹匠《たかじょう》を描《えが》いたデビュー作の『白鷹伝《はくようでん》』（祥伝社文庫）以来、〈テクノクラート三部作〉と呼ばれる『火天《かてん》の城《しろ》』、『雷神《らいじん》の筒』で〈技能のひと〉の世界を綿密な取材により、リアルに描いた。

同時に現代の名刀匠、河内國平《かわちくにひら》氏に取材して鍛刀《たんとう》を実地で基礎から学んで、刀工にまつわる小説を書き続けてきた。

刀が打たれる際の真っ赤な炎と飛び散る火花をつぶさに見るとともに、自ら刀を手に取り、その美しさを胸に刻んだのだ。そして、『いっしん虎徹《こてつ》』『狂い咲き正宗《まさむね》』など刀工の作品を書いた。その中でなぜ、清麿にこだわったのか。

清麿にとって鍛刀は自らの生き方を込めることだ。それは山本さんが作品にかけた思いとも重なる。

ある時、清麿（正行）は恩人である幕臣の窪田清音と次のような会話をする。

「武士にとって刀は道具でしょうが、わたしにとりましては、わたしそのものでございます。わたしの中にあふれている志《こころざし》を込めて鍛えたいと存じます。それは武家にご迷惑でしょうか」

「志とは……?」

「強く、まっすぐ生きることでございます」

うなずいた清音が、目を細めてやさしい顔になった。

「郷士とはいえ、そなたも武士だ。その志や大いに褒《ほ》めたたえよう」

ありがとうございます。正行は平伏した。(ルビは編集部追加。以下同)

山本さんの描く〈技能のひと〉は同時に、自らの内にあふれるものを世に示さずにはいられない〈表現者〉でもある。

いや、〈表現者〉たり得て、初めて技能の神髄《しんずい》にいたるのだ、というのが山本さんの考えなのではあるまいか。

自らが納得する刀を打ち上げたとき、清麿は胸の中で述懐《じゅっかい》する。

——これがおれだ。古今どこにもないおれの刀だ。

自分のなかに眠っている我《わ》が儘《まま》で、愚《おろ》かで、猛々《たけだけ》しい心が、品格のあるうつくしいかたちになっている。

無類の激しさ、荒ぶる気魄《きはく》が、鉄に封じ込められ、破邪顕正《はじゃけんしょう》の魂《たましい》に昇華《しょうか》して、刃中にあふれだしている。


物語の終盤で、さらに精進《しょうじん》を続ける清麿の長屋を信州、松代《まつしろ》藩に仕える兵学者の佐久間象山《さくましょうざん》が訪れる。

清麿にとって象山は、かつて打ち上げた刀を、「つまらん刀だ」と酷評《こくひょう》した苦《にが》い思い出のある男だ。

象山は西洋式の砲術を学んだ幕末第一の知識人である。だが、門人の吉田松陰《よしだしょういん》がペリー艦隊に乗り込み、米国に密航しようとした事件で罪に問われ、国許《くにもと》に戻り、逼《ひっ》塞《そく》することになったという。

その前に清麿を訪ねてきたのは、告げたいことがあったからだ。

清麿は砲術家でもある象山と自分は本来、無縁だと思っている。だが、象山は思いがけないことを言う。

本作から引用してみよう。

「炮術は必須だ。だが日本国はオランダ国でもアメリカ国でもない。日本国には日本国の誇りがなくてはならぬ」

なるほど。そういうものかと頷《うなず》いた。

「さて、日本国の誇りとはなんだと思うかね」

清麿は首を横にふった。

「鍛冶屋ふぜいには難しすぎる話さ」

「刀だ。そのほうら鍛冶が鍛《きた》える刀だ。わしは洋刀を何振りも見たが、日本の刀ほど美しく覇気《はき》が溢《あふ》れた刀はない。まさに破邪顕正の力が湧いてくる」

聞いていて背筋が伸びる思いだ。

象山の言葉に感激した清麿は思わず、胸の中で、

――ありがとう
とつぶやく。もはや、多くの言葉を必要としないのではないか。清麿は山本さん自身であり、刀を鍛える研鑽《けんさん》と困難に打ち勝つ努力の日々は山本さんの人生そのものだ。そのことは本作のタイトルでも表されている、

――おれは清麿

なのだと。

ところで本作が書かれたことによって、清麿についての新発見があったことに触れておかねばならない。

清麿がなぜ江戸から長州の萩にまで赴《おもむ》いたのかという謎が山本さんによって解《と》かれたのだ。

通説によれば、清麿は天保の末年、武器講で前金を受け取ったのに刀を打たず、そのため萩に逃げたとされていた。しかし、このことに山本さんは疑いを抱き、

――長州藩から招かれたのではないか

という仮説を立てていた。

山本さんが萩を訪れて取材した際に、藩の重臣であった村田清風の記念館に収蔵されていた五千点を超える文書の中から、清麿の自筆による村田清風にあてた炭や鋼の代金の受け取り状が三通見つかった。

これまで清麿自筆の文書は知られておらず、貴重な発見だった。

この文書だけで、清麿の萩行きを藩に招かれたものと断定するわけにはいかないが、借金に追われて逃亡してきた刀鍛冶から、大藩の重臣が刀を買うことはないと思

える。

山本さんによって清麿の謎がひとつ解かれたと考えるべきだろう。

清麿、もって瞑《めい》すべし、である。

一〇〇字書評

切・り・取・り・線

購買動機（新聞、雑誌名を記入するか、あるいは○をつけてください）	
□（　　　　　　　　　　　）の広告を見て	
□（　　　　　　　　　　　）の書評を見て	
□ 知人のすすめで	□ タイトルに惹かれて
□ カバーが良かったから	□ 内容が面白そうだから
□ 好きな作家だから	□ 好きな分野の本だから

・最近、最も感銘を受けた作品名をお書き下さい

・あなたのお好きな作家名をお書き下さい

・その他、ご要望がありましたらお書き下さい

住所	〒				
氏名		職業		年齢	
Eメール	※携帯には配信できません	新刊情報等のメール配信を 希望する・しない			

この本の感想を、編集部までお寄せいただけたらありがたく存じます。今後の企画の参考にさせていただきます。Eメールでも結構です。

いただいた「一〇〇字書評」は、新聞・雑誌等に紹介させていただくことがあります。その場合はお礼として特製図書カードを差し上げます。

前ページの原稿用紙に書評をお書きの上、切り取り、左記までお送り下さい。宛先の住所は不要です。

なお、ご記入いただいたお名前、ご住所等は、書評紹介の事前了解、謝礼のお届けのためだけに利用し、そのほかの目的のために利用することはありません。

〒一〇一‐八七〇一
祥伝社文庫編集長　坂口芳和
電話　〇三（三二六五）二〇八〇

祥伝社ホームページの「ブックレビュー」からも、書き込めます。

http://www.shodensha.co.jp/bookreview/

祥伝社文庫

おれは清麿《きよまろ》

平成27年 4 月20日　初版第1刷発行

著　者　山本兼一《やまもとけんいち》
発行者　竹内和芳
発行所　祥伝社《しょうでんしゃ》
東京都千代田区神田神保町 3-3
〒101-8701
電話　03（3265）2081（販売部）
電話　03（3265）2080（編集部）
電話　03（3265）3622（業務部）
http://www.shodensha.co.jp/

印刷所　萩原印刷
製本所　関川製本
カバーフォーマットデザイン　中原達治

 ISBN978-4-396-34115-2 C0193